はぐれ柳生紫《し》電《でん》剣

黒崎裕一郎
Kurosaki Yuichiro

文芸社文庫

目次

第一章　望　郷

1

江戸・深川十万坪。

瓦礫《がれき》と泥土と塵芥《じんかい》で埋めたてられた宏大《こうだい》無辺の荒れ地である。樹木一本、草株ひとつない荒寥《こうりょう》たるこの荒野の、どこからともなく、哀しみと怨嗟《えんさ》に充ちた泣哭《きゅうこく》の声が啾々《しゅうしゅう》と流れてくる。

ヒュルル、ヒュルル……。

虎落笛《もがりぶえ》——海から吹きよせる寒風の音だった。土埃《つちぼこり》がもうもうと巻き上がり、視界は霞《かすみ》がかかったようにぼやけている。赤茶けて霞んだ東の空に、血で染めたような真っ赤な朝陽がぼんやり滲《にじ》んでいる。

刀弥《とね》平八郎は、吹きすさぶ寒風の中を憑《つ》かれたように歩いていた。身を切るような冷たい風。舞い上がる土煙。泥土に足を取られ、瓦礫につまずきながら、ひたすら歩きつづけた。どこへ行こうとしているのか、これからどうするつもりなのか、自分でもわからない。ただ一刻も早くこの絶望的な悲しみから逃れたかった。

両手に女を抱きかかえている。紙のように白い顔の女である。両の瞼《まぶた》は固く閉じられ、長い睫毛《まつげ》だけがかすかに風にふるえている。暁《あかつき》の薄明に淡い陰影をきざんだその顔は、この世のものとは思えぬほど優艶《ゆうえん》で美しい。そして現実に、女はこの世のものではなかった。平八郎が抱いているのは氷のように冷たい亡骸《なきがら》である。女の名はお葉。公儀隠密お庭番配下の女忍び（くノ一）である。

ヒュルル、ヒュルル……。

風が泣いている。赤茶けた土煙が巻き上がり、這《は》うように地面を流れていく。

お葉の亡骸を抱きながら、平八郎は虚《むな》しかった。お葉の命を奪ったお庭番筆頭・藪《やぶ》田《た》定八への怒りや憎悪は、もうない。哀しみの涙もとうに涸れ果てていた。いま平八郎の胸裡《きょうり》にあるのは、お庭番の拘束からお葉を解き放とうとして逆に藪田の罠《わな》にはまり、結果的にお葉を死なせてしまったことへの悔悟《かいご》と自責の念だけである。平八郎は容赦なくその刃先をおのれの胸に突き刺していた。心の中は血みどろである。

——忍びから抜けるときは、死ぬときです。

いまとなってお葉の言葉が痛切に胸に迫ってくる。

忍びの家に生まれ、忍びとして育てられた女の、終生逃れることのできない宿運を、お葉はみずから命を供犠《くぎ》して断ち切ったのである。命と引き換えに得た自由。それは平八郎への愛を貫くための最後の手段だったのかもしれぬ。そう思いたかった。そう思えばせめてもの救いになるのだが、悔悟と自責の刃でずたずたに切り裂かれた平八郎の心は、どんな慰めの言葉も寛宥《かんゆう》しなかった。流れ出る心の血は止まらない。

（許してくれ、お葉）

足をとめて、お葉の白い唇にそっと唇を重ね合わせた。すると奇妙なことに、固く閉ざされていたお葉の口が、まるで平八郎の舌を誘いこむかのようにわずかに開いた。

（まさか）

と思いつつ舌を入れた。ふいに平八郎の躰《からだ》に小さな戦慄《せんりつ》が奔《はし》った。お葉の口中にかすかな温もりがあったからである。平八郎はわれを忘れてむさぼるようにお葉の口を吸った。そして奇跡が起こった。

ふっ。

お葉の口から小さな吐息がもれ、両の瞼がうっすらと開いたのである。

「お葉！」

思わず歓喜の声をあげた。そのときだった。

「うおーッ！」

背後で、怒声とも雄叫《おたけ》びともつかぬ奇声がわき起こった。反射的にふり向いた平八郎の眼に、信じられぬ光景がとび込んできた。死んだはずの藪田定八が、切断された右手首からぼたぼたと血をしたたらせ、悪鬼の形相で瓦礫の山に仁王立ちしていた。刺しつらぬかれた頸《くび》からも泉水のように鮮血が噴き出している。身の毛がよだつほどおぞましいその姿は、まさに地獄の底からよみがえった化け物だった。

（幻覚か）

一瞬そう思ったが、次の刹那《せつな》、左手に高々と忍び刀を振りかざし、瓦礫の山から化《け》鳥《ちょう》のように舞い降りてくる藪田の姿を見て、平八郎はわれに返った。化け物が実像をむすんで眼前に迫っていた。とっさに数歩跳びすさった。

「うおーッ！」

二度目の雄叫びとともに、頭上から忍び刀が垂直に降ってきた。まるで獲物に向かって急降下する猛禽《もうきん》だった。いつもの平八郎なら軽くかわせたはずの斬撃だったが、両手にお葉を抱いているので刀を抜くこともできず、躰の動きもままならなかった。

びゅん。

耳元に凄《すさ》まじい刃うなりを聞いた。左肩口から背中へ焼けつくような激烈な痛みが突きぬけ、転瞬、眼の前が真っ暗になった。意識が急速にうすれてゆく。

「死ねッ！」

藪田の獰猛《どうもう》な叫び声を間遠《まどお》に聞いた。いも虫のように這いつくばる平八郎の背中に、凶暴な刃が一直線に振り下ろされた。

うわーっ。

自分の叫び声で、とび起きた。

気がつくと、平八郎は薄っぺらな蒲団《ふとん》の上に下帯ひとつの姿で立っていた。顔から首、胸元にかけて、水を浴びせられたように汗でびっしょり濡《ぬ》れている。

——夢か。

ほっと吐息をつきながら、右手の甲で額の汗をぬぐった。躰がだるい。手拭《てぬぐ》いで躰の汗を拭《ふ》き、身支度をととのえはじめた。頭の深部に夢の残影がにじんでいる。背筋に悪寒が奔った。

——なぜあんな夢を見たのだろう。

自問した。夢はその人間の心的境地を顕《あらわ》すという。とすれば、あのおぞましい夢を見たときの平八郎の心のありようも明白だった。潜在的な強迫観念、すなわち怯《おび》えである。心のどこかにお庭番の報復に対する怯えがあるに違いない。夢の中の藪田定八の亡霊がまさにそれを暗喩《あんゆ》していた。

お庭番の報復は、もはや藪田定八の配下たちによる私的復仇《ふっきゅう》の域にとどまらなかった。幕府ぐるみの公然たる追討網が諸国六十余州にしかれていたのである。いかな平八郎といえども、その巨大な組織力の前では赤子のように無力で卑小な存在だった。

この一年七カ月余、平八郎はお庭番の追尾から逃れるために、流浪の旅をつづけていた。長旅の疲労は極限に達し、身も心もぼろぼろにすり切れている。悪夢にうなされたのは、おそらくそのせいであろう。

廊下にあわただしい足音がひびいた。客を送り出す女中たちの足音である。手早く身支度をすませると、腰に双刀を落とし、菅笠《すげがさ》をかぶって平八郎は旅籠《はたご》をあとにした。

享保十三年戊申《つちのえさる》（一七二八）八月十六日。

天が高い。蒼《あお》く澄んだ空のかなたに雲の峰がわき立っている。

旧暦の八月は、新暦（グレゴリオ暦）の九月である。葉月、月見月、紅染月ともいう。暦の上ではもう秋なのだが、月なかばを過ぎても残暑は一向に衰えを見せず、朝から灼《や》きつくような強い陽差しがじりじりと照りつけている。土埃を巻き上げて荷車が走りぬけ、ひっきりなしに人が行き交い、往来には活気がみなぎっている。

三州岡崎宿の宿場通りである。

徳川家康生誕の地として知られる岡崎は、東海道有数の宿場町として、また矢作川《やはぎ》の舟運による物資の集散地として殷盛《いんせい》していた。

　五万石でも岡崎様は
　　城の下まで舟がつく

と俗謡にうたわれているように、岡崎城のすぐ南に流れる菅生川《すごう》（矢作川の支流）の川岸には、御用土場と呼ばれる船着場が数カ所設けられ、矢作川で運ばれてくる物資の荷揚げや、鳥羽や江戸へ廻漕《かいそう》される廻米・木綿・石灯籠《どうろう》などの積み出しが盛んに行われていた。

　中でも桜馬場・満性寺・八帖の三カ所の御用土場の活況は他を圧していた。船着場には十数艘《そう》の川荷船がひしめくように舳先をつらね、荷主や仲買人、褌《ふんどし》一丁の人足たちが群れをなして働いていた。次々に揚げ積みされる膨大な船荷、男たちの威勢のよい掛け声、荒々しい熱気と喧騒《けんそう》……。さながら「川の湊《みなと》」といった趣である。

　平八郎は、桜馬場の土場からやや離れた川原の草むらに腰を下ろして、菅生川の川面を目まぐるしく行き来する川荷船に虚《うつ》ろな目をやっていた。見ひらいた双眸《そうぼう》の奥に、大川（隅田川）に浮かぶ納涼船の船影が重ね絵のように映っている。江戸で暮らした三年余の日々が走馬灯のように脳裏を駈《か》けめぐった。

（懐かしい……）

　胸に迫るものがあった。郷愁にも似た、やるせない感懐である。

　平八郎は江戸が好きだった。江戸という猥雑《わいざつ》な街が、その街に生きる底抜けに明るい人々が、そして何よりも、その街に横溢《おういつ》する奔放で自由な気風が好きだった。武士も町人も、男も女も、老人も子供も、貧富貴賤《きせん》わけへだてなく自由を享受できる江戸という街こそ、「追われ者」の平八郎が最後にたどり着いた安住の地だったのだが……。

その江戸を、なぜ離れなければならなかったのか？

平八郎は川原の草むらに仰臥《ぎょうが》して、ぼんやりそのことを考えていた。突きつめて考えれば江戸に行ったのも、江戸を去ったのも、自分の意思ではない。すべては成り行きだった。それも不運としかいいようのない成り行きである。

人には、どんなにあがき苦しもうが、どんなに抗《あらが》おうが、決して脱け出すことのできない天与の宿運というものがある。その宿運を乗り越える法は一つしかなかった。諦念《ていねん》。諦《あきら》めて、ただ成り行きに流されることである。平八郎がそう悟ったのは、五年七カ月前に起きた〝あの事件〟がきっかけだった……。

2

享保七年（一七二二）、秋――。

肥前《ひぜん》佐賀・鍋島《なべしま》藩の徒士頭《かちがしら》をつとめていた刀弥平八郎は、父・平左衛門に藩金横領の濡《ぬ》れ衣《ぎぬ》を着せて死に追いやった御側頭《おそばがしら》の吉岡忠右衛門を誅殺《ちゅうさつ》して脱藩・逐電した。

忠右衛門の伯父であり、鍋島藩の内廷（藩主側近）御年寄役である吉岡監物《けんもつ》は、すぐさま平八郎追討の刺客を放った。このとき監物は、

「甥《おい》の敵討ちじゃ！」

と近臣に昂然《こうぜん》といい放ったそうだが、正確にいえば、これは間違いだった。敵討ちは尊属に対してのみ許され、卑属への適用は認められなかったからである。つまり祖父母、父母、兄、伯叔父母の仇は討てるが、子、孫、甥、姪《めい》の仇を討つことは慣例上許されなかったのである。従って吉岡監物が刺客を放った目的は、あくまでも非公然の復讐《ふくしゅう》だった。事実、監物はこのことを藩庁に届けていない。平八郎を生かしておいては、六親眷属《りくしんけんぞく》に後世まで消しようのない傷がつく、というのが監物の名分である。

刺客の追尾は執拗《しつよう》をきわめた。

逃げても逃げても、討手は影のようにひたひたと追ってきた。九州から中国、中国から畿内、そして北陸、東海へと諸国を遍歴すること一年、江戸に潜伏して三年。その四年間に平八郎は三たび刺客に襲われた。一度は越前鯖江《さばえ》の城下はずれ、二度目は名古屋ちかくの佐屋《さや》街道、三度目は江戸本所横川の河岸道である。三度ともことごとく返り討ちに斬り捨てたものの、平八郎の心に安らぎが訪れることはなかった。第四、第五の襲撃がくるのは必至である。

（江戸を出よう）

　決定的にその覚悟を固めたのは、深川十万坪でお庭番の領袖《りょうしゅう》・藪田定八と配下の忍び八人を斬殺した直後だった。

　藪田定八は、八代将軍・吉宗の直属の隠密集団「お庭番家筋十六家」の筆頭格であり、吉宗政権を「裏」で支えてきた最大の功労者でもある。お庭番が、いや幕府が総力をあげて平八郎の行方を追うであろうことは、火を見るより明らかだった。事実、幕府の探索方はじわじわとその包囲網を縮めつつあった。

「江戸を出てどこへ行かれるのですか？」

　心配そうに訊《き》いたのは、堀部安之助である。赤穂《あこう》義士・堀部安兵衛武庸《たけつね》の遺児を自称するこの若い浪人者と、ふとした縁で知り合った平八郎は、深川十万坪で藪田定八を倒したあと、安之助の亡母・順《じゅん》がむすんだ高輪泉岳寺裏の草庵『清浄庵《せいじょうあん》』に三日ばかり身をひそめていた。その三日間、思案に思案をかさねた末の結論が「江戸脱出」であった。

「まず東海道へ出て、西へ上る」

　一瞬の思案のあと平八郎が応えた。旅支度はすでにととのっている。菅笠を持って立ち上がった。

「それから先のことは旅すがら考えるさ」

「落ち着き先が見つかったらお手紙を下さい」

安之助の声がうるんでいた。心なしか眼もうるんでいる。平八郎は腰に双刀を差して、深々と頭を下げた。

「おぬしには世話になった。この恩は生涯忘れぬ」

「道中くれぐれもお気をつけて」

「おぬしも達者でな」

交わした言葉はそれだけだったが、互いの胸中には言葉でいい表せぬ惜別の想いがある。安之助の視線をふり切るように、平八郎は足早に『清浄庵』を出た。

享保十二年丁未《ひのとひつじ》（一七二七）、正月三日夜――。

外は月も星もない暗夜である。往来には人影ひとつなく、凍えるような寒風が轟々《ごうごう》と吹きすさんでいる。人々は家にこもって新年を祝っているのだろう。あちこちの家の窓には煌々《こうこう》と灯りがともり、華やいだ笑い声や弦歌のさんざめきが聞こえてくる。

ちなみに、この年は閏年《うるうどし》のため、正月が二度あった。新暦の一月に当たる正正月と、新暦の二月に当たる閏正月である。従って、この年の一年の日数は三百八十四日、月数は十三カ月となる。

旅立ちに正月三日を選んだのは、鍋島藩の刺客やお庭番たちの探索方も、この日ばかりは動くまいと考えたからである。

幕府の公式行事は、正月元旦の賀儀からはじまる。二日には御三家の嫡子、外様大名、御目見得以上の諸士などが年頭の挨拶《あいさつ》に登城し、三日は五ツ（午前八時）に無位無官の大名や寄合、五百石以上の無役の旗本、御用達商人などが登城して年始の御礼を行う。

そうした公式行事のほかに、各屋敷でもそれぞれに新年の賀儀があり、年礼回り（年始回り）の客がひきもきらなかった。武士たちにとって正月の三日間は、一年でもっとも繁忙をきわめる時季なのである。実際、『清浄庵』を出てから高輪の大木戸をぬけて品川宿にいたるまで、一人として侍の姿を見かけることはなかった。

五ツ半（午後九時）ごろ品川宿に着いた。

宿場通りは昼をあざむくばかりの光の洪水である。往来には嫖客《うかれお》の群れがひしめき、白塗りの女たちの嬌声《きょうせい》が飛びかい、まるで祭りのような狂躁《きょうそう》が渦巻いていた。正月だから、というわけではない。江戸四宿（千住《せんじゅ》・板橋・新宿・品川）の中でも最大の遊廓《ゆうかく》を擁する品川宿は、東海道を上り下りする旅人ばかりでなく、江戸の遊冶郎たちの穴場として、日常的に盛況をきわめていたのである。

その夜は南品川本宿の旅籠に泊まり、翌朝、遊び客たちがまだ眠りから覚めやらぬ明け六ツ（午前六時）に旅籠を出た。大森村にさしかかったころには、すっかり夜が明けて、朝焼けの空がしだいに青みをおびてきた。一片の雲もない快晴。風もなく、清々しい朝である。無事に江戸から脱出できた安堵《あんど》感と解放感が、平八郎の足を軽くした。

六郷川の手前の茶店に立ち寄り、にぎり飯と味噌汁を注文した。菅笠をぬぎ、床《しよう》几《ぎ》に腰をおろす。昨夜から何も腹に入れていない。運ばれて来たにぎり飯をむさぼるように食った。

そのときである。

「おぬし……」

突然、声が降ってきた。反射的に刀の柄に手をかけて視線をあげた。旅装の武士が茶店の前に仁王立ちして、するどい眼をむけている。平八郎の刀の鍔《つば》がかすかに鳴った。その瞬間、

「平八郎ではないか！」

武士が驚声を発した。塗笠の下の顔に見覚えがあった。歳は二十八、九。やや下ぶくれの温和な面立ちをしている。

「主馬介《しゆめのすけ》か……」

平八郎の顔から警戒の色が消えた。武士は佐賀藩士・奥田主馬介。平八郎の幼なじみである。

「奇遇だな。こんなところで行き合うとは……」

主馬介が懐かしそうに眼をほそめて平八郎の手をにぎった。平八郎はその手をふり払って、油断なく四辺を見回した。

「おぬし、一人か?」

「心配するな。連れはおらん」

茶屋の周辺に不審な人影はなかった。椀に残った味噌汁を一気に喉に流し込んで代金を床几におくと、平八郎は菅笠をかぶって主馬介をうながした。

歩きながら、主馬介は勝手にしゃべりつづけた。

「年末にご重役方のお供をして江戸に出てきてな。在府中の殿に新年のご挨拶をすませ、早々に帰国の途についたのだ。江戸という街は、どうもおれの性に合わぬらしい」

この男に邪心がないことは、誰よりも平八郎が知っている。おっとりした性格だが、算勘に天賦の才があり、弱冠二十歳で蔵方勘定役に登用された俊才である。

「あ、そうだ」

はたと足を止めて、主馬介がふり向いた。笑みが消えて生真面目な役人の顔になっている。

「おぬしに朗報がある」

「朗報?」

「お父上の冤罪《えんざい》が晴れたぞ」

一瞬、虚を突かれたような顔で、平八郎は次の言葉を待った。

「四年前の藩金横領事件だ。あれは平左衛門どのがやったのではない。張本人は吉岡忠右衛門だ。しかも伯父の吉岡監物も事件に深く関与していたことがわかった」

「ほ、本当か、それは！」

「本当だ。蔵方吟味役・神谷どのの調べで、すべてが明らかになった」

佐賀鍋島藩の財政は、藩庁管轄の蔵方と内廷（藩主側近）管轄の懸硯方《かけすずりかた》の二つに分かれていた。蔵方は年貢を中心とする一般会計を所管し、懸硯方は藩主の内緒金（機密費）や軍事費などを扱う特別会計を所管した。

佐賀藩の表高は三十五万七千石だが、これには「鍋島御三家」ともいうべき三支藩（小城《おぎ》・蓮池《はすのいけ》・鹿島）の石高がふくまれており、本藩の実収入は八万石余にすぎなかった。表高のおよそ四分の一である。その上、幕府への普請役や接待役、参勤交代の費用、長崎警備などの費用がかさみ、蔵方の財政は窮迫の一途をたどっていた。

一方、懸硯方の財政は一般会計から切り離され、蔵方がどれほど赤字を重ねようが、〈堅く懸硯方へ相納め、軍務の用金充満し候《そうろう》心懸けるべし〉

との方針で潤沢な資金が懸硯方に納められ、しかもその使途はいっさい機密扱いされていた。

御側頭の吉岡忠右衛門はそこに目をつけ、懸硯方の統括者である伯父の吉岡監物と結託して数百両の金を横領したあげく、その罪を配下の刀弥平左衛門――平八郎の父にかぶせたのである。

「だがな……」

一拍間をおいて、主馬介がつづける。

「天網恢々《てんもうかいかい》、疎《そ》にして漏らさずとは、まさにこのことだ」

財政再建に血のにじむような努力を重ねてきた蔵方が、彼らの不正を見逃すわけはなかった。主馬介の上司であり、硬骨の士として知られる蔵方吟味役の神谷主膳が、吉岡一派の陰湿な圧力にも屈せず、それまで聖域とされてきた懸硯方の会計に調査の手を入れたのである。

「その結果、すべてが白日のもとにさらされ、吉岡監物の化けの皮もはがされた。やつは文字どおり『君側の奸《かん》』だったのだ」

「そ、それはいつのことだ？」

声が上ずった。

「昨年の十月だ。その責めを負わされて監物は切腹。一門もことごとく処分された。つまり藩の枢要から吉岡一族は一掃されたということだ」

昨年の十月といえば、本所横川河岸で監物の刺客に襲われた月である。おそらくその直後に事が発覚したのだろう。思い返せば、それ以来刺客の動きはぱたりと止んでいた。

――吉岡監物が死んだ……！

平八郎の胸に重くつかえていたものが、一瞬に消え去り、まるで憑き物が落ちたように心が軽くなった。だが、なぜか素直にそれを喜ぶ気持ちにはなれなかった。

（おれにとってこの四年間はいったい何だったのだ？　父は何のために死んだのだ？）

声に出して叫びたかった。だが、誰に向かって叫べばよいのか。この怒りをどこにぶつければよいのか。

「平八郎」

主馬介が向き直った。

「これで平左衛門どのの雪冤《せつえん》も叶《かな》った。一緒に佐賀に帰らぬか」

「佐賀に……帰る？」

「藩に戻れということだ」

「おれの罪も宥《ゆる》されるというのか」

「国家老の武村さまに請願してみる。話のわかるお方だからな。きっとおぬしの帰参も宥されるはずだ」

「…………」

一瞬のためらいがあった。まだ半信半疑である。主馬介を疑ったわけではないが、あまりにも唐突な話だったので、にわかには信じられなかった。それを吹っ切らせたのは、主馬介の屈託のない笑顔と断ちがたい望郷の念だった。

「とにかく、一度佐賀に帰ろう」

うながされるまま、平八郎は無言で主馬介のあとに従《つ》いた。

3

二人の帰国の旅は、のんびりしたものだった。

行く先々で名所旧跡をたずね歩き、土地の名産に舌鼓をうち、酒を酌みかわしては昔話に花を咲かせた。まるで遊山《ゆさん》のように気楽で気ままな旅である。

佐賀に着いたのは一月二十三日の昼下がり。すでに小正月も藪入《やぶい》りもすぎて、城下はいつもと変わらぬ平穏なたたずまいを見せている。二人は長崎街道ぞいの繁華な町筋を歩いていた。

四年数カ月ぶりに見る故郷の町並みである。眼に映る何もかもが、佐賀弁でいえば「しつきゃあ（全部）」懐かしかった。だが、その懐かしい景色に、平八郎は何となく違和感を覚えていた。何かが物足りない。何かが欠けている……。その理由はすぐにわかった。城の天守閣が見えないのだ。

　佐賀城は東西七百八十七間（約一千四百十六メートル）、南北七百八十五間（約一千四百十三メートル）、幅四十間（約七十二メートル）の内堀に囲まれた平城《ひらじろ》である。城下から城の全容を見ることはできないが、本丸の西北部に立つ五層の天守閣だけは、町のどこからでも望見できた。それが見えないのである。

「主馬介、城の天守閣が見えんぞ。まさか取り壊したのではあるまいな」

「いや」

　主馬介が首をふった。

「昨年（享保十一年）の三月、城内から火が出て一夜のうちに焼け落ちた。目下再建中だ」

「そうか。焼けたのか……」

　数年後に、焼失した城郭は天守閣と本丸をのぞいて再建されたが、天保六年（一八三五）、ふたたび二の丸が全焼し、三年後にようやく再建されたものの、明治七年（一八七四）の佐賀の乱で三たび炎上、佐賀城の天守閣はついに再建されることなく、その歴史を閉じたのである。

　主馬介がしみじみといった。

「考えようによっては、あの火事がおぬしの運命を変えたのかもしれぬ」

「それは……?」

どういう意味だと、平八郎がけげんな顔で訊き返した。

「城の再建費用が火の車の財政をさらに圧迫したのだ。そのために藩庫はほとんど底をつき、蔵方は莫大《ばくだい》な借財をかかえることになった。ところが……」

語尾に一段と力をこめていった。

「藩の窮状を知りながら、懸硯方の吉岡監物はそれでも金を廻せという。誰が聞いてもこんな理不尽な話はあるまい」

監物の専権に腹を立てたのが、蔵方吟味役の神谷主膳だった。

「後日知ったことだが、神谷さまは腹を切る覚悟で、つまり命がけで監物の不正をあばこうとしたのだ……。あの火事が起きなければ、四年前の藩金横領事件は永遠に闇の中だった。その意味でおぬしにとっては僥倖《ぎようこう》といえる」

「なるほど、そういうことか。まさに天の配剤だな」

「おう……」

ふいに主馬介が足をとめた。

「ここがよかろう」

旅籠の前である。紺色の大のれんに『亀屋』の屋号が染めぬいてある。

「おぬしはこの旅籠で待っていてくれ。一刻(二時間)ほどで戻る」

主馬介が立ち去るのと同時に、旅籠の留女《とめおんな》が目ざとく飛び出してきて、

「いらっしゃいまし。どうぞ」

突い居る平八郎を中にうながした。

大小の旅籠や木賃宿が軒をつらねるこの界隈《かいわい》でも、『亀屋』は比較的大きな宿である。まだ陽が高いせいか、ほかに客の姿はなかった。通された二階の部屋で、埃まみれの裁着袴《たつつけばかま》をぬぎ、運ばれてきた茶を飲みほした。

気持ちが異様に昂《たかぶ》っている。自分でも抑制できない熱い感情が胸の底からわき立ってくる。

——藩への帰参がかなう。

夢のような話だった。その喜びが実感としてひしひしと胸に迫ってくる。主馬介が戻ってくるまでの一刻が、途方もなく長い時間のように感じられた。

（そうだ……）

ふと思い立って、着流しのまま『亀屋』を出た。

——ゴォーン、ゴォーン……。

八ツ（午後二時）を告げる鐘が鳴りはじめた。鏡円寺の鐘である。何の変哲もない鐘の音色だが、平八郎の耳にはそれさえも懐かしく聞こえた。

鏡円寺には、天正年間に筑前国黒崎浦（現・北九州）に漂着して、鍋島直茂《なおしげ》につか

えた高麗人・宗歓の墓がある。宗歓は、文禄慶長の朝鮮遠征のさいに道案内をつとめ、直茂から十人扶持《ぶち》を給されて城の北側に「唐人町」を興した。百三十年後のいまも、宗歓の末裔《まつえい》たちは「川崎」姓を名乗って唐人町で暮らしている。

長崎街道を左に折れて、しばらく行くと佐賀城の南堀端に出る。

堀に沿って東西に走る小路は、「片田江七小路《かたたえななこうじ》」と呼ばれる閑静な武家地で、藩の下級武士の小屋敷が軒をつらねていた。平八郎がかつて住んでいた組屋敷もそこにあった。

満天星《どうだん》の生け垣をめぐらせた六十坪ほどの敷地に藁葺屋根《わらぶき》の平屋。木戸門のわきの紅梅の老木がちらほらと花を咲かせていた。すべてが当時とまったく変わらぬたたずまいである。

生け垣の奥にちらりと人影がよぎった。懸硯方の下役人の妻らしき女が洗濯物を取り込んでいる。気づかれぬようにそっと踵《きびす》をめぐらせた。

七小路の武家屋敷町からさらに南に二丁ほど下った雑木林の中に、『輪生寺』という古い小さな寺がある。その寺の墓地に、非業の死をとげた父・平左衛門と母・縫《ぬい》の墓があった。

墓地の一隅にひっそりと立つ墓は、四年数カ月の間、風雨にさらされて青みどろに苔《こけ》むしていた。墓前にぬかずき、帰郷の報告と父の冤罪が晴れたことを告げると、平八郎はうしろ髪をひかれる想いで『輪生寺』をあとにした。

きっかり一刻（二時間）後に、主馬介は戻ってきた。

いったん自宅に戻って身なりをととのえて来たのだろう。浅葱色《あさぎいろ》の小袖《こそで》に濃紺の羽織、同色の袴という、小ざっぱりとしたいでたちである。長旅で伸びた月代《さかやき》もきれいに剃《そ》りあげていた。

「どうだった？」

平八郎が急き込むように訊いた。一拍の間があった。主馬介は眉をひそめて深々とため息をつき、

「おぬし、江戸で何を仕出かしたのだ」

咎《とが》めるような口調で反問した。その問いの意味がわからず、当惑の表情で見返すと、

「公儀から刻付回状《こくふかいじょう》がまわっているぞ」

いきなり平手打ちを食らわされたような言葉が返ってきた。

――刻付回状。

その一言で平八郎はすべてを悟った。目の前が真っ暗になり、身のうちで何かが音を立てて崩れていった。

「刻付回状」とは、公儀大目付が発布した緊急の手配書のことである。それには、平

八郎が佐賀領内に立ち入ったら、ただちに身柄を拘束して幕府に引き渡せ、と記されてあったという。罪状は「幕臣殺害」、すなわち公儀お庭番・藪田定八と配下八名を斬殺した科《とが》である。

江戸を出たときから危惧《きぐ》していたことだが、幕府がこれほど迅速に、それも大目付という最高の監察機関を通じて公然と追捕《ついぶ》の手を打ってくるとは……。戦慄に近いものが平八郎の背筋をつらぬいた。おそらく同様の回状が他藩にもまわされているに違いない。

「――平八郎」

主馬介がするどい目を向けた。

「幕臣殺害とは、どういうことなのだ？」

切り込むような詰問である。

「………………」

数瞬の思惟《しい》のあと、平八郎がおもむろに顔を上げた、事ここにいたっては、もはや隠すべきことは何もない。この男にだけは真実を伝えておきたいと思った。

「じつはな……」

江戸滞在中に自分の身に降りかかった事件の一部始終を、そして名刀『天一《あまくに》』に匿《かく》された八代将軍吉宗の秘密を、巨細《こさい》もれなく主馬介に打ち明けた。

「――そうか。そんないきさつがあったのか」

主馬介が沈痛な表情でうなずいた。佐賀藩の一役人として、つつがなく役目をつとめ、平穏無事の人生を送ってきたこの男にとって、平八郎の身に降りかかった非現実的な事件の数々は、おそらく理解の外にあったに違いない。つぎに返ってきた言葉がそれを如実に示していた。

「どこまで不運な男なんだ、おぬしは……」

同情というより、嘆くような口調である。

「致し方あるまい、天を恨むわけにはいかんからな。……それより主馬介、おれが佐賀にいることを誰かに話したか?」

「いや、おぬしのことはまだ誰も知らぬ。追い立てるつもりはないが、一刻もはやくここを立ち去ったほうがいい」

「うむ」

いわれるまでもなく、そのつもりだった。立ち上がって身支度にとりかかった。裁《たっ》着袴《つけばかま》をはき、手甲をつけ、両刀を腰に差す。かたわらでその様子を悲しげに見やっていた主馬介が、

「すまんな、平八郎」

ぺこりと頭を下げた。

「何がだ？」

「おぬしをわざわざ佐賀まで連れてきて、却ってつらい想いをさせてしまった……。おれには何もできぬが、せめてもの気持ちだ。これを受け取ってくれ」

小さな紙包みを差し出した。中身が金子《きんす》であることは一目でわかった。

「主馬介」

「些少《さしょう》だが……路用の足しにと思ってな」

平八郎の手に紙包みをにぎらせると、

「道中の無事を祈る」

一言いいおいて、主馬介は逃げるように部屋を出ていった。階段を駆け下りる主馬介の足音を聞きながら、手のひらの紙包みを披《ひら》いて見た。中身は切り餅一個（二十五両）、かなりの大金である。

（かたじけない）

胸の中で、あらためて莫逆《ばくぎやく》の友・主馬介に頭を下げた。

4

それから一年七カ月――。

西海道、山陰道、東山道と流浪の旅を重ねるうちに、季節はめぐりめぐって、ふたたび秋が訪れようとしていた。

暑い秋である。

菅生川の川原の草むらに仰臥したまま、いつの間にか平八郎は浅い眠りに落ちていた。じりじりと灼きつくような陽差しが照りつけている。そこから半丁ほど離れた桜馬場の土場（船着場）では、荷揚げ人足たちが蟻《あり》のように黙々と立ち働いている。

ガア、ガア、ガア……。

突然、鴉《からす》の啼《な》き声が聞こえた。それも一羽や二羽ではない。大合唱である。十数羽の鴉が土場の上空でぐるぐると輪を描いていた。船から荷揚げされる干鰯《ほしか》を目当てに群れ集まってきたらしい。そのけたたましい啼き声と、陽差しの暑さで平八郎は目を覚ました。顔中汗まみれである。陽に灼けて頬がひりひりと痛い。

（さて……）

気だるげに立ち上がった。陽差しの高さから見て、時刻は午《ひる》ごろだろう。足元から草いきれがむんむんと立ちのぼってくる。裁着袴の埃を払い落とし、菅笠をかぶって土手を登った。

どこへ、という当てもなく、桜馬場の土場から北に足を向けた。道の両側に荒物屋や乾物屋、仲買問屋、飲食店など、大小さまざまな店が並び立ち、さまざまな人々が行き交い、さまざまな匂いがただよっている。

六地蔵町と呼ばれるこの町は、古くから桜馬場の土場の荷揚げに関する特権を持っており、干鰯、樽《たる》物、荒物、小間物類はすべて六地蔵町の人足が運送するきまりになっていた。それ以外の船荷、たとえば鉄や綿実、大豆、米などの穀物類は、北どなりの上伝馬町の人足が馬で運ぶ定めになっていた。物資流通の発展を図るために、岡崎藩が運送の利権を二町に分割したのである。

明和元年（一七六四）の調べによると、岡崎宿を上り下りする馬は年間二万八千疋《びき》、一日平均七十五疋あったという。活況思うべしである。

宿場通りの一角の飯屋に入った。ちょうど昼時で、店内は雑多な客でごった返していた。奥の一隅に空いた席を見つけて腰を下ろし、焼き魚とめしと味噌汁を注文した。

――このあと、どうするか。

めしを食べながら、ずっとそのことを考えていた。

平八郎が岡崎に来たのは、とくに理由があってのことではなかった。北陸路から美《み》濃《の》路へと当てどもない旅をつづけているうちに、いつの間にか国境を越えて岡崎領内に足を踏み入れていたのである。昨夜は上伝馬町の旅籠に一泊したが、もとより長居をするつもりはなかった。

岡崎の領外へ出るにはいくつかの道筋が考えられる。東海道を西上して鳴海《なるみ》に向かうか。逆に東下して赤坂に行くか。あるいは信州道を北上して信濃に足を向けるか。はたまた矢作川の舟運を使って三河湾に出、伊勢《どんぶり》に向かうか……。

あれこれと思案をめぐらせているうちに、丼のめしが空になっていた。底意地の悪そうな小女《こおんな》が追い立てるように器を片づけている。平八郎は卓に代金をおいて腰をあげた。

縄のれんを割って通りに出たとき、平八郎の眼のすみに四人連れの武士の姿がよぎった。いずれも黒漆の塗笠をかぶり、木賊色《とくさいろ》のぶっさき羽織に黒の野袴《のばかま》、革草鞋《かわわらじ》ばきという厳重な身ごしらえである。旅人や行商人、伝馬人足などがひっきりなしに行き交う雑踏の中で、その四人連れは際立って異彩を放っていた。先刻、桜馬場の上空に舞っていた鴉の群れのように不気味な一団である。

(何者だろう?)

一抹の疑念が平八郎を尾行へと駆り立てていた。四人の武士は、東海道の往還を右に折れて、城下のほうに向かっていた。

しばらく行くと、前方に高塀をめぐらせた大きな屋敷が見えた。門前に二人の門番が六尺棒を持って物々しく立っている。「御馳走屋敷《ごちそう》」と呼ばれるこの屋敷は、幕府などの公的来客を接待する場所で、朝鮮通信使や茶壺《つぼ》道中の通過のさいには休泊施設としても利用された。

四人の武士が屋敷の門前にさしかかった瞬間、

(公儀の使者か?)

と思ったが、案に相違して、四人は門前を素通りし、籠田総門《かごたそうもん》(東門)に向かっていった。総堀をわたって、この門をくぐると岡崎城下である。

俗に「五十四町二十七曲がり」といわれるほど、岡崎の城下は曲折が多い。籠田総門をくぐり、突き当たりを右に折れて北上し、さらに左に曲がると、城下の中心地「連尺町《れんじやくちよう》」に出る。城下でもっとも早く開けたこの町には、上伝馬町や六地蔵町の雑踏とは明らかに異質の華やいだ賑わいがあった。

井原西鶴の『一目玉鉾《ひとめたまぼこ》』に「町作り都めきて、万の商人爰《ここ》に集まる」とあるように、往還の左右には荒物屋、小間物屋、木綿問屋、呉服商などの大店《おおだな》が整然と立ちならび、着飾った武家の女や富商の女房らしき女たちが供をひきつれて、そぞろ歩いている。男たちの身なりも一様に小ぎれいで、江戸の日本橋界隈を彷彿《ほうふつ》とさせる雰囲気が町のすみずみにただよっている。

四人の異装の武士たちは、往来の人々の奇異な視線にさらされながら、傍若無人とも思える態度で道の真ん中をずんずんと歩いていく。

やがて前方に木戸が見えた。「連尺木戸」と呼ばれる町木戸である。木戸のわきの番小屋の中で、木戸番の老人がのんびりと煙管《きせる》をくゆらせている。その木戸を通過してすぐ左（南）に曲がり、小砂利をしきつめた広い道を二丁も行くと岡崎城の大手門に出る。

平八郎は、連尺木戸をくぐったところで尾行を断念した。四人の武士が番所ふうの屋敷に入って行くのを見届けたからである。

厳めしい冠木門《かぶきもん》と築地塀《ついじべい》に囲まれたその屋敷は、外来使節の取り次ぎをしたり、町人や百姓の公事《くじ》評定《ひょうじょう》（訴訟）を行ったりする「対面所」だったが、むろん平八郎は知る由もない。ただ、応対に出た侍の丁重な物腰から見て、四人の武士が岡崎藩にとって重要な客であることは推知できた。

そして、これは武芸の習練を積んだ平八郎だからこそわかることなのだが、四人の武士の歩運びや身のこなしには一分の無駄も隙《すき》もなかった。かなり腕の立つ兵法者に違いない。

――岡崎藩の内部で何かが起きている。

直感的に平八郎はそう思った。

岡崎藩の四代藩主・水野和泉守忠之《いずみのかみただゆき》は幕府の勝手掛老中《かってがかりろうじゅう》である。

家康の生母・伝通院《でんつういん》（於大《おだい》の方）の外戚《がいせき》の次男に生まれた忠之は、一時旗本となっていたが、元禄十二年（一六九九）、三十一歳のときに兄の養子となり、岡崎五万石の家督をついで大名になった。その後、奏者番《そうしゃ》、若年寄、京都所司代を歴任し、享保二年に老中、享保七年には財政専任の勝手掛老中に任ぜられた。現代ふうにいえば、財務大臣兼経済産業大臣といったところであろう。

八代将軍・吉宗が、財政改革の要ともいうべきこの重要ポストに水野忠之を登用した理由は、いまなお続く将軍家と尾張徳川家の熾烈《しれつ》な争いと無縁ではなかった。

水野家は、藩祖の代から一貫して「反尾張」の姿勢をつらぬいてきた筋金入りの譜代大名である。藩祖・水野監物忠善《けんもつただよし》は、戦国の遺風がまだ色濃く残っていた正保年間、郡山の本多政勝（鬼内記）、尼ケ崎の青山幸利（鬼大膳）とともに「三鬼」の一人として「鬼監物」の異名をとったほど武辺張った人物だった。その忠善を三河吉田から名古屋の喉首《のどくび》にあたる岡崎に移し、尾張藩の監視にあたらせたのが、三代将軍・家光である。

強烈な譜代意識の持ち主である忠善は、家光の威光を背景に尾張徳川家との対決姿勢を強めていった。天性豪胆、武辺一筋の忠善の破天荒な言動は、当然のことながら尾張藩との間にさまざまな問題を引き起こした。

たとえば、その一つ……。

ある晩、忠善は二人の供を連れてひそかに名古屋城下に潜入し、細引《ほそびき》の先に鉄砲玉をむすびつけて城の濠《ほり》の深さを測ろうとした。ところが運悪く尾張藩の番士に見つかってしまい、あらかじめ名古屋と岡崎の間に配置しておいた七頭の馬を乗りついで、命からがら領国に逃げ帰ったという。

また、矢作川を馬で渡河しようとした尾張藩の藩士を捕らえてその場で首を刎《は》ね、尾張藩主・義直《よしなお》が通行するとき、わざと川原に生首をさらしたという、いささか怪しげな武勇伝も残っている。こうした忠善の所業について、近隣の西尾城主・増山正利は、

「監物（忠善）こと、尾張勢何万人なりとも岡崎より先へは一寸も入れず、などと平生大言をはけど、近郡隣国も不和なり。水野いかで大言のごとなるべきや。その上、領地の士民まで信伏するもの一人もなし。監物の大言は無益のみならず、却って害を求むるところ也《なり》」

と痛烈にこき下ろしている。近隣諸国にはきわめて評判の悪い人物だったが、尾張徳川家と折り合いの悪かった将軍家光の覚えはすこぶる目出たく、以来、尾張藩の監視役という岡崎水野家の役割は歴代の藩主に受けつがれ、その論功によって二代・忠春は大坂仮城代、三代、忠盈《ただみつ》は西の丸奥詰と幕府の要職を歴任してきたのである。

そして、今から十二年前の正徳六年（一七一六）、現藩主・水野忠之のときに、さらなる好機がおとずれた。七代将軍・家継《いえつぐ》がわずか八歳にして黄泉《よみ》の客となり、その後継をめぐって尾張六代藩主・継友《つぐとも》と紀伊五代藩主・吉宗の間で暗闘が勃発《ぼっぱつ》したので

ある。

この時点で、下馬評は圧倒的に尾張継友が有利だった。尾張藩は藩祖・義直以来、朝廷と深い縁故があり、しかも継友と時の関白・近衛《このえ》家熙《いえひろ》の娘・安己姫《あこひめ》との婚儀がすでに内定しており、双方の関係はさらに緊密になっていたからである。

一方の紀州藩は、まったくといってよいほど朝廷とは縁がなかった。次期将軍の座をねらう紀州吉宗にとって、これは決定的ともいえる弱点である。そこで吉宗は、京都所司代をつとめる水野忠之を抱きこんで巻き返しを図ろうとした。尾張藩とは藩祖の代から不倶戴天《ふぐたいてん》の仲であった忠之がこの話を断るわけがなかった。あるいは忠之のほうから積極的に吉宗に接近していったのかもしれない。いずれにせよ、「反尾張」という点で両者の利害は一致したのである。

ちなみに「京都所司代」とは、徳川幕府の朝廷政策のいっさいを管掌する役職で、『明良帯録《めいりょうたいろく》』には「禁中之事を守護し公家之怠慢を戒しむ。重任也」とある。公家の監督や訴訟を聴断するほど権限が強く、俗ないい方をすれば、禁中に「顔が利く」役職だったのである。

吉宗の意を受けた水野忠之は、なりふりかまわず朝廷の実力者たちに金品をばらまき、尾張支持派の公家たちを次々に懐柔していった。わけても朝廷最大の実力者、前関白《さきのかんぱく》・近衛基熙を吉宗支持に転向させたことは、特筆に値する功績といえた。なぜなら、次期将軍選定の決定権をにぎる六代将軍・家宣《いえのぶ》の未亡人・天英院《てんえいいん》は近衛基熙の娘であり、結果として、その天英院の一言で紀州藩の勝利が決したからである。

八代将軍の座についた吉宗が、真っ先に行った人事は、いうまでもなく水野忠之の老中起用であった。論功行賞というより、この人事は両者で交わされた密約の実行と見るべきであろう。

以来、水野忠之は勝手掛老中として吉宗政権を支え、その領国岡崎は、名古屋の押さえとして、今なお尾張徳川家の監視役をつづけている。

5

岡崎城下をあとにした平八郎は、矢作川をわたって東海道を西へ上っていた。宇頭《うとう》(岡崎市宇頭町)の立場《たてば》から平針《ひらばり》街道に入り、尾張領の大曾根に出て、信州へ向かうつもりだった。

平針街道は、名古屋まで行程八里の脇街道である。『尾張徇行記』には「慶長十七年(一六一二)、神祖(家康)三州岡崎より名古屋への近道を考へたまひて、径もなき山中を通りたまひ」とあり、家康はこの道を「東海道姫街道」と呼んだという。

「姫街道」の語源は、本街道を主の男性に見立て、脇街道に従の女性名詞をあてたという説が一般的だが、平針街道は軍事的な意味で「姫（秘め）街道」と呼ばれた。

平針村の由緒書には、

「慶長二十年卯《う》四月、大坂御陣之節、御軍勢御通行之砌《みぎり》、御休泊被仰付、相勤候」

とある。大坂冬の陣・夏の陣に、家康はこの街道から兵を進めたのである。

堤村《つつみむら》の継場《つぎば》をすぎたあたりから、照りつけていた陽差しもようやく西の空に傾きはじめ、汗ばんだ躰を翠嵐《すいらん》の涼気が心地よくねぶっていった。

村はずれの坂道にさしかかったときである。背中に異様な気配を感じて、平八郎は足をとめた。かすかな足音が聞こえてくる。それも一人や二人ではない。かなりの人数の入り乱れた足音である。とっさに翻身《ほんしん》して杉林の中に身を隠し、迫り来る足音に耳をかたむけた。

最初に目に飛び込んできたのは、一目散に走ってくる三人連れの六部《ろくぶ》の姿だった。いずれも鼠木綿服《ねずみもめんふく》に同色の股引《ももひ》き、脚絆《きやはん》、甲がけといういでたちである。これは廻《かい》国《こく》巡礼の一種で、諸国六十六カ所を行脚《あんぎや》して経文を納めて歩いたところから六十六部の名がつき、それを略して一般には六部と呼ばれた。

その五、六間後方から、黒布で面をおおった五人の侍が抜き身をふりかざして猛然と追ってくる。見る間に両者の距離が縮まった。

と——、

突然、六部のひとりが足をとめて懐中から卵ほどの紙張子の球を取り出し、腰につけていた胴火を点火するや、振りむきざま五人の侍めがけて投擲《とうてき》した。この張子の球は、忍びの隠語で「鴉の子」といい、焰硝《えんしょう》に灰とマグネシウムを混合したものが詰められている。

ズカーン！

凄まじい炸裂《さくれつ》音とともに、あたり一面にもうもうと白煙が立ち込めた。五人の侍は、不意をつかれて一瞬たじろいだものの、すぐに態勢をととのえ、脱兎《だっと》の勢いで白煙の幕を突きぬけた。

しゃっ！

六部たちが杖《つえ》の仕込み刀を抜きはなって反撃に出た。煙幕の中から飛び出してきた侍のひとりが咽《のど》を突かれて仰向けに転がった。が、ほかの四人は臆さず怯《ひる》まず、怒濤《どとう》のごとく六部に襲いかかった。この時点で、勝敗の帰趨《きすう》は誰の目にも明らかだった。むろん劣勢は六部のほうである。案の定、六部のひとりが逆袈裟《けさ》に斬られて地に伏し、それを援護しようとしたもう一人が、胴を薙《な》がれて折り崩れた。

残るは、華奢《きゃしゃ》な躰つきの六部ひとりである。四本の白刃が落日の光をきらめかせながら、じわじわと包囲の輪を縮めていく。

「ええいッ」

裂帛《れっぱく》の気合とともに一閃《いっせん》の銀光が奔り、バサッと音がして何かが宙に舞った。斬り裂かれた六部笠である。その瞬間、平八郎は思わず息をのんだ。笠を飛ばされて立ちすくんでいる小柄な六部は、なんと女だったのである。しかも、その女は尾張の密偵・星野藤馬《とうま》の情婦・小萩であった。

（まさか！）

一瞬わが目を疑ったが、次の刹那、平八郎はほとんど無意識裡に杉林の中から飛び出していた。

「な、何奴……！」

気配に気づいて四人の侍が振りむいたときには、抜きざまに放った平八郎の刀が、ひとりを袈裟がけに斬り倒し、返す刀でもうひとりの脾腹《ひばら》を横薙ぎに払っていた。その間に残るふたりは左右に跳んで、挟撃の構えをとっている。

平八郎は、右足をひいて剣尖《けんせん》をだらりと下げ、右半身に構えた。鍋島新陰流「まろばしの剣」の車《しゃ》（斜）の構えである。もともとこの構えは新陰流の流祖・上泉伊勢守秀綱《かみいずみいせのかみひでつな》の工夫になる構えで、『新陰流兵法目録事』には「下段右構えで敵の懸《けん》・待《たい》に応じて一刀両断する態勢」とある。平八郎はこれに躰の回転運動を取り入れて、独自の「まろばしの剣」を完成させたのである。

左右の侍がじりじりと間合いをつめてくる。だが、平八郎は微動だにしない。

と――、

　左方の侍の眼が覆面の下でちらりと動いた。それを合図にふたりが同時に地を蹴《け》って斬り込んできた。と見た瞬間、平八郎の躰が独楽《こま》のように回転した。おそらく二人の侍の眼には、一瞬裡に平八郎の姿が消えたと映ったに違いない。それほど速い回転動作だった。その遠心力で右方の侍の刀をはじき飛ばし、左から斬り込んできた侍の頸《けい》動脈を切り裂くと、そのまま間髪をいれず跳躍して、刀を拾おうとした侍の背中に、切っ先を垂直に突き立てていた。その間わずか寸秒。神速の回転技である。

「刀弥さま！」

　小萩がはじけるように駆け寄ってきた。

「小萩どの……」

　刀の血ぶりをしながら、平八郎は改めて小萩の顔を見なおした。以前よりいくぶん頬がふっくらとして、艶っぽい面立ちになっている。

「おかげで助かりました。ありがとうございます」

　礼をいう小萩から眼をまぶしそうにそらして、平八郎は地面に転がっている侍の死《し》骸《がい》を見下ろした。

「この連中は？」

「岡崎藩の横目（監察）です」

「横目？　……しかし、なぜ」

「事情《わけ》は歩きながらお話しします」

追手を警戒したのだろう。小萩はそういって踵を返すや、足早に歩き出した。平八郎も無言であとを追う。ややあって、小萩がぽつりといった。

「刀弥さまも、うすうすはお気づきなのでしょう？」

「何のことだ？」

「わたしの素性です」

「………」

平八郎は応えなかった。いや、応えられなかった。改めて考えてみると、小萩について知っているのは、星野藤馬の情婦ということだけで、それ以外のことは何も知らなかったからである。

「わたしは通春《みちはる》さま付きの別式女《べっしきめ》なのです」

意外な告白だった。藤馬から武家の出の女だとは聞いていたが、まさかこの華奢な躰つきの女が尾張六代藩主・継友の異母弟・松平主計頭《かずえのかみ》通春に仕える「別式女」だったとは……。

寛政年間に書かれた随筆『黒甜瑣語《こくてんさご》』によると、諸大名の屋敷には眉を青々と剃りあげ、丈の短い着物を着して腰に大小を差した、まことに勇ましい恰好《かっこう》の女武芸者がいたという。「別式女」、あるいは「刀腰女《とうようめ》」「帯剣女《たいけんめ》」などと呼ばれる女がそれで、尾張藩には六人の別式女がいたと『婦女勇義伝』は伝えている。その一人が小萩だったのである。

「すると、小萩どのが岡崎に来たのは……？」

「城下に潜伏している〝里隠れ〟と連絡《つなぎ》をとるためです」

「里隠れ」とは、他藩の城下に住みついて敵情偵察、情報収集の任にあたる隠密のことをいう。中には土地の女を娶《めと》り、子をもうけ、親子二代にわたって里隠れをつとめている者もいる。「忍び草」「蟄虫《ちつむし》」ともいった。先刻殺された二人の六部も、十年前に岡崎城下に配された「里隠れ」隠密だった。

このとき、平八郎の脳裏にふと四人の異装の武士の姿がよぎった。

「岡崎藩に何か不穏な動きでも？」

「通春さまがお国入りしてから、得体のしれぬ侍がひっきりなしに岡崎藩に出入りするようになりましてね」

松平通春が尾張入りしたのは、十日ほど前だった。その目的は小萩にも伝えられていなかった。いや、小萩だけではなく、江戸公邸の重臣たちも知らない極秘のお国入りだったのである。

「とすれば、岡崎藩が通春公の動静を探るために隠密を放ったとしても不思議ではあるまい」

平八郎がそういうと、小萩は言下に首をふって、

「ところが違うんです」

「違う？」

「その侍たちは、岡崎藩の隠密ではないのです」

「では、公儀の……？」

「いいえ、それも違います」

「どうもわからんな。いったい何者なのだ、その侍たちは？」

「藤馬さまから、それを探れとのご下命を受けて、昨日岡崎入りしたのですが……」

小萩の動きはすでに岡崎藩の横目に探知されていたのである。それに気づいた小萩は、横目の尾行をふり切って「里隠れ」が営む古着屋に駆け込み、六部に身をやつして城下を脱出した。そのあとの経緯は、先刻平八郎が目撃したとおりである。

「で、これからどうするつもりだ？」

「藤馬さまにご報告を――」

「江戸に戻るのか」

「いいえ、藤馬さまは尾張にいます。刀弥さまもご一緒にまいりませんか？」

「やめておこう」

平八郎がかぶりを振ると、小萩は童女のように口に手をあててクスッと笑った。

「藤馬さまと喧嘩別れをしたそうですね」

「おれのほうから縁を切ったのだ」

「でも、藤馬さまはそうは思っておりません。いまでも刀弥さまの身を案じておられます。きっと力になってくれると思いますよ」

「………」

小萩に別意があるとは思わない。真率、自分の身を案じてくれているのだろう。だが、どうしても藤馬に会う気にはなれなかった。一度は本気で斬ろうと思った男である。そのわだかまりが、一年七カ月たった今もまだ氷解していなかった。

「心づかいはありがたいが……」

藤馬の扶《たす》けを受けるつもりはない、と平八郎はきっぱりと断った。小萩の反応はなかった。ただ悲しげにうなずいただけである。それっきり二人の会話は途切れ、しばらく無言の行歩がつづいた。すでに陽が落ちてあたりは薄闇《やみ》につつまれている。

やがて前方の闇にちらほらと灯りが見えた。平針村の灯りである。人家六十八軒、住人わずか五百三十六人の寒村だが、宿場には本陣や脇本陣もあった。ここから名古屋までは二里半の行程である。

街道は宿場の手前で二つに岐《わか》れていた。平針街道と飯田街道の分岐路である。

「小萩どの」

平八郎は道標の前で足をとめた。

「ここで別れよう」

「飯田街道を行かれるのですか」

「うむ」

と――そのとき、宿場はずれの闇に忽然として四つの黒影がわき立った。平八郎は反射的に身がまえて目をこらした。四つの影は全身黒ずくめの屈強の武士たちである。平八郎の右手が刀の柄にかかっていた。左手の指は鯉口《こいぐち》を切っている。ふいに小萩がその手を押さえていった。

「ご安心下さい。迎えの者たちです」

「迎えの者……?」

けげんな眼で、接近してくる四つの影を見た。

「尾張藩の侍か」

「御土居下衆《おどいしたしゆう》です」

御土居下衆――正確には、御土居下御側組同心《おそばくみどうしん》という。星野藤馬の配下たちである。

「お迎えに上がりました」

ひとりが低くいった。

「ご苦労さまです」

小萩が軽く会釈した。そのとき小萩の眼がちらりと動いたことに、平八郎は気づかなかった。

「では、ここで失礼する。ごめん」

と背を返した瞬間、平八郎の後頭部に激烈な痛みが奔った。何が起きたのか理解する間もなく、平八郎は気を失ってその場に崩れ落ちた。

第二章　御土居下衆

1

躰《からだ》が激しく揺れている。

背中や尻にゴツンゴツンと何かが当たる。

軽いめまいを覚えて、平八郎は意識を取り戻した。躰が揺れるたびに後頭部に鈍痛が奔《はし》る。目を開けてみたが、視界はまったくの闇《やみ》である。

すぐに状況が理解できた。黒布で目隠しをされていたのである。しかも両手は背中に回され、麻縄でがんじがらめに縛られていた。

絶え間なく躰が揺れている。ゴツン、と今度は頭が何かにぶつかった。

――駕籠《かご》の中か……。

激しい揺れの原因はそれだった。

どれほどの時間がたったのか、皆目見当もつかなかった。かなりの時間揺られていたような気もするし、わずか寸秒しかたっていないような気もする。

急に駕籠の速度がゆるみ、ズンと音がして駕籠の底が地面についた。ややあって、何かがきしむ音が聞こえた。門扉《もんぴ》を開けるような重々しい音である。そして、駕籠はふたたび揺れはじめた。

かすかに木々の梢のざわめきが聞こえた。どうやら樹林の中を進んでいるようだ。

ほどなく駕籠が止まり、

「下りろ」

くぐもった男の声がして、駕籠の簾《す》がはね上げられた。足元を確認しながら駕籠を下りると、いきなり左右から手が伸びて、平八郎の両脇を抱えあげた。驚くべき膂《りょ》力《りょく》の持ち主である。まるで赤子を扱うかのように軽々と平八郎の躰を抱え、小砂利を敷きつめた道をずんずん進んでいく。

遣戸《やりど》を引き開ける音を二度ばかり聞いた。

どこかの屋敷に連れこまれたらしい。廊下を右に左に曲がるたびに、強い異臭が鼻をついた。掛け燭《しょく》の燈油の匂いである。ふつう武家の屋敷では、燈火に蠟燭《ろうそく》か種油（植物油）を使用するが、この屋敷では安物の魚油（鯨油や鰯油）を使っているのだろう。

かなり強烈な匂いだ。

やがて三度目の遣戸を開ける音を聞いた。

どん！

ふいに背中を突かれて、前のめりに板敷きの上に転がった。と同時に、ひとりの男が平八郎の腰に片足をかけて押さえ込み、もうひとりがおもむろに刀を抜き放った。目には見えなかったが、研ぎ澄まされた平八郎の五感が二人の男の動きを正確にとらえていた。

息をつめて気配をうかがっていると、いきなり刀の刃先が背中に押し当てられた。常人ならここで悲鳴をあげていただろう。それほどの恐怖が迫っているにもかかわらず、平八郎の躰はぴくりとも反応しなかった。男たちの動きに殺気が感じられなかったからである。背中に押し当てられた刃先は、ゆっくりと背筋を這《は》い、腰のあたりで止まった。

ぷちっ、と何かがはじけ散る音がした。麻縄が断ち切られたのである。緊縛されて硬直していた上体がしだいに柔らかく膨らんでくる。

男たちの立ち去る足音が聞こえた。がたんと戸が閉まり、しだいに足音が遠ざかってゆく。やがていっさいの物音が絶え、不気味な静寂が四辺を領した。

頃合いを見計らって、平八郎はそっと目隠しをはずした。視界がぼんやりと明るんでくる。

　そこは六畳ほどの板間だった。掛け燭がかぼそい明かりを灯している。正面は太い、頑丈な格子で仕切られ、三方は窓のない板壁。右すみに小さな格子戸（留め口）がある。部屋というより、正しくここは牢《ろう》だった。

（そうか……）

　卒然と記憶がよみがえった。平八郎を拉致《らち》したのは、小萩を迎えにきた四人の御土《お ど》居下衆《いしたしゅう》である。とすれば、ここは尾張藩領の御土居下組屋敷に違いない。

　――しかしなぜ、御土居下衆が……？

　新たな疑念がわき起こった。彼らが独断で平八郎を拉致したとは思えなかった。

　――星野藤馬の意を受けたのか？

　いや、それも違う。平八郎と小萩の出会いはまったくの偶然である。その偶然を藤馬が予見するのは不可能である。となれば、考えられるのは一つしかない。

　小萩である。

　もう一度、あのときの記憶をたどってみた。不意の一撃を食らったのは、平針宿で小萩に別れを告げ、背を返した瞬間だった。おそらく、そのとき小萩が四人の御土居下衆に無言の合図を送ったのだろう。平八郎を尾張に連れていくための強硬手段、と考えれば何もかも平仄《ひょうそく》が合う。

である。

平八郎は苦笑した。小萩の正体を見抜けなかったおのれの魯鈍《ろどん》さを自嘲《じちょう》したのである。

（あの女狐《めぎつね》め……）

と——、
奥の遣戸ががらりと開いて、板壁に人影がさした。息をつめてじっとその影を見ていると、手燭を持った大柄な武士が入ってきて、牢格子の前にどかりと腰をすえた。

四角ばった顔、青く剃《そ》りあげた月代《さかやき》、褐色《かちいろ》の羽織に薄鼠《うすねず》色の練貫《ねりぬき》（絹）の帷子《かたびら》と袴《はかま》を着している。肩幅の広い、堂々たる恰幅《かっぷく》の武士である。

「久しぶりだな、平八郎」

その声を聞いて、平八郎はあっと息をのんだ。

「ふっふふ、わしの顔を見忘れたか」

武士は、尾張六代藩主・継友の異腹の弟・松平通春の密偵・星野藤馬だった。

「…………」

平八郎はまだ半信半疑である。あまりにも風体が変わりすぎていた。平八郎が知っている藤馬は、いつも月代を茫々《ぼうぼう》と伸ばし、顎《あご》に不精ひげをたくわえ、薄汚い綿服をまとった浪人者だった。どうしてもその印象が拭《ぬぐ》いきれない。

「藤馬か……！」

牢格子の間から、まじまじと藤馬の顔を見やった。藤馬がゆっくりかぶりをふった。

「いまは名を改めて、星野織部《おりべ》と名乗っている」

「そうか……」

平八郎は口の端に軽侮の笑みをきざんで、皮肉たっぷりにいった。

「とうとうおぬしも尾張藩の禄をはむ身になったか」

「士官したのではない。もともとわしは尾張の藩士だったのじゃ。肥後浪人を名乗ったのは、世間の目をあざむくための方便よ」

悪びれるふうもなくそういうと、藤馬は大口を開けてからからと笑った。相変わらず人を食った男である。平八郎が憮然《ぶぜん》と吐き捨てた。

「結局、おれも騙《だま》されたというわけか」

「まあ、そうむきになるな」

なだめるようにいって、藤馬がパンパンと手を叩いた。ややあって、目にもあざやかな萌黄色《もえぎいろ》の小袖を着た若い女が、盆に徳利と猪口《ちょこ》をのせて入ってきた。年のころは十八、九。小麦色の肌をした野性的な娘である。

「紹介しよう。この家のあるじの娘じゃ。今日からおぬしの身のまわりの世話をする。何なりと申しつけてくれ」

「美耶《みや》と申します。よろしくお願いします」

恥じらうように一礼して、娘は逃げるように出ていった。

「ま、一杯」

藤馬が猪口に酒を満たして、牢格子の間から差し出し、

「わしの素性を明かそう」

淡々と語りはじめた。

藤馬は、元禄九年（一六九六）、尾張藩の吟味役兼奉行・星野八左衛門則章《のりあき》の三男に生まれた。先祖は初代藩主・義直《よしなお》につかえた弓削衆《ゆげしゅう》である。幼名を常四郎といい、十八のときに御土居下御側組同心組頭・久道《くどう》軍左衛門の娘婿になった。その娘というのが、じつは小萩だったのである。

「す、すると！」

喉に流しこんだ酒がむせて、平八郎は軽く咳《せ》き込んだ。

「あの女は、おぬしの妻女だったのか！」

「べつに隠すつもりはなかったのだが、何となく言いそびれてしまってのう」

照れ臭そうに頭をかきながら、

「わしが肥後浪人を騙《かた》ったのは――」

藤馬がつづける。

尾張柳生《やぎゅう》の祖・柳生兵庫助利厳《ひょうごのすけとしとし》の門下に高田三之丞《さんのじょう》なる傑物がいた。肥後人吉《ひとよし》の

兵法師範・丸目蔵人佐鉄斎《まるめくらんどのすけてつさい》にタイ捨流を学んだ使い手だったが、柳生利厳と二度立ち合って二度とも敗れ、その場で利厳の門人になった。以後、新陰流の奥義をきわめて利厳の第一の高弟となり、道場を訪れる武芸者の相手は、師の利厳に代わってすべて高田三之丞がつとめたという。

「この三之丞という門弟が一風変わった男でのう。相手を打ち負かすたびに〝おいとしぼう〟と掛け声をかけたそうじゃ」

「おいとしぼう」とは、「おいたわしや」の肥後訛《なま》りである。

「師の厳延《としのぶ》どのからその話を聞いて、わしゃすっかり三之丞という男が気に入ってしもうてな。で、まあ……、わしも人を斬るときは、相手を供養するために〝おいとしぼう〟と掛け声をかけることにしたのじゃ」

そういって藤馬は、また大口を開けて呵々《かか》と笑った。

「藤馬」

平八郎がやや怒気をふくんだ目つきで見返した。

「おれをどうするつもりだ？」

「どうもせん。出て行きたければ出て行くもよし。居たければ居つづけるもよし。おぬしの好きなようにすればよい。ただし」

と語尾に力をこめて、

「一つだけ条件がある」

「条件？」

「『天二《あまくに》』の行方を教えてもらう……。それが条件だ」

目的は、やはりそれだった。

2

『天二』――神祖家康が久能山で紀州藩祖・頼宣《よりのぶ》に下賜したという天下三品《さんぽん》の名刀である。その『天二』には、じつは天下がくつがえるほど重大な秘密が匿されていた。六代将軍・家宣が死の枕辺に書き残した遺言状、いわゆる『文昭院様御遺誡《ぶんしょういんさまごゆいかい》』がそれである。

病弱な幼君・家継の将来を案じた家宣は、その遺言状にこう記している。

「余に嫡子（幼名・鍋松）はあるが、歳はあまりにも幼い。こうしたときのために神祖（家康）が三家を立てておかれた。わが死後は嫡子・鍋松（七代・家継）に将軍職をゆずり、三家筆頭の尾張どのに後見役として西の丸に入ってもらい、わが子に万一があらば尾張殿に天下の大統を嗣《つ》いでもらう」

すなわち、七代将軍のあとは尾張徳川家に将軍位をつがせると明記してあるのである。これがおおやけになれば、現将軍・吉宗の政権基盤は危うくなる。最悪の場合、吉宗を八代将軍に推した天英院（六代・家宣の正室）の裁定もくつがえりかねないのである。

その遺言状が、六代将軍・家宣の臨終に立ち会った典薬頭《てんやくのかみ》・片倉宗哲《そうてつ》から、締戸番《しめとばん》（お庭番の前身）筆頭の風間新右衛門の手にわたり、名刀『天一』の柄《え》に匿されてひそかに闇に消えたのは二年前の享保十一年である。それ以来、尾張徳川家と将軍家との間で血みどろの争奪戦が繰り広げられ、多くの人間が死んでいった。そのほとんどは政争とは無縁の無辜《むこ》の人々である。

そして今、『天一』の行方を知る者は、平八郎ひとりだけだった。

藤馬が唐突にいった。

「お葉は……、死んだそうだな」

平八郎は苦々しく応えた。

「お庭番の組頭・藪田定八に殺された」

できれば二度と口にしたくない話題だった。

お葉と縁を切れといったのは藤馬である。さもなければおれがお葉を斬る、ともいった。それが二人の間に溝を作ったそもそもの原因だった。そして一年七カ月たった今も、その溝は埋まっていない。

「そのことで、おぬしに謝ろうと思ってな」

「謝る？」

「どうやら、わしはあの女を誤解していたようじゃ。あれは失言だった。許してくれ」

つねになく神妙な面持ちで藤馬が頭を下げた。剃り上げた月代が手燭の明かりを受けて、てかてかと光っている。どうもこの男に侍髷《まげ》はそぐわない。

「その話は……」

もうやめよう、と言いかけると、

「おぬし、お庭番と取り引きをしたそうだな」

藤馬がずけりといった。

「もっとも、その取り引きは不首尾に終わったそうだが――」

「相変わらずの地獄耳だな」

平八郎は苦い笑みを泛《う》かべながら、しかし素直にその事実を認めた。

「そのとおりだ。『天一』の秘密と引き換えに、お庭番からお葉の身柄をゆずり受けるつもりだった。だが、藪田定八は土壇場でおれを裏切った。というより、初めからその取り引きは罠《わな》だったのだ」

「そんなうまい話を反故《ほご》にするとは……、藪田定八も阿呆な男じゃのう」

といいつつ、

「ところで、平八郎」

藤馬がつと膝《ひざ》を進めて、牢格子の間から平八郎の顔をのぞき込んだ。

「お葉が死んだ今となっては、おぬしにとって『天一』の秘密は、もはや何の意味も持つまい」

「なるほど……、おぬしがいいたいことはそれだったか――」

藤馬のいうとおり、今の平八郎にとって『天一』の秘密を固守すべき理由は何もなかった。むしろ、その秘密をにぎったがゆえに幕府のお尋ね者となり、追われ旅を余儀なくされているのである。

「それを打ち明けてくれれば、わしが必ず……いや、御土居下衆が総力をあげておぬしの命を護る。お庭番が束になってかかってきても、おぬしには指一本触れさせぬ。わしを信じてくれ」

「………」

平八郎は応えをためらった。まだ藤馬を信じる気にはなれなかった。

「しばらく考えさせてくれ」

一瞬の思惟《しい》のあと、そう応えた。藤馬の真意を見きわめるための時間稼ぎである。

藤馬も平八郎の胸中を読んでいた。あえて即答は求めず、

「いいだろう。いまさら一日二日急ぐような問題ではないからのう」

飲みほした猪口をことりと床に置くと、

「すまんが、今夜はここでやすんでくれ」

いいおいて、部屋を出ていった。

空きっ腹に酒を流しこんだせいか、急に睡魔が襲ってきた。平八郎は板敷きにごろりと横になると、とたんに寝息を立てて深い眠りに落ちていった。


かちっ。

かすかな音で目が覚めた。

平八郎は板敷きに横臥《おうが》したまま、眼だけを動かして音の方向を見やった。昨夜、酒を運んできた娘——美耶が留め口の錠前を外している。

無言のままゆっくりと上体を起こした。美耶が気づいて振りむいた。

「おはようございます」

屈託のない、快活な声が飛んできた。

「おはよう」

「昨夜はゆっくりおやすみになれましたか」

「ああ」

「朝餉《あさげ》の支度がととのっています。どうぞ」

美耶が留め口を開けた。うながされるまま、平八郎は身を屈めて留め口を出た。

「こちらへ」

美耶が先に立って平八郎を案内する。狭い廊下を右に左に曲がりくねって、突き当たりの部屋の前で足をとめると、美耶は分厚い杉の遣戸を引き開けた。

十畳ほどの板敷きの部屋である。天井が高く、煤《すす》で黒光りした太い梁《はり》がむき出しになっている。部屋の真ん中に方二尺はあろうかと思われる大囲炉裏が切ってあった。武家屋敷というより、大きな百姓家といった感じのたたずまいである。囲炉裏のかたわらに朝餉の膳部がしつらえてあった。

「何のおもてなしも出来ませんが」

美耶が茶碗に飯を盛って差し出した。膳には作り立ての味噌汁、川魚の焼き物、野菜の煮つけ、香の物などがのっている。

「美耶、と申したな？」

箸《はし》を運びながら平八郎が訊いた。

「はい」

美耶が微笑を泛《う》かべてうなずいた。長い髪をうしろで束ねている。ほとんど化粧っけのない素面だが、つややかな小麦色の肌に黒い大きな瞳、花びらのような淡紅色の唇が妙に大人びた色香をただよわせている。

「この屋敷のあるじの娘と聞いたが……、ほかに家人は？」

「父とふたり暮らしです。母は五年前に亡くなりました。奉公人はおりません。父は仕事に出ています」

「お父上も御土居下衆か？」

聞かずもがなの質問だったが、平八郎はあえてそれを訊《たず》ねてみた。

「はい。馬場久右衛門と申します」

「そうか……」

少時、会話が途切れた。平八郎は黙々と箸を運んでいる。その様子を、美耶は大きな眸《め》を見ひらいたまま、まるで珍しいものでも見るかのようにじっと見守っている。

しばらくの沈黙のあと、

「藤馬はどうした？」

食べおえた茶碗をしずかに膳においていて、平八郎が訊《き》いた。

「お出かけになりました」

「どこへ」

「わかりません」

「おれはどうすればよいのだ？」

「お好きなように……」

美耶が微笑《わら》って応えた。

「では、ここを出てゆく」

「………………」

「それでもよいのか？」

「ご随意に」

美耶がつと立ち上がり、奥から平八郎の両刀を持ってきて、無言で差し出した。それを受け取ると、平八郎はゆっくり腰をあげ、

「馳走《ちそう》になった」

一揖《いちゆう》して、大股に広間を出ていった。

玄関から一歩外に出たとたん、平八郎は周囲の景色を見て愕然《がくぜん》と立ちすくんだ。屋敷のまわりは鬱蒼《うっそう》たる原生林である。欅《けやき》があり、樫《かし》があり、楢《なら》があり、杉があった。いずれも樹齢数十年を重ねた大木ばかりである。繁茂した樹葉が陽差しを閉ざし、あたりは夕暮れのように薄暗い。四辺を見回しても、ほかに人家は見当たらなかった。見渡すかぎりの樹海である。

（ここが、御土居下か……）

平八郎が想像していた武家地とは、およそかけ離れた景色だった。名古屋城の土居下にこれほど宏大《こうだい》な大自然があろうとは……。驚愕は戸惑いに変わっていた。

屋敷の前から小砂利を敷きつめた小径《こみち》が四方に延びている。だが、その先は深い樹林の中に消えており、どの径がどの方角へ向かっているのか、さっぱり見当もつかない。

「どうなさったんですか」

ふいに背後で声がした。振り返ってみると、美耶が笑みを泛かべて、戸口の前に立っていた。

「ここは本当に名古屋城の御土居下なのか？」

「本当です」

「……信じられん」

「じゃ、その証《あかし》をごらんに入れます。こちらへどうぞ」

美耶がひらりと身を翻して、小走りに樹海の中に飛び込んだ。すかさず平八郎もあとを追う。

そこはまるで未開の密林だった。雑草や灌木《かんぼく》が生い茂り、密生した大木には蔦《つた》かずらがからみつき、老木の幹は青みどろに苔《こけ》むしている。

空を覆いつくした樹葉の隙間《すきま》から、わずかに陽光が差しこんでいる。その光の帯の中を、野鳥の群れが飛び交っている。

美耶は鳥寄せの指笛を吹いたり、野草をつまんで口に入れたりしながら、愉しそうに歩いてゆく。しばらく行くと、前方に椀を伏せたような小高い丘が見えた。そこだけぽっかり穴が開いたように樹海が途切れている。

美耶が一気に丘の急斜面を駆け登っていった。まるでカモシカのようにしなやかで敏捷《びんしょう》な動きである。平八郎も懸命にあとを追った。ぜいぜい息を切らしながら丘の上に登りつめると、

「あれをごらんください」

美耶が一方を指さして、にっこり笑っている。

「！」

平八郎は思わず息をのんだ。

朝靄《あさもや》の奥に、黄金の鯱《しやちほこ》をいただいた五層七階の大天守が、周囲の樹海を睥睨《へいげい》するようにそびえ立っている。まぎれもなくそれは名古屋城の天守閣だった。

3

名古屋城は、那古野台地に築かれた平城である。

築城当時、徳川家康は豊臣方との開戦に備えて、三の丸に総延長二十五丁（約三千メートル）の空濠《からぼり》を掘り、掘り出した土で高い土居（土塁）を築いて城郭の防備とし

た。その土居の東北隅の下が「御土居下」と呼ばれる地域である。

御土居下御側組同心目付・諏訪水大夫が著した『御土居下雑記』には、

「慶長十八年（一六一三）十二月安土《あづち》を掘り割って、その土をもって崖《がけ》下の沼沢地を埋め立てり。これを御土居下の発祥にして、三之丸の濠の完了したるは翌十九年七月のことなり」

とある。

安土とは、三の丸東北隅の丘陵地のことをいい、史記に「安土息民」とあるように「国を安らかにする」、または「その地に安ずる」という意味である。

三の丸の土居は、この安土を西に向かって砦《とりで》の形をつくっていた。

本丸の北側一帯には「御深井《おふけ》」と呼ばれる沼沢地が広がり、人馬も足を踏み入ることのできない自然の要害となっており、その周辺に鬱蒼《うっそう》と生い茂る原生林は「御土居下」をすっぽりと覆い隠し、兵法にいう「しとみ」「かざし」の役割を果たしていた。ちなみに江戸前期の兵学者・山鹿素行《やまがそこう》の『武教全書』には「しとみ（蔀）とは近くて内見えざるために用う。かざし（挿）とは遠くして見えざるをいう。云々《うんぬん》」と記されている。

築城当時、御土居下は「鶉口《うずらぐち》」と呼ばれていた。鶉口とは城の非常口、あるいは裏口という意味である。この地域に御側組同心の屋敷が建てられた目的は、譜代の同心を城の非常口（鶉口）に常駐させて、万一非常事態が発生した場合、藩主の脱出、警護の任にあたらせるためであった。

「御城危急の場合、御城裏、階段より空濠を渡り、御深井御庭に出て高麗《こうらい》門を経て、鶉口より沼沢地をわたり清水に至り、片山蔵王北より大曾根に至る。さらに勝川より沓掛《くつかけ》を経て、木曾路に落ち行くべし」

これが藩主の脱出経路である。むろん、このことは厳秘に付されていたので、いかなる文献にも記載されていない。御土居下組屋敷に住む人々が、代々語り継いできた一子相伝の秘事であった。

当初、御土居下には清洲越《きよすご》しの高麗門を護るために、清洲から移転してきた久道家が一軒だけ、その草深い場所に居を構えていた。高麗門は御深井庭の東に位置する、いわゆる搦《から》め手門である。

慶安三年（一六五〇）、藩主脱出に備えて清水御門から厩《うまや》が移され、数頭の馬とともに馬術の名人・馬場半右衛門が転居してきた。その後、御土居下の東に竹矢来でかこまれた東矢来番所《ひがしやらいばんしょ》ができると、番所勤めの加藤・入江両家が移り住むようになり、時代の変遷とともにその数は次第に増えていった。

現在、御土居下に屋敷をかまえている御側組同心は、久道家、馬場家、加藤家、入江家、大海家、森島家、石黒家、岡本家、広田家の九家である。

後年、この九家にさらに数家が加えられ、文政年間には十八家を数えるにいたった。

『御土居下雑記』によると、二代藩主・光友は天守閣から鶉口（御土居下）を眺望し、「その屋敷の配置まことに雅趣に富み、深き森の中に屋根棟を連ぬることなく点々と建てられたる風情まことに美しく、朝な夕な草家より立ちのぼる煙などお城よりの眺めまことに風雅なり」

と賞されたという。

今、平八郎は、六十数年前に光友が目にした景色とまったく同じ景色を丘の上から見ていた。

鬱蒼たる森の中から、朝餉のほそい炊煙《すいえん》が数条、ゆらゆらと立ちのぼっている。静謐《せいひつ》、の一語につきた。

聞こえるのは野鳥のさえずりとかすかな風のそよぎだけである。しんと水を打ったような静けさが樹海をつつみ込んでいる。山間の寒村を想わせる、この静穏でのどかな景色の中に、秘密の任務を帯びた異能の武士集団「御土居下衆」がひっそりと身をひそめていようとは、いったい誰が想像するであろうか。

茫然と立ちつくす平八郎に、美耶がいたずらっぽい笑みを泛かべて訊いた。

「これで得心がいきましたか？」

「御土居下衆は、この森の中で何をしているのだ？」

「何を、って……」

質問の意味がわからなかったのか、一瞬戸惑いながら、美耶が応えた。

「交代で任務に当たっています」

その任務とは次の四場所の勤務である。
一、御土居下東矢来木戸の番所。
二、清水御門の詰所。
三、高麗門および御深井御庭の番所。
四、城中の勤務。
このうち御深井御庭には、御庭専任の者がおり、また城中の勤務も御内証門のような特定の場所にかぎられていた。むろん、彼らの本来の役目は、非常のさいに藩主を警護して城から脱出させることであり、そのための日々の訓練も怠らなかった。

御土居下御側組同心九家には、それぞれ武芸の名手がいる。たとえば岡本家には鉄砲の名手、広田家には忍術の達人、大海家には柔術の達人があり、その配下から藩中並ぶ者なしといわれた力持ちが出た。それがために大海家には藩主脱出用の「忍び駕籠」が常備されていたという。

「で、藤馬の任務は……」

平八郎が訊いた。

「ご城内のおつとめだと思います」

「いつ戻ってくるのだ?」

「たぶん、明日の朝には――」

美耶は言葉を濁した。何か不都合なことでもあるのか、それとも本当に知らないのか、美耶の表情から真意を読み取ることはできなかったが、

「よし」

と、うなずいて平八郎は踵《きびす》を返した。

「藤馬が戻ってくるまで、待つとしよう」

「家に戻りますか?」

美耶がうれしそうに声をはずませた。

「いや、しばらくこのへんを歩いてみる」

「わたしがご案内します」

美耶がくるっと背を返した。まるで遊び相手を見つけた子供のように、喜々として丘の急斜面を駆け降りてゆく。

二人は、ふたたび原生林の中へ足を踏み入れた。

熊笹《くまざさ》をかき分け、灌木を踏み越え、小枝や樹葉を押し分けながら、道なき道を歩く

ことおよそ四半刻（三十分）。ようやく小砂利を敷きつめた小径に出た。木漏れ日が路面に縞《しま》模様を描き出している。陽差しの位置から見て、どうやら東に向かっているようだ。

その小径を半丁も行くと、勾配のゆるい上り坂にさしかかった。坂の両側には背の高いからたちの木が密生している。これは三の丸築営のときに、防備戦略を目的として植えられた生け垣で、御土居下の住人たちは、この坂を「枳穀坂《きこくざか》」と呼んでいた。

坂の中腹で、美耶がふと足を止めた。

「あれが東矢来番所です」

見ると、坂を登りきったところに竹矢来にかこまれた木戸があり、その右わきに丸太組の小さな番所があった。木戸の前には筒袖、軽衫袴《かるさんばかま》の屈強の男がふたり、鉄炮《てっぽう》を持って仁王立ちしている。

「やけに厳重だな」

平八郎が小声でいった。

「あの木戸が御土居下の唯一の出入り口なんです」

ふいに、警護のひとりが激しく手を振りながら、

「いきゃあすばせ！」

野太い声で、意味不明の言葉を発した。

「わかったわよ。あばえも！」

美耶が勝気にいい返し、平八郎の手をとって足早に引き返した。

外部から完全に隔絶された御土居下では、たとえば薩摩《さつま》言葉のように、この地域でしか通用しない一種暗号めいた方言が使われていた。「いきゃあすばせ」とは御土居下の方言で「行きなさい」という意味であり、「あばえも」は「さよなら」という意味である。


（藤馬のやつ、よくもぬけぬけと、あんなことを……）

ふとそのことに気づいて、平八郎は内心苦笑した。

昨夜、藤馬は「ここを出て行きたければ出て行くもよし」といった。だが、唯一の出入り口である東矢来木戸があれほど厳重に警備されていたのでは、出て行きたくても出て行くことはできまい。それを承知で藤馬は「好きなようにしろ」といったのである。相変わらず食えぬ男である。

視界が急に明るくなった。さっきの道よりかなり広い道を歩いている。道幅はおよそ一間半（約二・七メートル）。そこだけ切り取ったように空が豁然《かつぜん》と開け、強い陽差しが降り注いでいる。

道の左手は切り立った崖――安土を切り崩して築いた高さ十丈（約三十メートル）

もあろうかという土居である。右側には細長い畑がひろがり、野夫然とした身なりの中年男がひとり、黙々と畑を耕していた。

美耶の話によると、御土居下衆はほとんど自給自足の暮らしをしているらしい。豊かな自然に恵まれた御土居下には野兎や狐、狸《たぬき》などもいるし、春には土筆《つくし》、蕨《わらび》、フキノトウ、タラの芽などの山菜が採れ、秋にはシメジやロウジなどの茸《きのこ》も採れる。とくに春の蕨は御土居下の名物とされ、御土居下衆の好物の一つだった。

「すいどに行ってみましょうか？」

先を歩いていた美耶が振り返りざまそういった。

「すいど？」

平八郎がけげんに訊きかえすと、美耶はにっこり笑って前方を指さした。安土の崖下に小川が流れている。「すいど」とは、その小川の呼称である。

「不思議なものがいるんです」

美耶が小川のほとりに駆けよった。

青く透き通った清冽《せいれつ》な流れである。この清流には鯉や鮒《ふな》、もろこ、はやなどが生息していて、御土居下の人々は、この小川で漁《すなど》りを楽しむこともあるという。

岸辺の浅瀬に杉藻《すぎも》が繁茂している。美耶のいう「不思議なもの」は、その藻の中にあった。眼をこらして見ると、杉藻の下で何か黒い小さなものがうごめいている。

「イモリか！」

それも数十匹、いや数百匹のイモリの群れが、赤と黒のまだら模様の腹を見せながらうようよとうごめいている。なぜこの場所にイモリが群生するのか、その理由は古来謎とされてきた。

「すいどのイモリは、御土居下の七不思議の一つなんです」

そういうと、美耶はいきなり着物の裾《すそ》をたくしあげて、清流に足を踏み入れた。

「わー、気持ちいい……」

天真爛漫《らんまん》というか、無邪気というか、平八郎の目など気にするふうもなく、太股《ふともも》のあたりまで着物をたくしあげて、小川の中をざぶざぶと歩き回っている。

平八郎は、岸辺の草むらに腰を下ろして、そんな美耶の姿をまぶしげに見ている。

「刀弥さまは、江戸にいらしたそうですね？」

美耶が卒然と訊いた。

「藤馬から聞いたのか？」

「いえ、小萩さまです……。賑やかな街なんでしょうね、江戸って」

「うむ。どこへ行っても人と物があふれている……。しかし尾張の城下も江戸とさほど変わらんだろう」

「さあ」

美耶が哀しげに首をふった。

「わたし、御土居下から外に出たことがないんです」

「ほう、城下にも行ったことがないのか」

「二十歳《はたち》になるまで、ここから一歩も出てはいけないって」

「お父上に申しつけられたのか」

「ええ」

「いま、いくつだ？」

「十九……。でも——」

と急に顔をほころばせて、

「あと三月《みつき》で二十歳になるんです」

「そうか。もう少しの辛抱だな」

「刀弥さま」

岸に上がるなり、美耶は平八郎のとなりにちょこんと腰を下ろした。水しぶきを浴びてずぶ濡《ぬ》れになった着物が躰にぴたりと張りつき、胸のふくらみや胴のくびれ、腰の張りがあらわに浮き出ている。眼のやり場に困って、平八郎は視線を泳がせた。

「しばらく、ここにいてもらえませんか？」

「それは……」

一瞬、返事をためらった。

「おれが決めることではない。藤馬が決めることだ」

「せめてあと三月《みつき》。わたしが二十歳になるまでいてもらいたいんです。そして――」

「そして？」

「一緒に江戸に連れていってください」

「無理な相談だな」

「むり？……なぜですか」

「おれが〝うん〟といっても、お父上が……、いや御土居下衆が許さんだろう」

突き放すようにいって、平八郎は立ち上がった。

「だから……」

美耶も立ち上がった。平八郎はもう歩き出している。その背に美耶の悲痛な叫びが突き刺さった。

「だから、刀弥さまにお願いしてるんです！」

4

尾張藩は、名古屋城下に藩主の側室や子供たちが寛《くつろ》いで滞在できる屋敷をいくつか持っていた。現代《いま》でいう別荘である。江戸ではこれを下屋敷《しもやしき》といったが、尾張ではは尾張では「御下屋敷《おしたやしき》」と呼んでいた。

六代藩主・継友の異腹の弟・松平主計頭《かずえのかみ》通春（のちの七代・宗春）が、尾張入府以来ずっと滞在していたのも、その御下屋敷の一つであった。現在の東区葵・代官町付近である。

屋敷内の侍長屋の一室に、さまざまな身なりの男たちが円座して、何やら深刻そうな表情で密談していた。座の中央に胡座《こざ》している巨軀《きょく》の武士は、星野藤馬である。

「これまでの調べでわかったことは……」

重々しく口を開いたのは、粗末な鳶茶《とびちゃ》の綿服を着た五十がらみの武士――御土居下衆第二家の組頭・馬場久右衛門（美耶の父親）である。

「通春公ご入国以来、城下に潜入した不審の者の数は二十二……。うち二名は岡崎藩の密偵でござった」

「やはり、そうか……。で、ほかの二十名は？」

藤馬が険しい顔で一座を見回した。

「残念ながら……、その者たちは城下に潜入したのち、われらの追尾をふり切って姿をくらませました。素性はいまだに不明でございます」

行商人に身をやつした小柄な中年男が、面目なさそうに首をふった。これは「膝《ひざ》白《しろ》」と呼ばれる尾張藩の隠密である。

松平通春（宗春）の事跡と治世について記した数少ない史料の一つ『遊女濃安都《ゆめのあと》』（作者不明）には、わずか数行だが、この「膝白」に関する記述が見られる。

「御側組、御足軽両人、忍びやかに町中廻り候ところ、傾日は中貫《なかぬき》十文字小紋の羽織を着し、紺股引《ももひ》きにて五寸ほど膝皿を白く染めしを着用、にぎわいし場所はもちろん、端々にまで相廻る。人皆、恐れ慎みけり」

本来「影」の存在であるべき隠密に十文字小紋の羽織を着せ、紺股引きの膝を白く染めさせて、ことさら人目をひくようにしたのは、城下に伏在する公儀隠密や岡崎藩の隠密の動きを牽制《けんせい》するためであった。

一説によると、吉宗が八代将軍の座について以来、幕府が尾張藩に送り込んだ隠密は、五十人とも六十人ともいわれている。尾張藩畳奉行・朝日文左衛門の『鸚鵡籠《おうむろう》中記《ちゅうき》』にも、吉宗が将軍についた正徳六年（享保元年）、「ちかごろ尾張家の屋敷へ紀州家の隠密がさまざまな商人に化けて偵察に潜入してくる」と記されている。そうした幕府側の活発な諜報《ちょうほう》活動に対抗するため、尾張藩は、小紋の羽織に紺股引きという、いわば〝制服〟姿の隠密を城下に配備して衆目をひきつけ、その裏で別働隊の隠密に敵方の隠密の動静を探らせていたのである。

膝白とは、もともと制服組の呼称だったのだが、いつのころからか別働隊の隠密をひっくるめて「膝白」と総称するようになった。

「いずれにせよ」

嗄《か》れた声で言葉をはさんだのは、御土居下衆第四家の組頭・入江源斎である。

「その者たちが、通春公のお国入りに機を合わせて城下に潜入したとなれば、目的は一つしか考えられぬ」

「…………」

一座の誰もが重苦しく沈黙した。そして誰もが同じことを考えていた。

通春暗殺である。

小萩の報告によると、通春が尾張に入国したころから、岡崎藩に得体のしれぬ侍たちが頻繁に出入りするようになったという。時を同じくして名古屋城下に不審な者たちが二十人ほど潜入した。これも「膝白」がすでにつかんでいる。彼らが通春の命をねらう刺客であることは、もはや疑いのない事実だった。

——しかし、いったい何者が……。

問題はそれである。一座の議論の中で、真っ先に挙がったのは「お庭番」の名だったが、藤馬は言下にこれを否定した。この時期にお庭番が通春の命をねらう理由は見当たらなかったし、江戸に潜伏している隠密からお庭番が動いたという報告も届いていない。彼らの急務は、何よりもまず刀弥平八郎の行方を突きとめることであり、尾張に先んじて『天一』を奪回することである。その急務を放棄してまで、お庭番が通春暗殺に〝戦力〟をそそぐとは考えにくかった。

では、岡崎藩はどうか？

前述したとおり、岡崎水野家は藩祖の代から徹頭徹尾「反尾張」の立場をつらぬいてきた筋金入りの譜代大名であり、これまでにも尾張藩とは数々の軋轢《あつれき》を生んできた。そうした経緯から見ても、岡崎藩が関与している可能性は強く、現に、馬場久右衛門の調べでも、岡崎藩の密偵が二名、城下に潜入したことが確認されている。

だが……。

藤馬は、この意見にも懐疑的だった。

岡崎藩の藩主・水野忠之は、財政専任の勝手掛老中である。この役職は、吉宗の将軍就任に功績のあった水野への論功行賞として新設された老中職であり、しょせん幕府の〝飾り物〟にすぎなかった。現実に幕政を動かしているのは、紀州出身の御側御《おそばご》用取次《ようとりつぎ》・加納近江守久通《かのうおうみのかみひさみち》と、将軍吉宗の叔父・巨勢《こせ》十左衛門である。

仮に、この二人が「通春暗殺」を企図したとしても、これほど重大で、しかも極秘を要する任務を〝飾り物〟の水野に任せるはずはなかった。さりとて水野が独断で通春暗殺を企てたとは思えぬし、また企てる理由もない。そう考えていくと、残された答えは一つしかなかった。

「第三の敵」の存在である。

尾張徳川家に反感を抱く水野以外の譜代勢力か、あるいは通春個人に恨みを持つ者たちか？　……さらに憶測を広げれば、家中の不穏分子による策謀ということも考えられる。いずれにせよ、岡崎藩が間接的にその者たちを支援しているのは否定できない事実だろう。

正体不明の「第三の敵」——その姿が見えぬことに藤馬は苛立《いらだ》っていた。

「織部どの」

馬場久右衛門が、太い眉をよせて藤馬に向き直った。

「明朝の大野行きは、お取りやめになられるよう、通春公にご進言申しあげたらどうかのう」

「うむ」

と、うなずいたまま、藤馬は腕組みをして考え込んだ。

松平通春が尾張に帰国した目的の一つは、知多郡《ちたごおり》大野（現・常滑市《とこなめ》）に汐湯治《しおとうじ》におもむいている生母・宣揚院《せんよういん》を見舞うことであった。その日が明日に迫っている。

知多郡大野は、徳川家との因縁浅からぬ土地で、天正十年（一五八二）、明智光秀の追尾を逃れた徳川家康は、泉州堺から伊賀の難路を越えて伊勢の白子浦にたどりつき、そこで船を仕立てて知多半島の大野へわたり、庄屋をつとめる平野家に止宿したと伝えられている。

また元和《げんな》三年（一六一七）には、初代尾張藩主・義直が知多郡巡視のおり、時化《しけ》を避けて平野家に身を寄せ、汐湯につかって休息したという。以来、「神祖（家康）の由緒ある御座所ゆえ、家作を広げよ」との藩命によって「大野行殿《おおのあんでん》」と呼ばれる御殿が建てられ、歴代藩主の保養の地として利用されてきた。通春の生母・宣揚院が汐湯治のために逗留《とうりゅう》しているのは、その大野行殿である。

通春の出立は明朝七ツ（午前四時）、御下屋敷から駕籠で堀川の桟橋に向かい、藩主の御座船「さいげき丸」に乗って熱田まで下り、そこから陸路、知多郡大野に向かう予定になっていた。

堀川は、名古屋城の西側・幅下門《はばしたもん》から南の熱田にいたる全長三千四百六十五間（約六千三百メートル）、川幅十二間（約二十二メートル）ないし四十八間（約八十七メートル）の大運河である。家康が福島正則に命じてこの運河を開鑿《かいさく》させたところから、総奉行正則の左衛門太夫《だゆう》の官名をとって「太夫堀《たゆうぼり》」とも呼ばれた。

この運河の最大の欠点は、水深が六尺（約一・八メートル）と浅いことである。藩主の御座船「さいげき丸」は、その水深に合わせて造られた喫水《きっすい》の浅い川船なので、外洋を航行することはできなかった。従って河口の熱田新田で船を下り、陸路を使って大野に向かうことになるのだが……。おそらく、その情報は岡崎藩の隠密を通じて、すでに二十人の刺客団に伝わっているに違いなかった。

「船の中ならいざ知らず、陸路では敵の攻撃を防ぎようがないからのう」

馬場久右衛門の危惧《きぐ》は、まさにそれだった。むろん藤馬も同じ悩みをかかえている。

「わかった。通春公にご相談してみよう」

5

侍長屋を出て、藤馬は南庭に回った。

手入れの行き届いた庭園のすみずみに、薄墨を刷いたような夕闇がたゆたっている。

二代藩主・光友が創建したこの御下屋敷の総面積は六万四千坪。じつに東京ドーム四つ半分の途方もない広さである。屋敷の南と北には宏大な庭園があり、それぞれに見るものを飽きさせない造園の粋が尽くされていた。唐八景《からはっけい》や東海道五十三次、京都清水の名勝などの擬景である。

光友の妹・普峯院《ふほういん》は庭の景色を見て、次のような和歌を詠んだ。

もろこしの八の景色と写し見る
　入り日の波に錦をぞ織る

南には大きな池があり、池のほとりには鷺山《さぎやま》と呼ばれる小高い丘があった。丘のふもとの小径には休息する亭《ちん》が数カ所、橋、観音堂、稲荷堂などが配されている。

藤馬が小径を歩いて行くと、その動きに合わせるかのように薄闇の奥にちらほらと人影がよぎった。警衛の御土居下衆の影である。

「変わりはないか」

藤馬が影たちに低く声をかける。

「はっ」

薄闇の奥から、これも押し殺したような低い声が返ってきた。

万一に備えて、藤馬は、この宏大な庭園の要所要所に武装の御土居下衆三十名を配備した。邸内にも警衛の藩士が二十名常駐している。御下屋敷の周辺には、藩の重臣たちの拝領屋敷が建ち並び、非常時には各屋敷の家士たちが真っ先に駆けつける手筈《てはず》になっていた。まずは万全の警備態勢といっていい。

通春が滞在している殿舎は、庭の西外れにあった。玄関から式台、中廊下に至るまで、鎖帷子《くさりかたびら》を着込んだ藩士たちが一定の間隔をおいて警備に当たっている。

中廊下の突き当たりの書院の襖《ふすま》が開いて、あでやかな着物姿の奥女中が、茶盆をもって静々と出てきた。小萩である。すれ違いざま、藤馬が声をかけた。

「殿は？」

「書き物をなされております」

「夕餉はすんだのか」

「はい。四半刻ほど前に――」

ちらりとうなずくや、藤馬は大股に廊下の奥へ歩をすすめ、書院の金泥の襖の前に立って威儀を正した。

「殿……」

「織部か。入れ」

中から鈴のように玲瓏《れいろう》な声が返ってきた。襖をひき開けて中へ入ると、通春は文机に向かって筆を走らせていた。小柄で華奢な躰つきだが、すくっと背筋を伸ばしたうしろ姿には、凛然《りんぜん》たる威厳がただよっている。

「すまぬが、しばらく待ってくれ」

背を向けたまま、通春がいった。

「はっ」

畏懼《いく》するように藤馬は頭を下げ、通春の背後に端座した。腰を下ろしても、藤馬の座高は子供の背丈ほどある。そっと首をのばして通春の肩越しにのぞき見ると、文机の上に書きおえた料紙が十数枚積まれていた。表紙には墨痕《ぼっこん》あざやかに『慈』と『忍』

の二文字が書かれてある。これは通春がみずからの政治信条を二十一ヵ条にわたってまとめた『温知政要《おんちせいよう》』（七代藩主就任のさいに藩士に配った小冊子）の草稿だった。

この草稿の中で、通春は吉宗の倹約主義や緊縮政策を痛烈に批判している。

たとえば、第八条――。

「さまざまな法令や規制が年々多くなるに従い、自然とこれに背く者も多く出て、ますます法令が多くなり、わずらわしいことになる」

と、法の整備強化を進める吉宗の政策を真っ向から批判して規制緩和を唱え、第九条では、吉宗の節倹政治を次のようにばっさりと切り捨てている。

「道理をわきまえず、やたらと省くばかりでは、慈悲の心は薄くなり、知らぬうちにむごく不仁な政治となり、人々が大変痛み苦しみ、省略がかえって無益の費用を招くことがある」

さらに第二十条では、

「改革することがよいこととばかりと心得ては、重ねて大きな間違いが必ず起こるものである。（中略）とにかく、自分一人の思慮分別だけでは危ういので、さまざまな人の知恵を借り、理非問答のためのよい補佐役がいなくてはならない」

と、改革政治を酷評しつつ、吉宗の独裁政治を「危うい」とまでいってのけているのである。

のちにこの『温知政要』が、吉宗と通春（宗春）の決定的な対立の引き金となるのだが、もとより通春は、それを計算に入れて書いていた。その意味で『温知政要』は、明確な意思を持って書かれた「反乱の書」であり、宿敵吉宗への「挑戦状」でもあった。

じりっ……。

小さな音を立てて、短檠《たんけい》の灯りが揺れた。一匹の羽虫が灯りの炎に飛び込んだのである。

執筆に没頭していた通春は、その音でふと我に返り、しずかに筆をおいて振りむいた。藤馬が石地蔵のように身を硬くして座っている。

「織部……」

「は」

「わしが梁川《やながわ》入りを受け入れたので、宿老たちもすこぶる上機嫌だったぞ」

「さようでございますか」

宿老とは、附家老《つけがろう》の竹腰志摩守正武《たけのこししまのかみまさたけ》であり、成瀬隼人正正太《なるせはやとのしょうまさもと》である。「附家老」は、徳川家康が尾張・紀伊・水戸の三家に付けた有力家臣のことで、尾張徳川家の竹腰氏（三万石）・成瀬氏（三万五千石）、紀伊徳川家の安藤氏（三万八千石）・水野氏（三万五千石)、水戸徳川家の中山氏(二万五千石)を附家老の「五家」という。

「では、いよいよ……」

藤馬が複雑な面持ちで通春の顔を見返した。声がやや乱れている。

「うむ。義真《よしざね》公のご病状はかなり重い。医者も匙《さじ》を投げているそうだ。ほぼ決まったといってよいだろう」

尾張家の支族・大久保家の最後の相続者であり、通春の従兄弟《いとこ》でもある松平侍従《じじゅう》式部大輔《しきぶだゆう》義真が危篤におちいったのである。

大久保家の同族に跡をつぐ者がなかったので、幕府は通春に大久保家をつがせようと、附家老の竹腰と成瀬に打診した。ちなみに「大久保」は江戸屋敷の所在地に由来する呼称であり、正式には代々松平姓を名乗って陸奥《むつ》梁川(福島県)に三万石を領していた。

部屋住みの身から三万石の大名へ——本来なら諸手《もろて》をあげて欣《よろこ》ぶべき話である。しかし、この話の裏には幕府の奸黠《かんかつ》な思惑がひそんでいた。

梁川は、尾張から百七十里をへだてた、はるけき遠い陸奥の僻地《へきち》である。夏は日照が乏しく、冬は厳しい寒気に見舞われる。そのうえ土地が痩せていて米作には適していない。城下町といってもせいぜい数百を単位にした集落にすぎなかった。

そんな僻地に通春を追いやろうとした幕府の意図は、明確だった。病の床に臥《ふ》せっている尾張六代藩主・継友には跡をつぐ子供がいない。継友に万一があれば、その後継に異母弟の通春が選ばれるのは必至である。幕府が……、いや吉宗がもっとも恐れたのは、それだった。そこで通春を梁川藩主の座に据え、尾張家の家督相続権を剝奪《はくだつ》しようと図ったのである。

　通春がこの話に難色を示したために、附家老の竹腰と成瀬は窮地に立たされた。もともと附家老は、御三家の藩政や家政を監督するために幕府から派遣された重臣であり、立場上、幕府の意向に逆らうことはできなかったからである。

「その件、お受けいたそう」

　通春がそう決意したのは、半月ほど前だった。それを竹腰や成瀬に伝えるために帰国したというのが、通春尾張入りのもう一つの理由である。

「おそらく、来春早々には梁川におもむくことになるであろう」

　通春が淡々と、しかし確信めいた口調でいった。

「つまり、今年かぎりで義真公のお命が尽きると……？」

「竹腰や成瀬はそう見ている」

　その読みは結果的に正しかった。翌年（享保十四年）の一月、梁川藩主・松平義真はわずか十二歳でこの世を去るのである。

「だがな、織部――」

通春はふたたび文机に向かい、書きおえた草稿を丁寧に束ねながら、

「わしが梁川にいるのは、そう長くはあるまい」

「と申されますと?」

「江戸を発つ前に、市谷の屋敷におもむいて病床の兄上(継友)を見舞いがてら、大久保家の跡目相続の件をご報告してきたのだが、いつぞやお目にかかった折より、また一段と兄上は痩せおとろえておられた」

尾張六代藩主・継友の病状については、小萩の情報で、藤馬もつぶさに知っていた。病名は腎《じん》の臓の病。いまでいう腎不全である。病の原因も明らかだった。お庭番配下の「草」によって、永年にわたり食事に朱毒(水銀)を盛られたために、腎の臓が侵されたのである。継友の異腹の兄で四代藩主・吉通《よしみち》も、同じ病で急死している。

「わしの命も一年とはもたぬだろう」

病臥《びょうが》の継友は、思いのほか冷静な口ぶりでそういった。通春より一つ年上の三十三歳だが、眼窩《がんか》は抉《えぐ》られたように窪《くぼ》み、頬はげっそりとそげ落ちて、檜皮色《ひわだいろ》の肌は老人のように干からびている。

「だが、わしの跡目については案ずるにはおよばぬ。これを見よ」

と、枯れ枝のような細い手を伸ばし、枕の下から一通の書状を取り出した。

「遺言状だ。すべてはここにしたためてある」

「兄上――」

思わず通春は瞠目《どうもく》した。

「わしの跡はそなたに譲る……、となし」

継友は弱々しく微笑い、書状を通春に手わたすと、上からそっと手を重ねた。痩せ細ったその手が意外に温かかったことを、通春はいまでも鮮明に憶えている。

「この遺言状があれば、公儀も横車を押すことはできまい。よいな、万五郎」

通春を幼名で呼んだ。

「心おきなく梁川に行くがよい」

「…………」

言葉がなかった。

内心ひそかに、この不幸な異母兄の死を期していたおのれに、通春はひどい嫌忌《けんき》と腹立ちを覚えた。その想いは、生涯消えぬ愧恨《きこん》となったのであろう。二年後の享保十五年、継友が他界したとき、通春は遺骸《いがい》の前で人目もはばからず泣哭《きゆうこく》したという。

「これが、そのご遺言状だ」

通春が状箱の中から書状を取り出した。

「わしに梁川行きを決意させたのは、これなのだ」

藤馬はうやうやしく受け取って書面に目を走らせた。たしかに「七代藩主の座は通春に譲る」と明記されている。

「殿……」

書状を丁寧に畳んで差し返すなり、藤馬が両手をついて平伏した。

「明日の大野行きの儀、何とぞお取りやめ下さるよう、この織部、伏してお願い奉ります」

「城下に不穏な動きがあるそうだな」

通春は気づいていた。もっとも、あれだけ厳重な警備態勢を見れば、気づかぬほうがおかしいだろう。

「公儀の手の者か？」

「素性は定かではございませぬが、殿のご入国に機を合わせ、不審の者二十名が城下に潜入したとの由。万々が一のため、明日の大野行きはぜひお取りやめ下さるよう、重ねてお願い申し上げます」

「大野行きは取りやめぬ」

突き放すように、通春がいった。

「出立は明朝四ツ、予定通り堀川から船を出す」

「と、殿！」

「そのつもりで準備いたせ」

有無をいわせぬ口吻《くちぶり》だが、なぜかその眼は穏やかに微笑っている。

第三章　夜　襲

1

御土居下衆《おどいしたしゅう》の屋敷は、典型的な農家の造りである。屋根は茅葺《かやぶ》きか、藁葺《わらぶ》きの入《いり》母屋《もや》型で、一部に瓦《かわら》を使っていた。母屋の間取りは、例外なく田の字型の平屋で、四畳半の部屋が三つと六畳の部屋がひとつ、それに八畳の座敷と十畳の板間があった。

風呂場は母屋の外にある。

夕餉《ゆうげ》のあと、刀弥平八郎は裏口から外に出て、母屋の北側の風呂場に向かった。

小さな掘っ立て小屋である。

風呂は大釜《がま》に水を満たして釜の下から直接火で沸かす、いわゆる五右衛門風呂である。釜の周囲は土と漆喰《しっくい》で塗り固められているのだが、ところどころに細い亀裂《きれつ》が走っていて、そこから煙が漏れてくる。湯につかっているうちに、平八郎は息苦しさを覚えて、背後の無双窓《むそうまど》をひき開けた。とたんに立ち込めていた煙が窓の外に流れ出し、代わりに清涼な夜気がさわさわと吹き込んできた。

両腕を伸ばして、思い切り空気を吸い込む。かすかな足音を聞いたのは、そのときだった。

（こんな時刻に誰だろう？）

平八郎は半腰になって無双窓に顔をよせ、闇《やみ》のかなたに眼をこらした。小砂利を踏む足音が次第に接近してくる。一人や二人ではなかった。四、五人の足音である。

ややあって、闇の奥にちらちらと提灯《ちょうちん》の明かりがよぎり、木立の間の小径《こみち》を歩いてくる五人の人影が目路に入った。いずれも菅笠《すげがさ》をかぶり、薄鼠《うすねず》色の筒袖《つつそで》と軽衫《かるさん》をはいている。今朝方、東矢来番所で見た二人の番士とまったく同じ身なりの男たちであった。勤務から戻ってきた御土居下衆であろう。すぐに男たちの姿は木立の奥の闇の中に消えていった。べつに気にもとめず、平八郎は風呂を出た。

母屋の板間にもどると、美耶が囲炉裏の前に酒肴の膳部《ぜんぶ》をしつらえて待っていた。

「お湯加減はいかがでしたか」

「うむ。いい湯だった」

手拭《てぬぐ》いで首すじの汗を拭《ふ》きながら、囲炉裏の前に腰をおろす。美耶がすかさず徳利の酒を猪口《ちょこ》に注いで差し出した。

「どうぞ」

「おう、すまんな」

一気に飲みほした。井戸水で冷やした酒がひんやりと胃の腑《ふ》にしみ込む。

「今し方、五人の男たちが屋敷の前を通っていったが――」

「たぶん、久道さまのご家来衆でしょう。お城づとめから戻って来られたのです」

「すると、藤馬も一緒か？」

「さあ……」

と、あいまいに首をふりながら、空になった猪口に酒を満たし、

「藤馬さまがご承諾なされたら、すぐにでもここを出て行かれるつもりですか？」

逆に美耶が訊《き》きかえした。

「所詮《しょせん》、おれは流れ者だからな。長居するつもりはない」

「でも」

美耶が唇の端に意味ありげな笑みを泛《う》かべた。

「当分、ここからは出られないでしょうね。いえ、もしかしたら一生……」

「一生！」

「他所《よそ》から御土居下に入った人は、刀弥《とね》さまがはじめてなんです。たとえ藤馬さまが承諾なさったとしても、お組頭の久道さまがお赦《ゆる》しにならないと思います」

「そんな……」

馬鹿な、と言いかけて平八郎は言葉をのみ込んだ。美耶の言ったことが、あながち脅しではないと思ったからである。いや、美耶だからこそ案外本当のことをいったのかもしれない。

名古屋城の真裏にある宏大《こうだい》な森の中で、他の藩士たちとの交流もいっさいなく、一子相伝の秘密の任務を負いながら半農の暮らしをしている謎の武士集団・御土居下衆──その徹底した秘密主義と得体のしれぬ不気味さを、平八郎も肌で感じとっていた。

「それでも『出て行く』といったらどうなる？」

「殺されるわ」

美耶がけろりといった。言葉とは裏腹に、その顔には微塵《みじん》も悪意が感じられない。悪戯《いたずら》っ子のように屈託のない顔である。平八郎は思わず苦笑した。

「では致し方がない。一生ここにいることにしよう」

「一生！」

今度は、美耶が瞠目《どうもく》した。

「本気でそう思ってるんですか？」

「命には代えられんからな」

「こんなところで一生を過ごすなんて……つまらない！」

叫ぶようにいって立ち上がると、

「もう、うんざりだわ……ああ、つまらない。つまらない！」

子供が駄々をこねるように、激しく首をふりながら、美耶は板間を飛び出していった。

平八郎は自分が責められているような、つらい気分になった。たしかに年ごろの娘がこんな森の中で、それも自給自足の半農の暮らしを強いられながら一生を過ごすのは、死ぬほど退屈なことだろう。その鬱憤《うつぷん》を他所者《よそもの》の平八郎にぶっつけた美耶の気持ちは痛いほどよくわかる。

徳利に残った酒を、そのまま口移しに飲み干して、平八郎は寝間にもどった。


夜半に、ふと眼が覚めた。

勝手のほうでごそごそと物音がする。

そっと床を脱け出して、部屋を出た。廊下の奥に明かりが洩《も》れている。

足音を消して、ゆっくり歩を進めた。廊下の角から勝手をのぞき見ると、燭台《しよくだい》の明かりの下で美耶が黙々とにぎり飯を作っていた。

「あら……」

気づいて、美耶がふり向いた。

「何をしているのだ？」

「お夜食を――」

「お父上に届けるのか」

「いえ、東矢来番所の夜番の人たちへ」

「こんな夜中に女ひとりでは物騒だ。おれが送って行こう」

「ふっふふふ」

ふいに美耶がふくみ笑いを泛かべた。

「何が可笑《おか》しい？」

「物騒なのは刀弥さまのほうでしょ」

「おれが？」

「それを口実にここから逃げ出す算段じゃないんですか？」

「まさか……」

平八郎は一笑に付したが、

「…………」

美耶の顔からは笑みが消えている。真剣な眼差しでぽつりとつぶやいた。

「でも、その手はあるかも――」

「え」

「ね、一緒に逃げましょ！　番所の人たちは、わたしが何とかする。隙をみて刀弥さまが鉄炮《てつぽう》を奪うのよ。二人で力を合わせればここから出られるわ！」

平八郎は無言で美耶の顔を見た。拒絶の沈黙ではない。じつは平八郎もそれを考えていたのである。藤馬は『天一《あまくに》』の行方を告白すれば自由にしてやるといったが、その言葉を額面通りに受け取るべきかどうか、平八郎は迷っていた。むしろ、美耶のいうことのほうが正しいような気がする。仮に『天一』の行方を打ち明けたとしても、御土居下の秘密を知ってしまった平八郎を、藤馬が、いや、御土居下衆がすんなり解放するとは思えなかった。美耶のいう通り、一生ここに軟禁されるか、へたをすれば殺されるかもしれぬ。

「よし」

平八郎は、強くうなずいた。

「やってみるか」

「じゃ、早速支度を――」

美耶がにぎり飯を手早く竹皮に包みはじめた。平八郎は寝間にとって返し、急いで身支度をととのえると、腰に両刀を差して勝手にもどった。

「こっち」

美耶が勝手の奥の引き戸を開けた。

生い茂った樹葉の隙間から、わずかに月明かりが差し込んでいる。その明かりを頼りに、二人は小砂利を敷きつめた道を小走りに走った。先を走る美耶の躰《からだ》が、まるで籠《かご》から放たれた小鳥のように欣然《きんぜん》と躍っている。ほどなく前方に「枳穀坂《きこくざか》」が見えた。坂の中腹にさしかかったときである。

「あっ」

美耶が小さな声を発して足をとめた。

「どうした？」

「木戸が開いてるわ」

見ると、両開きの矢来木戸がハの字型に開け放たれたままになっている。二人の番士の姿も見当たらない。美耶が小首をかしげながら不審げにつぶやいた。

「何かあったのかしら？」

東矢来木戸は御土居下衆の出入り以外は決して開けられることのない木戸である。それが開け放しになっている。しかも無人。そのこと自体がすでに異変を告げていた。

二人は一気に坂を駆け登った。

番小屋の明かりは灯っているが、中に人の気配はなかった。

油断なく四囲を見回していた平八郎の眼がふと一点に吸いついた。木戸の奥の草むらが踏み倒されている。近寄って見ると、踏み荒らされた草むらの中に二人の男が折り重なるように倒れていた。平八郎の背後からのぞき込んだ美耶が、思わず驚声を発した。

「死んでるわ！」

二人の番士だった。いずれも頸《くび》を棒手裏剣で正確に射抜かれている。御土居下に何者かが侵入したことを、二つの死骸《しがい》が歴然と示していた。

「美耶、戻ろう」

「え」

「組頭に知らせるんだ」

「な、何を言うのよ！」

美耶が金切り声をあげた。

「この機会を逃したら、もう二度と……、二度とここから出ることはできないわ！」

「じゃ、ひとりで行くがいい」

いい捨てて、平八郎はひらりと翻身《ほんしん》した。

「ば、馬鹿ッ！　……大馬鹿よ、あんたは！」

罵声《ばせい》というより、感情の爆発だった。絶望と失意の叫びである。

平八郎はふり向きもせずに坂を駆けおりた。

いつの間にか、枳穀坂の下には白い霧が立ちこめていた。

三の丸の北側に御深井《おふけ》の濠《ほり》と沼沢地があるためであろう。四季を問わず、御土居下の森は夜になると深い霧につつみ込まれ、忽然《こつぜん》とその姿を消したという。世人はこの怪訝《かいが》な現象を「御土居下の霧隠れ」と呼んだ。これも御土居下の七不思議の一つである。

2

霧が立ちこめる深い森の中を、平八郎は一目散に走っていた。

目指すは御深井庭の東出口「清洲《きよす》越しの高麗門《こうらいもん》」である。御土居下九家の筆頭・久道家の屋敷が、その門の近くにあることを美耶から聞いて知っていた。

──一刻もはやく、このことを久道軍左衛門に知らせなければ……。

平八郎の頭の中にあるのはそれだけだった。

どれほど走っただろうか。立ちこめる霧が、月明《げつめい》をにじませて白々と明るんできた。森を抜けたのである。

小砂利を敷きつめた道が霧の奥につづいている。その道を四丁（約四百三十メートル）も行けば高麗門に出るはずだ。そう思った瞬間、白い霧の向こうにうっそりと三つの黒影がわき立った。

平八郎が足を止めるのと、三つの黒影が霧の幕を突き破って斬りかかって来るのと、ほとんど同時だった。三人とも全身黒ずくめの男たちである。三方からの斬撃は、平八郎に「まろばしの剣」の車《しゃ》（斜）の構えをとらせぬほど凄まじい迅《はや》さであり、鋭さだった。

しゃっ！

反射的に二刀を抜きはなって、平八郎は一間ほど後ろに跳びすさった。ふつうなら、ここで体勢を立て直して素早く反撃に出るところだが、影たちの次の斬撃は、その余裕さえも与えなかった。

耳もとで鋼《はがね》がたわむ音がした。平八郎は地面を一回転しながら、その音の正体を見た。刃の薄い直刀である。影たちはその直刀を右片手ににぎり、高々と跳躍した。その瞬間、

（まさか……！）

という思いが平八郎の脳裏をよぎった。影たちの刀法に思い当たるふしがあったからである。

『新陰流兵法太刀伝』には「燕飛《えんぴ》六箇之太刀」という秘技がある。それには「薄手の直刀、若しくは鍔《つば》のない木刀をもって使ふ」とあり、打太刀は「右片手太刀なり」と記されている。

影たちの刀法はまさにそれだった。たわみ音を発して間断なく襲いかかる三本の直刀を、右に左に跳びかわしながら平八郎は確信した。「燕飛之太刀」の秘技をふるう影たちは、大和（江戸）柳生の流れをくむ使い手に違いなかった。

キーン！

頭上から降ってくる三本の直刀を、平八郎は下から思い切りすくい上げた。が、まったくといっていいほど手応えがない。刃の薄い直刀は撥条《ばね》のようにしなり、その反動で逆にはね返ってくるだけである。

この恐るべき「燕飛之太刀」をどう斬り抜けたのか、正確には憶えていない。無意識裡《り》に左右に払った二刀が、一人の手首を切断し、もう一人の脛《すね》を断ち切っていた。それが外れていれば平八郎が滅多斬りにされていたに違いない。文字どおり紙一重の捨て身の反撃だった。

残る一人が数歩跳び下がって、直刀を左逆手に持ちかえて右手を高くかざした。きらりと何かが光った。手裏剣である。と見た刹那《せつな》、平八郎の手から脇差が矢のように飛び、男の頸《とど》を刺しつらぬいた。その男が倒れるのを待たず、地面に伏して苦悶《くもん》している二人に止めの一撃をくれると、大刀の血振りをして鞘《さや》におさめ、仰向けに転がった男の頸から脇差を抜きとって納刀した。

このとき、道の両端に四つの死体が転がっていることに、平八郎は初めて気づいた。斬殺された御土居下衆である。それぞれ背中に忍び刀を差してはいるが、刀は鞘に納まったままだ。おそらく、忍び刀を抜く間もなく斬り殺されたのだろう。三人の柳生者たちの恐るべき腕に、あらためて平八郎は全身の血が凍るような戦慄《せんりつ》を覚えた。

ふたたび走った。

霧の奥に高麗門の巨影が黒々とにじんでいる。冠木《かぶき》造り、瓦葺き、平板張りの扉。どっしりとした構えの門である。この門の奥にもう一つ「茅菴門《ほうあんもん》」と称する門があった。追手の茅菴門に対して高麗門は搦《から》め手の門である。非常の場合、藩主は本丸の裏の階段から空濠の下に出て、御深井《おふけ》の濠を舟でわたり、高麗門を経由して御土居下に逃げ込むのである。いわばこの門が藩主脱出の最初の通過点であり、御土居下衆が命がけで死守すべき「虎口《ここう》」でもあった。

門前にさしかかった瞬間、平八郎は地の底からわき立つような叫喚を聞いて、反射的に視線を転じた。高麗門の左手である。白い霧の奥に無数の人影が入り乱れていた。樹間をぬって走った。悲鳴とも怒号ともつかぬ喚声が間近に迫ってくる。

林を走りぬけた平八郎が、そこに見たのは乱刃の修羅場だった。十五、六人の黒装束と、ほぼ同数の御土居下衆が血みどろの死闘をくり広げている。踏み荒らされた草むらには、すでに五、六人の死体が転がっていた。

黒装束の〝柳生者〟たちは、薄刃の直刀を鞭《むち》のようにしならせながら、文字どおり「飛燕《ひえん》」のごとく翔《と》び交い、あるいは手裏剣を投擲《とうてき》して確実に相手を斃《たお》している。対する御土居下衆は、忍び刀、大刀、脇差し、手槍とまちまちの武器で必死に応戦しているが、形勢はやや不利だった。

どすん！

平八郎の眼前に、初老の男が崩れるように倒れ伏した。太腿《ふともも》に手裏剣が突き刺さっている。身をかがめて助け起こそうとすると、突如、頭上から怪鳥《けちょう》のごとく黒影が舞い降りてきた。片膝《ひざ》をついたまま平八郎は抜きつけの一閃《いっせん》を放った。下からの逆袈《け》裟《さ》である。黒装束の片足が血を撒き散らしながら宙に飛んだ。

倒れている男の太腿から手裏剣を引き抜くと、平八郎は男の小脇を抱えて老杉の陰に運び込んだ。歳のころは五十七、八。白髯瘦軀《はくぜんそうく》のこの老叟《ろうそう》が、御土居下衆筆頭の久道軍左衛門であることを、もちろん平八郎は知る由もなかった。

「おいとしぼうッ！」

乱刃の渦の中で、破《わ》れ鐘のような大音声《だいおんじょう》がひびいた。藤馬の声である。声の方向に目をやると、入り乱れる人影の中に、ひときわ大柄な男が仁王立ちして大刀を上段にふりかぶっていた。一見無造作に突っ立っているようだが、これが藤馬の得意技ともいうべき尾張柳生「合撃《がっし》打ち」の構えである。

対峙《たいじ》していた黒装束が地を蹴《け》って翔んだ。

「おいとしぼう！」

掛け声とともに凄まじい勢いで振り下ろされた藤馬の大刀が、黒装束の首を一刀両断に刎《は》ねあげていた。そのときだった。杉の古木にもたれていた久道軍左衛門が、口に指を当てて鋭く指笛を吹いた。

「親父どの！」

指笛に呼応して藤馬の声が返ってきた。その瞬間、平八郎は初めてこの老叟が藤馬の岳父・久道軍左衛門であることを知った。軍左衛門がまた指笛を吹いた。

藤馬が草地を踏み鳴らして駆け寄ってくる。

「おう、無事でござったか」

杉の木陰をのぞき込み、すぐにかたわらの平八郎に気づいた。

「平八郎！」

「この御仁は脚をやられている。手を貸してやってくれ」

平八郎がそういうと、軍左衛門は気丈にかぶりを振って、

「わしのことは心配するな。それより馬場組はどうした？」

「使いの者を走らせました。間もなく来るでしょう」

そうしている間も、御土居下衆と黒装束の激しい死闘はつづいている。

時の経過とともに次第に霧が深まっていく。この霧が結果的に勝負の帰趨《きすう》を決したといっても過言ではなかった。御土居下衆には、何よりも地の利がある。その上、霧の中でも目が利くので自在に動くことができた。それにくらべて黒装束のほうは、深い霧の中で相手の動きが捉《とら》えられず、「燕飛之太刀」も完全に封じこめられていた。おまけに革草鞋《わらじ》をはいているので、濡《ぬ》れた草に足をとられて転倒する者が続出するありさまである。

御土居下衆に決定的な勝利をもたらしたのは、馬場組の到着だった。総勢十五名。うち五名は半弓をたずさえていた。彼らが放った矢はことごとく黒装束を斃し、半刻（一時間）あまりつづいた死闘も、あっけなく決着がついた。御土居下衆の死傷者は七人、黒装束のほうは平八郎が斃した三人をふくめて、二十人が全員討ち死にである。

3

囲炉裏の榾火《ほだび》が赤々とゆらいでいる。

立ちのぼる細い煙。

かそけき虫の声。

つい先刻の激しい闘いが嘘のように、静穏な時が流れている。

死闘に加わった御土居下衆たちは、それぞれの屋敷にもどり、いま久道家の囲炉裏の前にいるのは、平八郎と藤馬のふたりだけだった。返り血を浴びた衣服のままで酒を酌みかわしている。

「まさか、裏を読まれるとはな……」

藤馬が猪口の酒を喉に流しこみながら、低くつぶやいた。声が、いかにも苦い。

「裏、とは何のことだ？」

「じつは、囮《おとり》を使って奴らをおびき出そうとしたのだが――」

藤馬がぼそぼそと語る。それによると……、

明朝七ツ（午前四時）、知多郡大野に向かうために、予定どおり御座船「さいげき丸」を堀川から出す手はずになっていた。

その船には、通春の身代わりの藩士と馬場久右衛門、それに精鋭の御土居下衆十五名を座乗させ、さらに熱田から先の陸路には十名の遊撃隊を配して刺客団の襲撃に備える、というのが藤馬の作戦だった。正確にいえば、それを提案したのは通春本人である。

「万一わしが御下屋敷にいることが知れたら、この作戦は水の泡だ。しばらく御土居下に身を隠したほうがよいだろう」

「それは妙案」

藤馬も同意した。早速通春に御土居下衆の衣装をまとわせ、同じ衣装の藤馬と三人の配下が扈従《こしょう》して、ひそかに御下屋敷を出たのである。

（そうか……）

ふと思いだした。平八郎が馬場家の風呂場の無双窓から見た五人の人影は、通春と藤馬たちだったのである。

「すると、通春公は……？」

「この屋敷にいる」

その言葉を待ち受けていたかのように、奥の遣戸《やりど》ががらりと開いて、粗末な綿服を着た通春が入ってきた。背後から、太腿に白布を巻いた久道軍左衛門が足をひきずりながら従《つ》いてくる。

「刀弥平八郎どの、と申したな」

通春がにっこり笑って囲炉裏の前に腰を下ろした。気さくといっていい物腰である。

「一別以来だのう」

「ははっ」

平八郎は、二年ほど前に意外な場所で通春に会っている。吉原遊廓《ゆうかく》の妓楼《ぎろう》『すがた海老《えび》』の二階座敷で藤馬に引き合わされたのである。二年ぶりに会う通春は、そのときとまったく変わらぬ面差しをしていた。

「織部」

通春が藤馬に向き直り、

「いま思えば、あれは下策だったのう」

苦笑を泛かべた。

「囮作戦のことでございますか」

「すっかり手の内を読まれたようじゃ」

そういって寛闊《かんかつ》に笑う通春のかたわらで、
軍左衛門が眉間《みけん》にしわを刻んでうめくようにいった。

「それにしても手ごわい相手でござった。いったい何者でござるかのう、あやつらは」

「わしの命をねらう者は、ひとりしかおるまい」

「吉宗公！」

軍左衛門が思わずその名を口走った。

「……でございますか？」

「――」

通春は応えなかった。言わずもがなのことである。代わって藤馬が応えた。

「正確には、巨勢十左衛門の差し金でござるよ。親父どの」

過去に起きた一連の事件は、吉宗の直接の指示によるものではない。すべては吉宗の叔父であり、御側衆首座をつとめる巨勢十左衛門とその一族の陰謀だった。

尾張四代藩主・吉通《よしみち》の怪死、吉通の嫡男で五代藩主・五郎太の夭折《ようせつ》、そして六代藩主・継友の謎の病臥《びょうが》――いずれも朱毒（水銀）による密殺、ないし密殺未遂であり、それが巨勢十左衛門配下の〝草〟の仕業であることはすでに明白である。そして、彼らが次の標的と定めたのが通春だった。

「……わしが命をねらわれたのは、これが初めてではない」

藤馬の言葉を受けて、通春が淡々と語った。

近くは二年前の春、吉原遊廓の妓楼『中万字屋』の座敷で、暗殺未遂事件が起きている。吉原一の名妓とうたわれた花魁《おいらん》・玉菊に匕首《あいくち》で襲われたのだ。さいわい、そのときは護衛の御土居下衆の機転で事なきを得たのだが……。

「その花魁も、じつはお庭番配下の〝草〟だったのだ。さらに過去をさかのぼれば……」

十四年前（正徳四年）にも、通春の身辺で謎めいた事件が起きている。

尾張藩士・朝日文左衛門の『鸚鵡籠中記《おうむろうちゅうき》』によれば、通春がはじめて江戸の土を踏んだ二カ月後、通春に随行して江戸に入り、御勝手番をつとめていた朝倉平左衛門が突然「吐血頓死《とんし》」し、その数日後に、通春の供をして外出先からもどった朝倉の前役・金森数右衛門も、帰邸直後に「吐血頓死」している。

前年（正徳三年七月）に、四代藩主・吉通が二十五歳の若さで「吐血死」したことと考えあわせると、通春の身辺で起きた連続怪死事件を偶然で片づけることはできまい。

「奴らは、尾張家を根絶やしにしようと企んでおるんじゃ！」

藤馬が吐き捨てるようにいった。

「だが……」

通春の口もとに薄笑いが泛かんだ。

「それもしょせん悪あがきにすぎぬ。尾張は『蓬萊《ほうらい》の国』じゃ。公方《くぼう》といえどもこの国をつぶすことはできまい」

蓬萊とは、中国の神仙伝説に登場する不老不死の地をいう。秦《しん》の始皇帝《しこうてい》は「蓬萊山は東海の島内にある」と信じていた。一説には、その「東海の島内」が尾張であるともいわれ、それを裏付けるように、たとえば熱田神宮には「蓬萊宮」の別称があり、また熱田神宮の西の地域の名古屋、熱田あたりは「蓬萊宮の左方」という意味で「蓬《ほう》左《さ》」とも呼ばれた。尾張徳川家の文庫を「蓬左文庫」と呼ぶのも、その伝説に由来するのであろう。

通春（宗春）が、将軍吉宗に抵抗しつづけた理由の一つは、そうした伝承に裏付けられた尾張という地の神性に対する絶大な誇りであり、そして一つには藩祖・義直以来、尾張家に伝統的に受け継がれてきた強烈な尊皇思想だった。

常日ごろ、通春は、こう公言してはばからなかったという。

「武家の官位は、朝廷からいただいている。従って、王臣という立場を考えれば、将軍家も尾張家も家格は同列である」

明らかにこれは武権政治への反逆である。幕府にとってこれほど危険な思想はない。吉宗の側近・巨勢十左衛門が、執拗《しつよう》に通春の命をねらう理由の一つがそれだった。

「ところで、刀弥どの」

通春が思い直すように平八郎の顔を見た。

「尾張に仕官するつもりはないか？」

唐突な言葉だった。平八郎はとまどいながら応えた。

「お言葉、かたじけのうございます。しかし……」

「いや、返事は今でなくてもよい」

と穏やかな微笑を泛かべて、

「見たとおり、御土居下は百姓と変わらぬ暮らしをしておる。大したもてなしはできぬが、ゆるゆると寛《くつろ》いでいかれよ」

通春がゆったりと腰をあげた。軍左衛門も傷ついた足をかばいながら立ち上がり、

「次の間に臥床《ふしど》をしつらえておいたゆえ、今夜は当家にお泊まりくだされ」

いいおいて、通春のあとに従いて板間を出ていった。


翌朝六ツ（午前六時）――。

すでに陽は昇っている。

部屋の中には、昨夜の蚊遣《かや》りの煙が薄らとたゆたっていた。これは杜松《ねず》の木切れをいぶして蚊遣りにしたもので、夕方になると、どこの屋敷からも杜松の煙が立ちのぼる光景が、御土居下の夏の風物詩の一つになっていた。

平八郎は身支度をととのえて、勝手の裏の井戸で顔を洗い、板間に行った。通いの下女らしい中年女が囲炉裏に火をおこして湯を沸かしている。女が気づいてふり返った。

「おはようございます」

「おはよう」

挨拶《あいさつ》を返して平八郎は囲炉裏の前に腰をすえた。厨《くりや》に煮炊きの湯気が立ちのぼっている。

「すぐに朝食のお支度をいたします。それまでお茶など一杯……」

女がいれた茶を飲んでいると、眠たそうに目をしょぼつかせて、藤馬が入って来た。

「おう、早いな」

いいながら、藤馬は大あくびをした。

「六ツの鐘で目が覚めたのだ」

尾張徳川家の菩提寺《ぼだいじ》・建中寺の時の鐘である。

「朝めし前に、そのへんを歩いてみないか」

「うむ」

藤馬に誘われるまま、ふらりと屋敷を出た。

霧が晴れて、空は抜けるような蒼《あお》である。

久道家の屋敷の前の草地には、昨夜の死闘の跡が生々しく残っていた。おびただしい血痕《けっこん》、折れた矢刀、手槍《やり》の穂先、地面に突き刺さったままの手裏剣などが激闘の凄まじさを物語っている。

高麗門をくぐり、左に御深井の濠を見ながら西をさしてしばらく行くと、本丸の北の宏大な御深井の庭に出た。右手には大きな蓮池《はすいけ》が広がり、池のほとりにぽつんと茶亭が立っている。これは「竹長押《たけなげし》の茶屋」と呼ばれる休息所で、非常時に城から脱出した藩主は、この茶亭で御土居下衆の救援を待つという。

「平八郎……」

茶亭の前で、藤馬がふと足をとめてふり返った。

「そろそろ返事を聞かせてもらえんか」

「『天二《あまくに》』の件か」

「ああ」

うなずきながら、藤馬は気まずそうに不精ひげの生えたあごをぞろりと撫《な》でた。正直、この詰問は気が重かった。返事しだいでは、平八郎を敵に回さなければならないからである。

数瞬の沈黙のあと、

「いいだろう」

平八郎が意外にあっさり承諾したので、逆に藤馬のほうが驚いた。

「話してくれるか！」

「『天二』を持っているのは、赤川大膳という浪人者だ」

「赤川大膳？」

「日本橋の小道具屋で買ったといっていた」

「何者だ、その男……？」

「くわしいことはおれにもわからぬ。浅草聖天下《しょうてんした》の砂利場に住んでいる」

砂利場は俗称で、正しくは浅草山川町という。平八郎がその場所を詳細に説明すると、

「よう言うてくれた。それだけわかれば十分じゃ」

藤馬の四角い顔がほころんだ。

「約束どおり、おぬしの身柄を解き放とう。好きなときにここを出て行くがよい。些《さ》少《しょう》だがこれは礼銀じゃ。路用の足しにしてくれ」

ふところから紙包みを取り出して、平八郎の手ににぎらせた。ずしりと重みのある紙包みである。それを懐中にねじ込みながら、

「そうだ……」

平八郎が思い出したようにいった。

「もう一つ、おぬしに話しておきたいことがある」

「何じゃ？」

「夕べの賊は、江戸柳生の使い手だ」

「江戸柳生！」

藤馬が素っ頓狂な声をあげた。信じられぬ顔をしている。さらに声を張り上げていった。

「まさか、それはあるまい。いや、断じてない！」

4

柳生新陰流には、二つの流れがある。柳生石舟斎宗厳《せきしゅうさいむねとし》を流祖とする五男・宗矩《むねのり》（但馬守）の系統の江戸（大和）柳生と、宗厳の孫・利厳の流れをくむ尾張柳生である。江戸柳生は始祖の柳生但馬守宗矩以来、将軍家の御流儀（指南役）として栄え、旗本から一万石の大名に出世したが、尾張柳生家は尾州藩の剣術師範としてわずか五百石の家柄にとどまっていた。

新陰流では、正式の免許を「印可」といい、これを受けたものを何世といって、何代とはいわない。流祖・石舟斎宗厳が、その印可を与えたのは江戸柳生の宗矩ではなく、尾張柳生の利厳だった。嫡男の孫である利厳を本家とみたからであろう。利厳に与えられた一子相伝の著『没茲味《もつじみ》手段口伝書』の奥書きにも、

生年七十七歳六月吉日、
今日までは、子供、一類に一人も、
相伝これ無きなり。
花押

宗厳　七十七歳

巳六月吉日

と明記されている。尾州柳生家が、当家こそ柳生新陰流の正統をつぐ本家だと自負しているのは、そのためである。

江戸柳生と尾張柳生との間に不和・確執が生じたのは、利厳の妹の再婚話が原因だった。

利厳の妹は一度伊賀国の山崎惣左衛門なる男のもとに嫁いだのだが、不縁になって戻ってきたのを、宗矩が柳生へ引きとって老職の佐野主馬《しゅめ》に再嫁させたのである。主馬の素性について、柳生家の歴史を記録した『玉栄拾遺《ぎょくえいしゅうい》』には「伝に曰く、主馬者朝鮮国の種也」と記されている。これが利厳の心証を害した一因になった。

妹の再婚話が兄の利厳に何の相談もなく、宗矩の一存で強引に決められたこと、しかも主馬の母親が朝鮮半島の生まれだということに、利厳は烈火のごとく激怒し、以後尾州柳生は江戸柳生に対して絶交状態をつづけるようになった。

両者の対立関係に、さらに油をそそいだのは、慶安四年（一六五一）三月、三代将軍・家光の命によって、老中松平伊豆守から尾張藩附家老・成瀬隼人正宛てに届けられた通達だった。

「御慰のため、柳生伊予（兵庫助利厳）子供の兵法上覧ならせられたき旨、仰せ出され候間、当地へ差し越し候ように相違せらるべく候。この由演達有るべく候。恐々謹言」

すなわち、尾張柳生家のふたりの息子（茂左衛門利方《としかた》・兵助厳包《としかね》）に上覧試合をさせようという主意の通達である。これを見た瞬間、尾張二代藩主・光友の顔からみるみる血の気が引いていったという。

——何か企みがある。

光友の直感は、果たして的中した。

四月五日。茂左衛門利方・兵助厳包兄弟による兵法上覧がおわった昼すぎ、将軍家光は褒美として二人に時服と銀十枚を与えると、

「又十郎、これへ」

江戸柳生家の三代当主・又十郎宗冬《むねふゆ》を呼び出し、尾張柳生・兵助厳包との試合を申しつけたのである。陪席していた諸侯、重臣たちの間から、期せずして低いどよめきが起きた。

尾張柳生か、江戸柳生か。

当代これにすぐる兵法試合はない。前代未聞の大試合である。将軍の御前とはいえ、諸侯・重臣たちが興奮するのも無理はなかった。そのどよめきを聞いた瞬間、尾張二

代藩主・光友の胸中にあった不安と恐れは、ひそかな期待に変わっていた。

兵助厳包は「尾張の麒麟児《きりんじ》」と呼ばれた兵法の達者である。すでに二年前の慶安二年（一六四九）、利厳から新陰流一切の相伝印可を受けていた。兵助、二十五歳のときである。

――もし、兵助が勝てば……。

将軍家光の高慢な鼻柱を叩き折り、江戸柳生の敗北を天下に示すことができる。

――これこそ千載一遇の好機ではないか！

光友は内心ほくそ笑んだ、だが家光の炯眼《けいがん》は一瞬裡に光友の胸中を読んでいた。

今しも兵助厳包と又十郎宗冬が木刀を交えようとしたそのとき、

「皆のものは退がれ！」

陪席する一同に、家光の声高な下知が飛んだ。むろん光友へもである。

このときの模様を『正伝新陰流』は「上覧兵法の時、将軍は人をはらって兵助二十七歳と又十郎宗冬三十九歳とに試合することを命じた」と記しているが、奇妙なことに徳川家の正史ともいうべき『徳川実紀』は、この試合について一言も触れていない。

将軍家光がみずから仕組んだ前代未聞の大試合を寸前になって非公開とし、しかも勝負の帰結についていっさい言及しなかったのはなぜか？　……答えは明白である。

宗冬が負けたからである。もしこれを公表すれば、江戸柳生は末代まで消えることのない武門の恥を残す。当然のことながら、将軍家指南役も返上せねばならぬだろう。家光はそれを恐れたのである。

「勝負は預け。しかと他言はならぬ」

これが家光の判定だった。

それから二週間後の四月三十日、在職二十九年で家光はこの世を去り、その死とともに上覧試合の真相も闇に葬られたが、尾州柳生家の記録には、

「兵助厳包が宗冬の右手親指の付け根を打ち砕き、圧勝した」

と試合の顛末《てんまつ》が明確に記されている。そのときの血痕の付着した小太刀が、いまなお尾州柳生家に秘蔵されているという。


又十郎宗冬の敗北以来、江戸柳生は凋落《ちょうらく》の一途をたどっていった。

元禄二年（一六八九）に宗冬の跡をついだ宗在《むねあり》が亡くなり、その跡を宗在の甥《おい》の俊《とし》方《かた》がついで江戸柳生家五代当主となった。このとき俊方、弱冠十七歳である。生来蒲《ほ》柳《りゅう》のたちの俊方は、家伝の新陰流の修行も十分ではなく、五代将軍・綱吉から「伝家の刀法、精研せよ」と叱咤《しった》されている。柳生家の当主の剣の実力は、この俊方の代から確実に低下していったといっていい。

将軍家の兵法指南役である江戸柳生の当主には、歴代の将軍から新陰流入門の誓紙

が与えられるのが慣例となっていたが、六代将軍・家宣が柳生家四代当主・宗在に誓紙を与えたのを最後に、五代俊方以降は与えられなかった。

現在、柳生俊方は五十六歳。綱吉の元禄時代から吉宗の享保時代まで、じつに三十九年間も柳生家の当主の座におさまっている。

「だが、その俊方も……」

藤馬が口の端に冷笑をにじませ言葉をついだ。

「若いころから病弱で家伝の新陰流の修行にもさっぱり身が入らんそうじゃ。近ごろは跡目のことばかり心配していると聞く」

俊方には世子がいない。病弱な自分の身に万一があれば、始祖・宗矩から百二十有余年つづいた江戸柳生の家名が絶えることになる。俊方が心を砕いているのはその一事だった。何としても柳生の家名だけは残したいと、もっぱら養子縁組に奔走しているという。

「江戸柳生もただの小大名になり下がった。御身大事、お家大事の俊方に、二十人の刺客を送り込む器量も度量も、もはやあるまい……。第一、いまの柳生家にそれほどの手練《てだ》れがいると思うか？」

「江戸にいなくとも、大和にはいるだろう」

「大和から二十人の刺客団を出したとなると、国元の陣屋はほとんど空になるぞ」

柳生家一万石は定府大名である。将軍家剣術師範という立場上、参勤交代はせず、藩主はつねに将軍の膝元にいなければならなかった。したがって国元の柳生の陣屋では、国家老が藩政を取り仕切っていた。藩士は江戸詰めが七十名、国侍が三十名。仮に国元から二十人の刺客団を出したとなると、残るはわずか十名である。

「しかも、国侍のほとんどは、剣もろくに使えぬ小役人ばかりじゃ」

藤馬は嘲《あざけ》るように高笑いした。

「新陰流を使う者は、他藩にもごまんといる。それより平八郎——」

真顔になっている。

「ここを出て、どこへ行くつもりじゃ？」

「まだ決めていない。とにかくここを出るのが先決だ」

「そんなに居心地の悪いところか？　御土居下は」

「正直いって、他所者《よそもの》には馴染みにくい土地だ」

「ふむ」

顎をぞろりと撫でながら、藤馬はゆっくり歩き出した。

御深井の庭の蓮池《はすいけ》の水辺に、鴨《かも》やカイツブリ、セキレイ、カワセミなどの水鳥が群がって、のんびりと餌《え》をついばんでいる。

そんなのどかな景色を、目を細めて見渡しながら、藤馬がぼそりとつぶやいた。

「いってみりゃ、わしも外から来た人間じゃ。ここに移り住んだ当初は、御土居下衆から冷たい目で見られた」

「………」

「だが、住めば都よ。いまではここが気に入っている」

「藤馬」

平八郎が疑わしげな目で藤馬を見た。

「本当におれをここから出してくれるのか?」

「どういう意味じゃ、それは……?」

「おれは御土居下の秘密を知ってしまった。この森の地形、屋敷の配置、それに御土居下衆の秘密の任務。もし、おれが口外したら……」

「わしは、おぬしを信じている」

「――――」

「おぬしはどうなんだ?　わしのいうことが信じられんのか」

「では……、あれは何だ?」

平八郎がちらりと周囲の木立に目をやった。一瞬、樹間に人影がよぎった。先刻から数人の人影が木立の間をぬい、藪の陰をひろいながら音もなく跟《つ》けてくるのを、平八郎は敏感に看取していた。

「おれを監視しているのではないか」

とたんに藤馬が大口をあけて呵々《かか》と笑った。

「勘違いするな。あれはわしらを警護しておるんじゃ」

「警護？」

「昨夜の今朝だからのう」

「おぬしが命じたのか」

「いや、勝手にやっておるんだろう。連中に要らぬ気づかいをさせるのも心苦しい。そろそろ朝めしの支度もととのったころじゃ。屋敷にもどるか」

「いや、おれはこのまま出立する」

「このまま？」

「そのつもりで身支度をととのえて来た」

見ると、平八郎は裁着袴《たつつけばかま》をはいて腰に両刀を差している。

「手回しのいい男じゃのう」

藤馬は苦笑し、

「では矢来木戸まで送っていこう」

先に立って歩き出した。原生林を抜けて広い道に出た瞬間、

「おう、そうだ……」

振り返って、

「あの娘はどうだ？　気に入ったか」

探るような目で平八郎を見た。美耶のことである。平八郎は戸惑うように応えた。

「いい娘だ……。だが、気性が烈しい」

「まだ子供だからのう。しかし、頭は切れる。武芸の腕も立つので、いずれは小萩の跡をつがせようと思っておる」

「別式女《べつしきめ》か」

「通春公付きのな」

そんなやりとりをしているうちに、いつの間にか二人は枳穀坂《きこくざか》を登っていた。前方に東矢来木戸が見える。木戸の前で鉄炮《てっぽう》を構えて仁王立ちしている二人の番士に向かって藤馬が手をふると、番士のひとりがすかさずかんぬきを外して木戸を開けた。

「通春公のお供をして、近々わしも江戸にもどる。困ったことがあったら、いつでも四谷の旧大久保邸を訪ねてきてくれ」

「旧大久保邸？」

「ここだけの話だがな。通春公は来年早々にも梁川《やながわ》三万石の藩主になられる。これはほぼ間違いない。それに先立って、継友公から旧大久保邸が贈られたのじゃ」

「すると、おぬしも梁川に……？」

「ああ、通春公の小姓惣役《こしようそうやく》じゃ。三十石取りの下っぱ侍よ」

照れるように頭をかいた。

東矢来木戸の前で平八郎がふり向いた。

「縁があったらまた会おう」

「道中気をつけてな」

ふり向きもせず、平八郎は足早に木戸をくぐり雑木林の奥に消えていった。それを見届けると、藤馬は踵《きびす》を返して枳穀坂を下りていった。坂を下りきったところに、鬱蒼と葉を生い茂らせた欅《けやき》の大木が立っている。その欅の木の下にさしかかったとき、

「惚《ほ》れたか、あの男に……」

誰にいうともなくつぶやくと、藤馬は大股に立ち去っていった。

ゆうに五丈（約十五メートル）はあろうかという欅の大木の枝に、ぽつんと立っている人影があった。美耶である。

「誰が、あんな男を……」

低く吐き捨てると、美耶は栗鼠《りす》のように枝から枝へと飛び移って地面におり立ち、一目散に原生林の中へ駆け込んでいった。

5

平八郎は、城下の本町通りを南下して熱田に向かっていた。名古屋城下から熱田まではおよそ一里半の行程である。

熱田は、熱田神宮の門前町として発展した町だが、慶長六年（一六〇一）の宿駅の制度によって東海道「宮の宿」となり、伊勢桑名への渡し船――いわゆる「七里の渡し」の発着点として殷賑《いんしん》をきわめていた。東海道はここから海上七里の船旅となる。

平八郎が「宮の宿」に足を向けた理由は単純だった。これから秋が深まり、やがて冬がおとずれる。肥前佐賀生まれの平八郎にとって冬は苦手な季節だ。その苦手な季節を、温暖な伊勢の地で過ごそうと考えたからである。

昼の八ツ（午後二時）ごろ、宮の宿に着いた。

宿場通りの混雑を避け、そのまま真っ直ぐ渡し船が出る熱田浜に向かう。

潮の香をふくんだ風が吹きよせてくる。やがて前方に赤い鳥居が見えた。鳥居の左手に見える矢倉は、尾張藩の東御殿の矢倉である。この殿舎は尾張藩祖・義直の命によって建てられた別荘で、宿場の人々は「御茶屋御殿」と呼んでいる。

宮の宿は尾張藩の海の玄関でもあり、東御殿のほかに奉行所や御朱印改所、船を監視する船番所などもあった。渡船場は東御殿の右手の突堤にある。

渡船場の常夜燈のまわりには、すでに数十人の人垣ができていた。多くは東海道を上るものや、伊勢参宮に向かう旅人で、この日の最後の渡し船を待っているのである。

『東海道名所記』には、

「かつては何時にても船を出しけれ共、近き頃、由井正雪が事よりこの方、昼の七つ過ぎぬれば、船を出さず」

とあり、慶安四年（一六五一）七月、正雪の残党・今井半兵衛らが宮から船で上方へ逃亡して以来、午後四時から翌朝六時までの出航が禁じられた。そのために、昼の八ツを過ぎると、最後の船に乗り込もうとする旅客で渡船場はひときわ混雑するのである。

――これじゃ、無理だ。

平八郎はあきらめて踵を返した。

宿場通りも芋を洗うような混雑である。そのほとんどは平八郎同様、早々と渡船をあきらめて一泊を決め込んだ旅人たちだった。

宮の宿の町並みは、渡船場ちかくの神戸町《ごうどちょう》から東へ伝馬町一丁目、二丁目、三丁目と六丁目までつづき、通りの両側には二百四十余軒の旅籠《はたご》や木賃宿がひしめくように立ち並んでいる。宿の数、旅客数、ともに東海道随一の規模といっていい。

泊まらせい　泊まらせい
座敷もきれいな　相宿もござらん
泊まりやんせ　泊まりやんせ
お風呂もわいてる　障子も張りかえた
おねまのお伽《とぎ》は負けにする
留女《とめおんな》の呼び声である。まだ陽も高いというのに、顔を真っ白にぬり立て、井の字絣《かすり》の紺の前垂れをしめた留女たちが、甲高い声を張り上げながら客の奪いあいをしている。
それを横目に見ながら、一軒の旅籠に足を踏み入れようとしたとき、
「待たれい」
いきなり背後から野太い声をかけられて、平八郎は釘付けされたように立ちすくんだ。一瞬、誰かの間違いではないかと思いつつ、油断なく刀の柄頭に手をかけてゆっくりふり向いた。
人混みの中に、深編笠の中背の浪人がうっそりと立っている。
「貴公は、いつぞやの……」
編笠の縁を右手で押し上げながら、浪人が上目づかいに平八郎の顔を見た。歳は四十一、二。あごに髯《ひげ》をたくわえ、太い眉の下には大きな眼が炯々《けいけい》と光っている。まる

で鍾馗《しょうき》のように猛々しい面貌《めんぼう》の浪人者である。

（あっ）

平八郎は思わず息をのんだ。浪人は赤川大膳だった。

「き、貴殿は……、赤川どの！」

「やはり、そうだったか」

大膳が髯面に笑みをきざんだ。

「こんなところで行き合うとは奇遇だな。よかったらそのへんで一杯やらぬか」

「し、しかし、貴殿は……なぜ宮の宿へ？」

「仔細《しさい》はゆっくり話す。さ、まいろう」

大膳があごをしゃくって背を返した。平八郎は一瞬ためらいながらあとに従いた。

だが、その胸中には拭いがたい疑念がある。

（なぜ、大膳が宮の宿に……？）

志津三郎兼氏《かねうじ》の名刀『天一』を所持しているのは、この大膳である。二年前に平八郎は浅草山川町の大膳の家で『天一』の現物を見ている。金葵《あおい》の紋散らしの縁頭《ふちがしら》、目貫《めぬき》は金無垢《むく》の三頭の狂い獅子《じし》、金の食出《はみだ》しの鍔《つば》、金梨子地《きんなしじ》の鞘、刀身一尺五寸。その冴《さ》えざえとした刃文、匂《にお》うような沸《に》え……。まぎれもなく、それは吉宗一族と尾張藩が血まなこになって探している『天一』だった。

平八郎がそのことを初めて明かしたのは、星野藤馬だった。それもつい今朝方である。それからわずか半日後に宮の宿で大膳に出会うとは……。

――果たしてこれは偶然なのか。それとも工《たく》まれたものなのか？


「ここがよかろう」

大膳が足を止めたのは、神戸町の一角の『波乃屋』という旅籠の前だった。紺の大のれんを割って中へ入った瞬間、平八郎は奇妙な違和感をおぼえた。強い脂粉の匂いがぷんと鼻をつき、奥のほうから女の笑い声や嬌声《きょうせい》が聞こえてくる。

「この旅籠には宿場一の〝亀〟がいると聞いたのでな」

盥《たらい》の水で足をすすぎながら、大膳がにやりと笑った。平八郎は知らなかったが、『波乃屋』は神戸町では名の知れた淫売宿《いんばい》だったのである。文政年間に刊行された春本『枕旅五十三次』には、

「宮の宿　遊女　海道一なり」

とある。中でも神戸の女郎は「宮のお亀」の俗称で旅雀たちの人気を集めていた。大膳のいう〝亀〟とはそれを指していたのである。ちなみに、宮のお亀（女郎）が唄う「神戸節《ごうどぶし》」が、広く世に伝わって俗謡となったのが都々逸《どどいつ》である。

年増の仲居がふたりを二階座敷に案内し、

「お酌はいかがいたします?」

すかさず訊いた。「娼妓《しょうぎ》を呼ぶか」と訊いているのである。

「あとでよい。とにかく酒だ」

「承知いたしました」

仲居が出て行くと、大膳は通りに面した障子窓をがらりと開け放ち、窓の欄干に深編笠を吊《つ》るした。これは誰かに居場所を知らせるための目印である。

「連れがおられるのか?」

「ああ、仲間がふたり、ほどなくやってくる」

「仲間? と申されると……?」

「仕事仲間だ」

大膳がそっけなくいう。酒が運ばれてきた。手酌で盃に注ぎながら、

「いい儲《もう》け話がある。貴公も一枚加わらぬか?」

達磨《だるま》のように大きな眼をぎろりと光らせて平八郎の顔をのぞき込んだ。人を威圧するような、それでいてどことなく抜け目のなさそうな狡猾《こうかつ》な眼差しである。

「その前にお訊《たず》ねしたいことが――」

「何だ?」

「貴殿は、まだ『天一』をお持ちになっておられるのか?」

「いや」

大膳が首をふった。

「金に困って手放した。一年ほど前にな」

「売った！」

平八郎の声が上ずった。

「だ、誰に……」

「ゆえあって相手の名はいえぬ。それより、貴公はなぜそれほど『天一』にこだわるのだ？」

するどい反問だった。平八郎が返答に窮していると、大膳が思い直すように、

「まあ、あれほどの名刀なら、貴公ならずとも執着するのは当然であろう。拙者とて同じだ。できればもう一度買い戻したいと思っている」

そういって、盃の酒を一気にあおった。

二年前に会ったときは、たとえ千両の金を積まれても『天一』は手放さぬ、と大膳はいい切った。いま思うとあれは単なる虚勢だったのか、それとも『天一』を手放したという話そのものが嘘なのか。大膳の真意が読みとれなかった。

「ところで」

平八郎が話題を変えた。

「さきほどの儲け話というのは……」

「なに大した仕事ではない。女を探してもらいたいのだ」

「女？」

「名はるい。歳は十九。紀州生まれの色白の美形だ。右目の下に泣きぼくろがある」

「その女が何か」

「いい金づるになるのだ。詳しい事情《わけ》は、貴公が引き受けてくれたら話す」

一見磊落《らいらく》そうに見えるが、駆け引きのツボを心得ている。平八郎が返事をためらっていると、突然、からりと襖《ふすま》が開いて、ふたりの浪人者が無遠慮に入ってきた。ひとりは長身面長、三十五、六の男である。もうひとりは五十がらみの小肥り赤ら顔の男。いずれも埃《ほこり》まみれの旅装である。

平八郎には目もくれず、ふたりの浪人は大膳の前にどかりと腰をすえた。

「遅くなり申した」

「刀弥どのだ」

大膳がちらりと平八郎を見て、ふたりに紹介した。

「刀弥どのとは以前江戸で一度だけ会ったことがあるのだが、奇妙なことに、またこの宿場で再会した。これも何かの縁だと思ってな。一献かわしていたところだ」

「拙者は山内《やまのうち》伊《い》兵衛《へえ》と申す」

長身の男が軽く会釈した。その目つき、挙措にただならぬ気がみなぎっている。それは浪人特有の殺伐たる気ではなく、この男の身の内からほとばしる、ある種の才気のようなものだった。

小肥りの浪人は南部権太夫《なんぶごんだゆう》と名乗った。この男は物言いも態度も横柄で、平八郎とは眼も合わさずに不満そうな口調でこういった。

「われらの仲間に入れようと申すのか」

「そのつもりだ。むろん刀弥どのが承知してくれればの話だが……」

大膳が応えると、権太夫はむっと押し黙り、かたわらの山内伊兵衛を見やって、不快そうにかぶりを横にふった。平八郎はふたりの反応に当惑しながら、

「生憎《あいにく》だが……、それがし、所用があるので、これにて失礼つかまつる」

腰をあげた。

「さようか。では致し方あるまい。この話はなかったことにいたそう」

「ごめん」

一揖《いちゆう》して、平八郎は足早に退出した。それを見送ると、権太夫が赤ら顔をさらに紅潮させて、

「大膳どの、素性の知れぬ男にやたらに声をかけるのは危《はん》のうござるぞ」

いさめるようにいった。大膳が太い眉をつり上げて反駁《ばく》した。

「やたらに声をかけているわけではない。あの男なら使えると見込んで、おぬしたちに引き合わせたのだ」

「しかし！」

なおも言いつのろうとする権太夫を制して、山内伊兵衛がつとめて冷静な口ぶりで大膳にいった。

「謀《はかりごと》は密なるをもってよしとも申し、また謀、定まりてのち戦うとも申すゆえ、当面はわれら三人で事をすすめたほうが……」

「わかった。わかった。そろそろ女を呼ぶとしよう」

小うるさそうに首をふって、大膳はパンパンと手を打った。

第四章　御落胤

1

平八郎が宮の宿をあとにしたのは、七ツ半（午後五時）ごろだった。

ようやく傾きはじめた陽が、伊勢湾の蒼《あお》い海を黄金色《こがねいろ》に染めている。

「七里の渡し」の最後の船はもうとっくに出たあとだった。渡船場の周辺には人影ひとつなく、常夜燈だけが突堤に長い影を落としてぽつんと立っている。

——ここを出よう。

平八郎にそう決意させたのは、赤川大膳との偶然の出会いだった。このまま宮の宿にとどまっていたら、また何か面倒なことに巻き込まれるかもしれない。そんな予感がしたからである。

大膳が何を企んでいるのか知る由もないが、彼が『天一《あまくに》』の所在を知る最後の人物であることだけは確かである。尾張と幕府の熾烈《しれつ》な『天一』争奪戦はまだつづいている。尾張の隠密が大膳の探索に動けば、いずれ幕府も動く。平八郎に代わって、大膳がお庭番の次の標的にされるのは必至だった。

——君子危うきに近寄らず。

平八郎が宮の宿を離れる決意をしたのは、大膳との関わりを避けるためだった。宮の宿から伊勢桑名に渡るには、「七里の渡し」の海路以外に陸路もあった。佐屋《さや》街道である。

〈八剣の宮を渡らず佐屋まわり〉

伊勢湾の波風がつよいときや、急ぎ旅の者、船嫌いの者などがこの街道を利用した。宮から岩塚《いわつか》、万場《まんば》、神守《かもり》をへて佐屋まで行き、そこからさらに長良川を川船で下って桑名にいたる九里の行程である。

五年前に佐賀藩を脱藩して流浪の旅をつづけていたとき、平八郎はこの佐屋街道を通ったことがある。佐賀藩の重臣・吉岡監物が放った三人の刺客の襲撃を受けたのも、この街道の岩塚の立場《たてば》付近だった。そのとき初めて平八郎は実戦で「まろばしの剣」を使った。三人を斬り斃《たお》したあと、地面に飛び散った無数の肉片とおびただしい血を見て、われながら「まろばしの剣」の凄《すさ》まじさに驚愕《きょうがく》したことを、いまでも鮮明に覚えている。その忌まわしい記憶から逃れるように、平八郎は一段と歩度を速めた。

すでに暮色が迫っている。

岩塚から万場までの一里半の間に、何人かの旅人とすれ違ったが、万場をすぎてからはぱたりと人影が絶えて、もの寂しい静寂がただよいはじめた。あかね色に染まった西の空に、雁《かり》の群れが飛んでゆく。整然と「八の字」型に並んだ見事な雁行《がんこう》である。

平八郎は何となく憂鬱《ゆううつ》な気分になった。

——赤川大膳が宮の宿にいる。

そのことを星野藤馬に知らせるべきかどうか、先刻から迷っていた。平八郎の情報を受けて、明日にでも江戸に潜伏している尾張藩の隠密が動き出すだろう。その結果、大膳が江戸から姿を消したということがわかれば、すべては振り出しにもどり、結果として平八郎の情報は何の役にも立たなかったことになる。もとより、それは平八郎の責任ではないのだが……。

やはり、心のどこかに後ろめたさがあった。大膳の居場所を知りながら、藤馬とその配下たちの徒労を座視するのは、決していい気分ではない。

そう思いつつも、平八郎の足はどんどん名古屋から遠ざかってゆく。

——もう二度と『天一』には関わりたくない。

その思いのほうが強かった。藤馬には何度か窮地を助けられたことがある。恩義も感じているし、互いに心の通い合う仲だとも思う。しかし、しょせん藤馬とは生きる世界が違った。藤馬が必死に『天一』の行方を追っているのは、主君・松平通春への忠義であり、尾張徳川家への忠節だった。平八郎はその二つを捨てた男である。見方を変えれば、その懸隔《けんかく》は、恩義や友情といった言葉だけで埋めることはできまい。

藤馬から受けた「借り」は、『天一』の行方を打ち明けた時点で十分に返したつもりである。赤川大膳がどこへ行方をくらまそうが、もはや平八郎の関知するところではない。それを探すのが藤馬の仕事であり、責務なのだ。

――二度と藤馬に会うこともあるまい。

そうも思う。また、そうあって欲しいとも思う。もうこれ以上幕府と尾張の政争には巻き込まれたくなかった。とにかく、いまは一刻も早く尾張領を離れたい。そして温暖な伊勢の地の、どこかひなびた町の寺子屋で手習いの師匠でもしながら一冬を静穏に過ごす。それが平八郎の当面の目的であり、ささやかな夢でもあった。

神守の立場をすぎたときである。

布帛《ふはく》をひき裂くような女の悲鳴を聞いて、平八郎は思わず足をとめた。前方から粗末な旅装束の女が転がるように突っ走ってくる。その五、六間後方に四つの〝白い影〟が見えた。

「お、お助けください！」

息を荒らげながら、女が平八郎の背後に回りこんだ。事情を聴く間もなく、四つの影がすごい勢いで眼前に迫っていた。異装の男たちである。〝白い影〟と見えたのは、男たちがまとっている装束だった。白麻の鈴懸《すずかけ》に結袈裟《ゆいけさ》、白の手甲脚絆《てつこうきやはん》、額に頭巾《ときん》をのせ、手に金剛杖と錫杖《しやくじよう》を持っている。一目でそれとわかる修験道《しゆげんどう》の行者・山伏である。

立ちふさがる平八郎に、山伏のひとりが恫喝するようにいった。

「その女に用がある。邪魔立てするな」

地獄の底からわき立つような陰気な声である。

「助けを求められたからには、黙って見過ごすわけにはいくまい」

平八郎が応えると、

「面倒だ」

べつの一人が顎《あご》をしゃくった。それが合図だったらしく、四人はすばやく左右に跳んで、金剛杖の仕込み刀を抜き放った。切っ先から放射される殺気はなまなかなものではない。腕の立つ山伏というより、山伏の姿に変じた手練《てだ》れと見るべきであろう。

「下がっていなさい」

女に小声でそういうと、平八郎はゆっくりと刀をひき抜き、剣尖《けんせん》をだらりと下げて右半身に構えた。「まろばしの剣」の車《しや》(斜)の構えである。この構えに入ったとき、平八郎の想念はかぎりなく「無」になる。あらゆる邪念を捨てて、ただひたすら相手の剣の色（きざし）を待つ。それが鍋島新陰流「まろばしの剣」の極意である。

　四人は一間ほどの間隔をおいて横一列に並び立ち、じりじりと間合いをつめてくる。この場合、四人が同時に仕掛けてくるということは、まず考えられない。どれほどの手練れであっても、毫毛《ごうもう》の狂いもなく四人が同時に動くのは、ほとんど不可能である。かならず動きにバラつきが出る。相手にとってこれほど読みやすい「先《せん》の手」はない。「先《せん》」が読めれば、かわすなり、打ち返すなり、どうにでも対処できる――ということを、多少武芸の心得のある者なら誰でも知っているはずだ。

　案の定、先に動いたのは右方のふたりだった。これは誘い――現代《いま》ふうにいえばフェイントである。次に「見せ太刀」がくる。これも定石だ。ふたりの右足が間境を越えた瞬間に、平八郎の躰《からだ》は独楽《こま》のように左回りに回転していた。右方のふたりの動きに対して、まったく逆の回転動作に出たのである。左から斬り込んできたふたりの仕込み刀が鋭い鋼《はがね》の音を発してはじけ飛んだ。白麻の鈴懸が鮮血で真っ赤に染まり、ひとりが前のめりに、もうひとりが仰向けに音を立てて転がった。

　一回転して元の位置に止まった平八郎の躰が、次の瞬間、消え入るようにすっと沈んだ。実際、右方のふたりの目にはその姿が消えたと映ったに違いない。刹那《せつな》、紫電の逆袈裟《けさ》が右のひとりの胴を薙《な》いでいた。右膝《ひざ》をついて一瞬身を沈めた平八郎は、膝の屈伸力を使って高々と跳躍し、残るひとりの頭上を跳び越えて背後に着地すると、ふり向く隙《すき》も与えず、その背中に拝み打ちの一刀を浴びせた。白麻の鈴懸がはらりと切り裂け、おびただしい血潮を撒《ま》き散らしながら最後のひとりが地に伏した。

刀の血ぶりをして鞘《さや》に納めると、平八郎はゆっくりと背後をふり返った。女が怯《おび》えるようにうずくまっている。菅笠《すげがさ》をかぶっているので顔は定かに見えないが、若い女である。

「もう安心だ」

「ありがとうございました」

か細くいって女が頭を下げた。声がかすかに顫《ふる》えている。

「この連中に心当たりは？」

「いいえ」

かぶりを振りながら、佐屋を出たときからずっと跟《つ》けられていたような気がしますといった。とすれば物盗りのたぐいか、それとも劣情に駆られて女に悪さでも働こうとしたのか。

「どこへ行くつもりだ？」

「江戸です」

応えて、女が立ち上がった。その瞬間、菅笠の下の顔を見て、平八郎は思わず息をのんだ。歳のころは二十一、二。色白の美形である。しかも右目の下に小さな泣きぼくろがある。

「もしや……！」

「え」

女がけげんそうに見返した。

「お前の名は、おるいでは！」

赤川大膳が探していた女に間違いない。だが、平八郎を驚愕させたのはそのことではなかった。あらためて女の顔を見て言葉を失った。

「――なぜ、それを？」

女が警戒するような目で訊《き》き返した。平八郎はつとめて平静をよそおいながら、

「そうなんだな？」

念を押すように訊いた。喘《あえ》ぐような声である。女は無言のままこくりとうなずいた。

「赤川大膳という浪人者を知っているか」

「いいえ、存じません。一体どういうことなのでしょうか」

「その浪人者が、お前の行方を探している。本当に知らんのか」

「わたしは、紀州の片田舎の子守女です。お侍さまとはまったく縁のない暮らしをしておりましたし、赤川という名前を耳にしたこともありません」

「そうか……、江戸には何しに行くのだ？」

「弟を探すためです」

「弟？」

名は半次郎。年齢は、おるいより三つ歳下の十八だという。幼いころ両親を病で亡くした姉弟は、それぞれ遠縁の家に引き取られ、物心がつくまで離れ離れに育てられた。やがて姉のおるいは紀州名草郡《なぐさごおり》の庄屋の家に子守に出され、弟の半次郎は十五のときに同じ名草郡の浄覚院《じょうかくいん》という寺に預けられた。

その半次郎が二年前に江戸に修行に行くといって寺を出たまま、ぷっつりと音信を絶ってしまったという。

「何しろ、血を分けたたった一人の弟ですから……」

半次郎の身を案じて、矢も楯《たて》もたまらず奉公先を飛び出してきた、とおるいは切れ切れに語った。

「気持ちはわかるが、女のひとり旅は物騒だ。おれが江戸まで送っていこう」

「ご浪人さまが……！」

平八郎がおるいを江戸に送り届ける気になったのは、彼女の身の上に同情したからではなかった。おるいの面差しにお葉の面影を見たからである。抜けるように白い肌、切れ長な大きな眼、長い睫毛《まつげ》、花びらのような唇、右目の下の泣きぼくろをのぞけば、何もかもがそっくりだった。瓜二《うりふた》つといっていい。おるいの顔を見た瞬間、平八郎が言葉を失ったのはそのためである。

もう一度、おるいの顔を見た。

（お葉……！）

声に出して叫びたかった。胸が締めつけられるような、やるせない感懐が躰の奥底からこみあげてくる。躰中の血が激しく脈打っている。

「おれの名は……、刀弥平八郎、肥前浪人だ。日が暮れぬうちに……行こう」

「でも」

長い睫毛を伏せて、おるいが小さく首をふった。

「見も知らないご浪人さまに……」

「遠慮はいらぬ。ちょうど、おれも江戸に向かうところだったのだ。さ、行こう」

平八郎がうながした。

2

享保十三年九月五日。

日もとっぷりと暮れた酉《とり》の下刻（午後六時）、江戸高輪の大木戸をひっそりとくぐって行く男女の姿があった。平八郎とおるいである。江戸に着くまでに二十日あまりもかかったのは、名古屋を避けて佐屋から川船で木曾川を上り、美濃・信州を迂回《うかい》してきたからである。

おるいにとっては初めての江戸、平八郎にとってはおよそ二年ぶりの江戸だった。吹き抜ける宵風がひんやりと冷たい。晩秋というより、すでに冬の兆しをふくんだ風である。

「おお、寒い……江戸って寒いんですね」

おるいが小さく躰を震わせた。ふたりとも夏の旅支度のままである。衣服を透して宵風の寒さがじんわりと身にしみる。

「この近くにおれの知り合いの家がある。急ごう」

おるいの肩を抱くようにして、平八郎は歩度を速めた。

高輪の大木戸から泉岳寺裏の『清浄庵』までは指呼《しこ》の距離である。その『清浄庵』には、赤穂義士・堀部安兵衛の遺児を自称する堀部安之助が住んでいる。歳は平八郎より三つ歳下の二十六歳。やや直情的なところはあるが、歳のわりに情義に厚く、気性のさっぱりした好青年である。

『清浄庵』は安之助の亡母・順が、赤穂四十七士の菩提《ぼだい》を弔うためにむすんだ庵《いおり》である。今夜は、その『清浄庵』に泊まるつもりだった。泉岳寺の山門の前から土塀に沿ってしばらく行くと、細い路地に出る。それを左に折れればすぐ『清浄庵』に行き当たるのだが……。

（あっ）

土塀の角で、平八郎は思わず足を止めた。

「どうかしたのですか？」

おるいがけげんそうに訊く。

「ない！」

平八郎の視線の先にあるのは深い闇《やみ》と茫々《ぼうぼう》たる草地だけである。『清浄庵』が消えていた。

狐《きつね》につままれたような思いで、平八郎はゆっくり歩を進めた。草むらの中に礎石らしき平たい石が苔《こけ》むすままに点在している。明らかに家屋を取り壊した痕跡《こんせき》だった。

「たしかに、ここにあったのだが……」

草地に立ちつくしたまま、平八郎は茫然とつぶやいた。

「家を手放して、どこかに家移りしたのではないでしょうか」

「――かもしれんな」

『清浄庵』は母親の順が、一人息子の安之助に遺した、たった一つの財産だった。それを売り払って家移りしたとすれば、よほど切迫した事情があったに違いない。

平八郎の胸に名状しがたい寂寥《せきりよう》感がこみあげてきた。江戸を出るとき、「落ち着き先が見つかったらお便りを下さい」と安之助は声をうるませていった。だが、平八郎は旅先から一度も手紙を出さなかった。飛脚問屋から足がつくのを恐れたからである。いまとなってはそれが悔やまれる。

「泉岳寺のご住職に聞けば、家移り先がわかるかもしれませんよ」

おるいが慰めるようにいった。

「………」

平八郎は無言で首をふった。安之助を探すつもりなら、ほかにも方策はある。それより問題は今夜の宿だった。六ツを過ぎてから旅籠《はたご》を探すのは容易なことではない。急がなければ……。

「行こう」

気を取り直して、おるいをうながした。

半刻（一時間）後。

平八郎とおるいは日本橋馬喰町《ばくろちよう》の通りを歩いていた。高輪界隈《かいわい》とは打って変わって、この町にはまばゆいばかりの灯りが溢《あふ》れている。人の往来も絶えまがない。家並みの軒先に帯のように連なる灯りのほとんどは、旅籠や商人宿、公事宿《くじやど》の掛け行燈《あんどん》である。

〈馬喰町諸国の理非の寄るところ〉

馬喰町には、訴訟や裁判のために地方から出てきた人々を泊める宿屋が集中していた。そうした客たちの便宜を図るために、法に精通した公事師《くじし》（いまでいう弁護士）をおいた宿があった。それが「公事宿」である。公事人宿《くじにんやど》、出入宿《でいりやど》、郷宿《ごうやど》ともいう。

「こんな時刻に、人が沢山……」

人混みを歩きながら、おるいは物めずらしげにあたりを見回している。

「これが江戸という街なのだ」

初めて江戸の土を踏んだとき、平八郎もこの巨大な街の喧騒《けんそう》と雑踏には度肝を抜かれたものである。とりわけ、おびただしい灯りに彩られた江戸の街の夜景は、驚きを超えて感動を覚えるほどの壮観だった。おそらく、おるいの胸中にも同じ思いがあるに違いない。

「ここを当たってみるか」

平八郎が足を止めたのは、馬喰町二丁目の角の小ぢんまりとした旅籠の前だった。軒行燈に『結城屋』とある。のれんをくぐって中に入ると、番頭らしき初老の男が愛想笑いを泛《う》かべて、ふたりを迎え入れた。

「ご一緒でございますか」

「部屋は別にしてもらいたい」

平八郎が応えた。佐屋から江戸に着くまでの二十日あまり、平八郎とおるいは一度も同じ部屋に泊まったことがない。おるいがそれを拒んだのではなく、平八郎が意識的に避けてきたのである。

「どうぞ」

二階の部屋に通された。仲居に酒を頼んで平八郎は風呂場に向かった。おるいは一階の部屋にいるらしい。湯をあびて部屋にもどると酒の支度がしてあった。手酌で飲む。

（さて、これからどうするか？）

猪口《ちょこ》をかたむけながらぼんやり考えた。おるいを江戸に送り届けるという目的はこれで果たしたが、すぐに江戸を出て行く気にはなれなかった。心のどこかに未練がある。できればもう一度江戸で暮らしてみたいとも思う。

（留吉を訪ねてみようか）

棒手振《ぼてふ》りの魚屋・留吉――平八郎が江戸に出てきて初めて知り合った男である。底抜けに人の好い男で、江戸に不慣れな平八郎の面倒をよくみてくれた。身内のように気ごころの知れた男である。住まいは本所入江町の「おけら長屋」。明日にでも訪ねてみようか、と思いながら二本目の銚子に手をつけたとき、

「刀弥さま……」

ふいに障子の外で女の声がした。おるいである。

「よろしいですか？」

「ああ」

障子が開いて、おるいが入ってきた。風呂上がりの浴衣姿である。白い艶《つや》やかな肌がほんのりと桜色に染まっている。

平八郎の前に膝をそろえて正座するなり、おるいは畳に両手をついて深々と頭を下げた。

「刀弥さまのおかげで、無事に江戸に着くことができました。あらためてお礼を申し上げます。ありがとうございました」

「礼にはおよばぬ」

平八郎は照れるような笑みを泛かべた。が、すぐ真顔になって、

「それより、この広い江戸で人を探すのはたやすいことではない。何か手掛かりでもあるのか？」

「ええ」

と、うなずいて平八郎のかたわらにつと膝をすすめると、たおやかな腕を伸ばして空の猪口に酒をついだ。湯上がりの火照った躰から甘い香りが匂い立つ。

「もうだいぶ前のことですが、一度だけ弟から便りがありました。長安寺というお寺

にお世話になっている、と……」

「長安寺？　……場所はどこだ」

「それが――」

おるいが困惑げに目を伏せた。肝心の寺の場所は記されてなかったと、消え入りそうな声でいう。

「そうか。……となると、探すのに手間がかかりそうだな」

「でも、何とか探してみます」

「おれも手伝おうか」

「いいえ」

おるいが強く首をふった。

「これ以上、刀弥さまにご迷惑をおかけするわけにはまいりません。わたし、ひとりで探します。きっと見つかると思います。本当にお世話になりました。このご恩は一生忘れません」

また深々と頭を下げた。

「おるい……」

「はい？」

「いや、別に……」

ためらうように視線をそらした。

「長旅で疲れただろう。今夜はもう寝《やす》むがよい」

「はい。……では、失礼いたします」

一礼して部屋を出ていった。おるいが座っていた場所に甘い残り香がほんのりとたゆたっている。わけもなく胸が騒いだ。躰の奥底から熱いものがこみ上げてくる。この熱い感情がおるいにではなく、お葉の幻影に向けられていることを自覚しながら、日増しにおるいに傾斜してゆく自分に、平八郎は戸惑いを覚えていた。

——忘れよう。

銚子の酒をついで、立てつづけに数杯あおった。

3

翌朝五ツ（午前八時）に目が覚めた。

旅の疲れと酒のせいか、昨夜はよく眠れた。夢もむすばぬほどの深い眠りだった。

顔を洗って部屋にもどり、用意された朝食をとると、平八郎は身支度をととのえて『結城屋』を出た。おるいは半刻前に宿を出たという。平八郎に気づかって黙って出て行ったのだろう。

表通りは、朝から相変わらずの賑わいである。仕事場に向かう職人や人足。掛け取りに歩くお店者《たなもの》。物売りもいれば、行脚僧《あんぎゃそう》の姿もある。この雑踏と喧騒が平八郎の心を安らぎで満たした。住み慣れた家にもどってきたような安堵感《あんどかん》がある。人波の向こうに燃えるような紅葉が見えた。初音《はつね》の馬場の木立である。初音の馬場は江戸ではもっとも古い馬場で、『江戸名所図会』には「慶長五年、関が原御陣の時、御馬揃ありし所なり」とある。

馬場の手前を右に折れて横山町に出た。通りを東にまっすぐ行くと吉川町にぶつかる。それを右に曲がれば両国広小路である。

平八郎の目に奇妙な光景がとび込んできたのは、横山町三丁目にさしかかったときだった。家の前に畳が干してある。それも一軒や二軒ではなく、軒並みずらりと畳の垣根ができている。この時季になると冬物の衣類の虫干しをする光景はよく目にするが、畳の虫干しというのは見たことも聞いたこともない。

けげんな思いで三丁目の東角を曲がった瞬間、

（なんだ、これは！）

平八郎は思わず叫びそうになった。

両国広小路の名物ともいうべき見世物小屋や掛け茶屋、屋台などが跡形もなく消えて、あたり一面は瓦礫《がれき》と泥土の海と化していた。その泥の海の中で数十人の男たちが黙々と立ち働いている。板きれで泥をかき集めるもの、集められた泥をモッコで運ぶもの、散乱した瓦礫や木材を片づけているもの。あちこちの瓦礫の山には住民たちが蟻《あり》のように群がって、泥に埋まった家財道具を掘り起こしている。

「こんな大雨は、いままで見たこともねえ……」

茫然と佇立《ちょりつ》する平八郎のかたわらで、職人体の中年男がぼそりとつぶやいた。

「それは、いつのことだ？」

平八郎が訊いた。

「八月の晦日《みそか》から九月三日まで、一時《いっとき》も休まず降りつづきやしてね。それも半端な雨じゃありやせん。まるで天水桶《おけ》をぶちまけたような、ひどい吹き降りでしたよ。あれをご覧なせえ」

男が指さしたほうを見て、平八郎はあっと息をのんだ。

両国橋が消えている！

西詰と東詰の橋桁《はしげた》だけを残して、橋の中央部がえぐり取られたように消えていた。

幕末の町名主・斎藤月岑《げっしん》の『武江年表《ぶこうねんぴょう》』には、

「八月三十日夜より九月二日三日、北大風甚雨にして洪水溢《あふ》れ、昌平《しょうへい》橋、和泉《いずみ》橋、新し橋、柳橋、二日の夕方流れ落つる。三日朝両国橋中程三十六間切れ流れ、新大橋西の方四十二間程切る」

とある。それによると、両国橋が流失したのは、平八郎が江戸に着く二日前のことだった。下流の新大橋もほぼ同様の被害を受けている。

やむなく平八郎は浅草御門橋を経由して浅草に足を向けた。上流の「竹町の渡し」を使って本所側にわたるつもりである。ちなみに浅草と本所をむすぶ大川橋（吾妻《あづま》橋）が架けられたのは四十四年後の安永元年（一七七二）のことで、享保のこの時代は、渡し船が唯一の渡河手段だった。

渡船場は浅草材木町にあった。「竹町の渡し」の名は、材木町を里俗に「竹町」といったのに由来する。古くは業平《なりひら》の渡し、駒形の渡しとも呼ばれた。

渡船場には、本所に向かう人々が長蛇の列を作っていた。三十人はいるだろうか。しばらく待たされるのを覚悟で、平八郎は列のしんがりに並んだ。桟橋の立て札には、

渡船に人多く乗せ込み合い、
危うく候《そうろう》由、相聞え不埒《ふらち》に候、
向後十人の外は乗すべからず。
荷物乗合は八人たるべし。
背《そむ》くに於《お》いては曲事《くせごと》たる可《べ》き者なり。

とあり、乗船客数は十人と定められていたのだが、威勢のいい船頭は、そんな定めもお構いなしに定員の倍近い客を乗せて船を押し出していった。おかげで、さほど待たされることもなく、平八郎は次の船に乗ることができた。

本所側の被害はさらにひどかった。

とりわけ低湿地の本所二ツ目、三ツ目界隈は想像を絶する惨状だった。竪川《たてかわ》沿いの家並みの大半は倒壊、もしくは流失し、からくも難を逃れた家々は床上まで汚泥と流木に埋めつくされていた。『享保通鑑《きょうほうつがん》』によれば、「本所二ツ目、山鹿藤助（山鹿素行の長男）宅辺、床上二尺余水入」だったらしい。床上二尺余といえば地表から一メートル以上の大洪水である。

袴《はかま》の裾《すそ》をたくし上げて股立《ももだ》ちを高くとり、泥濘《ぬかるみ》に足をとられながら、平八郎はやっとの思いで入江町にたどり着いた。

この町もほとんど壊滅状態である。例外なく「おけら長屋」も倒壊していた。何か巨大なものに踏みつぶされたかのように、柿葺《こけらぶ》きの屋根だけが泥土の海に無残な姿をさらしていた。

（留吉は無事だったのだろうか）

不安な面持ちで四辺を見回した。見わたすかぎり家屋の残骸《ざんがい》と瓦礫、流木の山である。人影はおろか、野良猫一匹見当たらない。

「誰かをお探しかい？」

ふいにしゃがれた女の声がした。それも意外な方向からである。頭上を仰ぎ見ると、松の老木の枝に小柄な老婆がぽつんと座っていた。全身泥まみれである。どこかで見たような顔だが……、思い出せない。老婆が欠けた歯をのぞかせてにっと笑った。

「おや、刀弥《とね》の旦那じゃありませんか」

思い出した。時の鐘の近くに住んでいた付け木売りのお粂婆《くめ》さんである。

「お粂婆さんか……。そんなところで何をしている？」

「倅《せがれ》が助けに来るのを待ってるんですよ」

「ほかの住人たちはどうした？」

「さっさと逃げ出しちまいましたよ。年寄りを置き去りにしてね。薄情な連中さ」

しわだらけの口をとがらせて言った。

「おけら長屋に住んでいた留吉って男の行方はわからんか？」

「ああ、留さんなら、たしか神田白壁町の仁兵衛店《にへえだな》に移ったとか……」

「そうか……息子が助けに来るまで下に降りて待っていたらどうだ？」

と、平八郎が手を差し伸べると、

「いらん！　いらん！」

お粂は激しく首をふって、猿のように老木の幹にしがみついた。

「いつまた川の水が溢れ出るかわかったもんじゃない。ここにいたほうが安心なんですよ。どうぞ、あたしにはお構いなく」

大きなお世話だといわんばかりの口ぶりである。平八郎は苦笑を泛かべて立ち去った。

本所中之郷から、ふたたび渡し船に乗って浅草に戻った。

(室《むろ》先生を訪ねてみようか)

ふとそう思って、蔵前に足を向けた。

室先生とは、幕府の儒官・室鳩巣《きゅうそう》のことである。三年前(享保十年)、将軍吉宗の世子・家重付きの奥儒者という閑職にまわされた鳩巣は、蔵前の札差《ふださし》『上総屋《かずさや》』の蔵法師(蔵の管理人)の株を買って副業に精を出していた。以前、平八郎は鳩巣のもとで蔵番の仕事をしていたことがある。

幕府の米蔵が立ち並ぶ蔵前通りは、近隣の町々に比べるとさすがに復興が早く、洪水の爪痕《つめあと》は微塵《みじん》も残っていなかった。泥土や瓦礫はきれいに片づけられ、ぬかるんだ道には小砂利が敷きつめられている。その道を蔵宿(札差)の奉公人や武家の用人たちが何事もなかったように行き交っていた。

なまこ壁の土蔵がずらりと軒をつらねる路地の狭間《はざま》に蔵法師の家があった。引き戸を開けて、

「先生」

と声をかけると、奥の畳部屋で文机に向かっていた白髪の小柄な老人がゆったりと振りむいた。薄い頭髪のうえに小さな髷《まげ》をちょこんとのせ、鳶茶《とびちゃ》の紬《つむぎ》の十徳《じっとく》を羽織っている。

室鳩巣、このとき七十一歳。歳のわりに若く見えるのは、おでこが広く、下ぶくれで、しなびた市松人形のように愛嬌《あいきょう》のある顔をしているからであろう。

「おう、平八郎か……」

鳩巣は目を細めて懐かしそうに平八郎の顔を見た。が、急にあたりを警戒するように、

「人目につくといかん。さ、早く入りなさい」

手をふって部屋の中に招じ入れた。

「ごぶさたいたしております」

「話は、織部（藤馬）どのから聞いた。おぬしも面倒なことに巻き込まれたものじゃのう」

つぶやきながら、鳩巣は奥の棚から茶器を取り出して茶をたてはじめた。鳩巣と松

平通春は、学問を通じて以前から親交があり、四谷の尾張藩邸にもたびたび出入りしていた。そんな関係で星野藤馬から平八郎が江戸を離れた経緯を聞いたのであろう。

4

「おぬしの身の上には同情するが、しかし、わしは幕府お抱えの儒者じゃ」

自服の茶をたてながら、鳩巣がつらそうな顔で言った。

「表立っておぬしを助けてやるわけにはいかんし、助けてやりたくても、いまのわしには何もできぬ。それだけは察してくれ」

「先生のお立場は重々承知しております。もとよりわたしも先生のご厄介になろうとは露ほども思っておりません。ただ一つだけお訊《たず》ねしたいことが――」

「何じゃ」

「堀部安之助のことです」

一瞬、鳩巣の顔が曇った。安之助も鳩巣の下で蔵番をしていたのである。

「『清浄庵』に立ち寄ったのか？」

「はい。跡形もなく消えていました」

「そうか……」

飲みおえた天目茶碗をしずかに膝元において、鳩巣は深々とため息をついた。

「安之助には済まぬことをしてしもうた」

「と申されますと？」

「あの男の出生の秘密を打ち明けてしもうたのじゃ」

「えっ」

「あれは三月ほど前だったか……」

夜番を終えたあと、安之助が思いつめた顔で鳩巣を訪ねて来てこう言ったという。

自分は赤穂義士・堀部安兵衛武庸《たけつね》の遺児だ。このまま一生を浪々の身で終わりたくない。いずれは父のように立派な侍になりたい。ついては仕官の道を探してもらえないか……と。

「安之助が仕官をしたいと……？」

「うむ。しかし……諸侯旗本が困窮にあえぐこのご時世、そうおいそれと仕官の道などど見つかるわけがない。それにおぬしも知ってのとおり、安之助は堀部安兵衛の実子ではないのじゃ」

出生の秘密とはそれだった。安之助の母・順は亀井戸村の貧農の娘で、赤穂義士・堀部安兵衛とはまったく無関係の女だったのである。

赤穂四十七士が切腹した元禄十六年、順は誰の子とも知れぬ赤子を産み落とし、翌年に出家して法名を「妙海」と号した。その後、江戸に出てきて高輪泉岳寺裏に『清浄庵』という庵《いおり》をむすび、堀部安兵衛の妻を騙《かた》って、義士の墓参におとずれる人々から多額の供養料をせしめていたのである。もちろん、そのこと自体立派な「かたり（詐欺）」であり、発覚すれば重罪は免れない。

当時のお定書《さだめがき》には「詐欺して金を取った者はその多寡によらず獄門」とある。時代はやや下がるが、天明五年（一七八五）、神道の許可免状を偽造して神主になりすまし、二百両余の寄付金を詐取した「とっこの大助」こと助右衛門なる男が、市中引き回しのうえ獄門に処された、という記録もある。

かたり（詐欺）とは、かくも重い罪なのだが、それよりも順が犯した最大の罪は、実の子の安之助にも死ぬまで真実を打ち明けなかったことであろう。

「母親の嘘を信じて生きるより、真実を知って、一から出直すほうが安之助のためではないかと、わしはそう思ったのじゃ」

「で、安之助は何と……？」

「何も……。言葉を失っておった。無理もあるまい。生まれてこのかた、それだけを心のよすがに生きてきた男じゃ。おそらく奈落の底に突き落とされたような思いだったに相違ない」

「…………」

平八郎も言葉を失った。安之助が受けた心の傷の大きさを思うと、わが事のように胸が痛む。

「それっきり、安之助はわしの前から姿を消してしもうた。……あのときは良かれと思って言ったことだが、いまとなって、わしはひどく後悔しておる。やはり告げるべきではなかった」

小さな目をしょぼつかせて、鳩巣は悄然《しょうぜん》と肩を落とした。

（だが……）

鳩巣の判断は間違っていなかったと平八郎は思う。

「人間は真実に生きるべきです。先生が真相を打ち明けなければ、安之助は一生嘘で塗り固めた人生を歩いていたでしょう。いずれ安之助もそのことに気づくはずです」

「……そういうてくれると、わしも少しは気が楽になる」

鳩巣がほろ苦く微笑《わら》った。

「もう一杯茶をいれようか」

「いえ、そろそろ失礼します」

「泊まるところはあるのか？」

「はい。馬喰町の『結城屋』という旅籠に……」

「よかったら、しばらくここにいたらどうじゃ？」

「ありがとうございます。いよいよ困ったときにはそうさせていただきます」

丁重に礼をいって、平八郎は腰をあげた。


室鳩巣から真実を打ち明かされたとき、おそらく安之助の心中には、母親を信じるか、鳩巣の話を信じるか、烈しい葛藤《かっとう》があったに違いない。迷い、悩み、苦しんだ末に『清浄庵』を手放す決意をしたとすれば、その決意そのものが、死ぬまで自分を騙しつづけた母・順への決別であり、二十五年間の虚構の人生の清算だったのであろう。

(それでよかったのかもしれぬ)

負けん気の強い男である。それに安之助はまだ若い。これからいくらでもやり直しのきく人生である。あの男ならきっと立ち直ってくれるに違いない。そう信じるしかなかった。これは期待を込めた平八郎の願いでもある。

気がつくと、内神田の今川通りを歩いていた。この通りの西側と東側に白壁町がある。西側が上白壁町、東側が下白壁町。『続江戸砂子《えどすなご》』に「左官多し」とあるように、このあたりの長屋には左官屋が多く住んでいた。それが「白壁町」の町名の由来でもある。

通りすがりの男をつかまえて「仁兵衛店」の場所を訊いた。

すぐにわかった。今川通りから東側に一本入った下白壁町の不動新道に「仁兵衛店」

はあった。このあたりも水に浸かったらしく、やや道がぬかるんでいる。長屋木戸の前に立って、奥の様子をうかがった。井戸端で黙々と盤台《ばんだい》を洗っている男がいる。へちまのように間延びした顔に豆絞りのねじり鉢巻き、紺の半纏《はんてん》にふんどし一丁という姿――棒手振りの留吉だ。

（留吉！）

声をかけようとした、そのとき、

「お前さーん」

奥の家から若い女が出てきた。一瞬、平八郎は虚をつかれたように立ちすくんだ。女は、柳橋の船宿『舟徳』で小女をしていたお袖だった。二年前よりやや痩《や》せた感じはするが、色白のぽっちゃりとした童顔は変わらない。

「お前さん、お茶がはいりましたよ」

「おう」

仕事の手を止めて、留吉がふり向いた。満面に笑みがこぼれ、間延びした顔がぐにゃぐにゃに崩れている。留吉のそんな表情を平八郎ははじめて見た。

「どれ、どれ……」

ねじり鉢巻きをはずして濡れた手を拭《ふ》きながら、留吉は目を細めてお袖の背後をのぞき込んだ。

か。

「よく眠ってるなあ、正太のやつ」

その姿を見て平八郎はさらに瞠目《どうもく》した。なんとお袖が赤子を背負っているではないか。

（留吉とお袖が……！）

夫婦《めおと》になっていたのだ。しかも子までもうけている。意外、というより意表をつかれた思いである。だが、冷静に考えてみれば、さほどに驚くことではなかった。『舟徳』が幕府先手組《さきてぐみ》の襲撃を受けて焼け落ちたあと、留吉にお袖の後事を託したのは平八郎自身なのである。それが二人をむすぶきっかけになったのであろう。

仲睦《むつ》まじげに家に入って行く留吉とお袖の姿を眼のすみに見ながら、

――似合いの夫婦だ。仕合わせに暮らせよ。

ぽつりとつぶやいて、平八郎はゆっくり踵《きびす》をめぐらせた。


小伝馬町のあたりで、石町《こくちょう》の八ツ（午後二時）の鐘の音を聞いた。

辻角の担ぎ屋台のそば屋で遅い中食《ちゅうじき》をとると、平八郎は馬喰町の旅籠『結城屋』にもどった。おるいはまだ帰っていなかった。二階の部屋に上がり、袴を脱いでごろりと横になった。

晩秋の陽差しが西側の障子窓を薄らと朱《あけ》に染めている。

横になるなり、平八郎はもう軽い寝息を立てていた。表通りのさんざめきが小川のせせらぎのように心地よく聞こえてくる。どこかで小鳥が啼《な》いている。燦々《さんさん》とふりそそぐ陽光。きらきらと輝《かが》やく緑の草原。めくるめく光の海の中に懐かしい顔があった。徳次郎がいる。お葉がいる。そして堀部安之助がいて、留吉もいる。四人は川辺の草むらに腰をおろして弁当を広げ、楽しそうに談笑している。

徳さん！

お葉！

安之助！

留吉！

それぞれの名を呼びながら、平八郎がその輪へ駆け寄ろうとすると、突然、四人が立ち上がって振りむき、悲しそうに首をふった。来るな、という仕草である。

（なぜだ！）

叫びながら走った。すると、四人はいっせいに平八郎に背を向けて、川の流れに足を踏み入れた。奇妙なことに水しぶき一つ立たない。まるで川面《かわも》をすべるように、それも恐ろしく速い足取りでわたってゆく。平八郎が川岸に駆けつけたときには、四人はもう川をわたりおえて、向こう岸からちらりと平八郎をふり向き、もう一度悲しげに首をふると、暗い森の中に消え入るように立ち去っていった。

茫然と川岸に佇立する平八郎の胸を、深い孤独感がひたした。急に風が立ちはじめ、分厚い黒雲が空をおおい、緑に輝やく草原は転瞬、暗黒の海と化した。小川のせせらぎも、鳥の啼き声も、風のそよぎも聞こえない無音無間《むげん》の闇《やみ》である。

(刀弥さま……)

ふいに闇の奥から、涼やかな女の声がした。はっとわれに返って四囲を見回した。が、視界は漆黒の闇に塗り込められ、自分がどこにいるのかさえもわからない。それでも必死に声のぬしを探した。お前は誰だ？　どこにいるのだ？

5

「刀弥さま……」

三度目の声で目が覚めた。ガバッと起き上がって、あたりを見回した。障子窓の陽差しが消えて、部屋の中には薄闇がただよっている。あわてて身づくろいをして、

「おるいか？」

廊下に声をかけた。

「はい。よろしいですか」

「ああ」

障子が開いて、おるいが入ってきた。心なしか疲れた顔をしている。行燈に灯をいれた。

「どうだった？　長安寺の場所はわかったのか？」

「ええ、でも……」

おるいが虚《うつ》ろな表情でかぶりを振った。

「いなかったのか」

「半年ほど前にご住職が病で亡くなって、長安寺は廃寺になったそうです」

「廃寺？　……で、半次郎はどこへ？」

「檀家《だんか》さんの紹介で芝金杉の感応院というお寺に移ったとか……」

「そうか……しかし、そこまでわかれば探し当てたも同然だ。今日はもう遅い。明日の朝にでも訪ねてみたらどうだ」

「いえ、できれば今日中に――」

「今日……これからか？」

「刀弥さまにそのことをご報告するつもりで戻ってきたのです」

「しかし」

「一日もはやく……いえ、一刻もはやく半次郎に逢《あ》いたいのです」

おるいが思いつめた顔でいう。

「わかった。おれも一緒に行こう」

「あ、でも――」

当惑するおるいに、平八郎が微笑をむけた。

「乗りかかった船だ。最後まで見届けたい。さ、行こう」

両刀を取って、立ち上がった。

表に出ると、夕暮れの通りにちらほらと軒行燈の灯がともっていた。『結城屋』の番頭からぶら提灯《ちょうちん》を借りてきたが、まだ提灯をともすほどの暗さではない。

馬喰町から小伝馬町、鉄砲町をへて室町通りに出た。この大通りを南にまっすぐ行けば日本橋である。日本橋から芝金杉までは東海道を上って一里余、女の足でも半刻（一時間）はかからない道のりである。

ちょうど金杉橋をわたりかけたとき、愛宕下の六ツ（午後六時）の鐘が鳴りはじめた。宵闇がただよいはじめている。昼間は上り下りの旅人でにぎわう東海道も、この時刻になるとさすがに人影は見当たらない。

「この橋を渡れば芝金杉だ。町の名は聞かなかったのか」

ぶら提灯に灯をいれながら、平八郎が訊いた。

「町の名？」

おるいがけげんな顔で訊きかえした。

「金杉が町の名ではないのですか」

「いや」

平八郎は笑って首をふった。芝金杉は、金杉川の南側一帯に広がる町の総称で、金杉同朋《どうぼう》町、金杉裏町、金杉片町、金杉浜町などに分かれている。

「寺があるのは、裏町三丁目のあたりだ。行ってみよう」

通り一丁目の角を左に曲がった。東海道に沿って南北に走る路地の両側が金杉裏町である。まばらな町家の灯りが見えた。奥の闇に寺院の堂宇《どうう》が黒々と影をつらねている。

「ここだ」

ふたりが足を止めたのは、金杉毘沙門天《びしゃもんてん》の裏手にある小さな寺の前だった。朽ちた寺門の扁額《へんがく》に『感応院』とある。寺門をくぐると正面に本堂があり、その右奥に藁葺《わらぶ》きの方丈が見えた。火燈窓《かとうまど》にほんのりと明かりがにじんでいる。

「ごめんください。夜分恐れ入ります」

玄関の前で、ためらうようにおるいが声をかけた……が、応答がない。

「どなたかいらっしゃいませんか？」

しばらく待ったが、やはり応答はなかった。

「お留守かしら？」

おるいが困惑げに平八郎をふり返った。

「こんな時分に住職が他行するとは思えぬが……」

つぶやきながら、そっと戸を引き開けて中をのぞき込んだ瞬間、平八郎の眼が一点に吸いついた。三和土《たたき》から廊下に点々と黒い染みがつづいている。提灯の明かりを近づけてみると、その黒い染みは血痕《けっこん》だった。それもまだ凝結していない、生々しい血の痕《あと》である。

「血！」

おるいが思わず驚声を発した。

「ここで待っててくれ」

いいおいて、平八郎は土足のまま廊下に上がり込んだ。奥の部屋から仄《ほの》暗い明かりが洩《も》れている。血痕はその部屋の前までつづいていた。油断なく刀の柄に手をかけて腰を落とし、足音を消してゆっくり歩をすすめた。奥の部屋の襖《ふすま》がわずかに開いている。

がらっ。

一気に襖を引き開け、躰を低くして部屋の中に飛び込んだ。

（あっ）

平八郎がそこに見たのは、血まみれで倒れている初老の僧侶《そうりょ》の姿だった。『感応院』

住職・日信《にっしん》である。かなり激しく争ったらしく、畳の上に血塗られた足跡がべたべたと残されている。駆け寄って僧侶の躰をかかえ起こした。全身をめった斬りにされているが、かすかに脈はあった。

「御坊！　しっかりなされい！」

「う、うう……」

うめきながら、日信が半眼を開いた。顔から血の気がうせ、すでに死相がただよっている。

「いったい誰がこのようなことを……！」

耳もとで叫んだ。日信が白い唇をわなわなと顫《ふる》わせて、

「だ、大膳め……」

しぼり出すような声でそういうと、無念そうに虚空を見すえ、がっくり首を折って絶命した。

――大膳。

一瞬、あの大膳ではないかと思ったが、すぐにそれを打ち消した。どう考えても赤川大膳と『感応院』の住職とはむすびつかなかった。

それより心配なのは半次郎の行方である。畳の上には血塗られた複数の足跡がある。賊と争ったすえに半次郎だけが難を逃れたのか。それとも賊に拉致《らち》されたのか。

「どうなされました？」

廊下でおるいの声がした。

「来るな！」

叫ぶと同時に、平八郎は部屋を飛び出した。暗がりにおるいが不安そうな顔で立っている。

「何かあったのですか」

「見ぬほうがいい」

うしろ手でぴしゃりと襖を閉めると、平八郎はおるいの手を取って足早に外に出た。

参道を出たところで、おるいが平八郎の手を振り切って叫ぶようにいった。

「教えて下さい！　あの部屋でいったい何があったのですか！」

「住職が殺されていた」

「まさか！　……」

「半次郎の姿もなかった」

「わたし、もう一度見てきます！」

「おるい！」

手を取って引き戻した。

「おれのいうことを信じてくれ」

「…………」

「怪しまれるといかん。さ、行こう」

なだめるように肩を抱いて、歩き出した。そのとき石灯籠《どうろう》の陰を、音もなくよぎった人影に平八郎もおるいも気づかなかった。


おるいが悄然《しょうぜん》と肩を落として、虚《うつ》ろな眼を宙にすえている。慰撫《いぶ》する言葉もなく、平八郎は無言で猪口をかたむけていた。旅籠『結城屋』の二階の部屋である。通りから相変わらず雑踏のさんざめきが聞こえてくる。

「心配するな」

しばらくの沈黙のあと、平八郎がぽつりといった。同じ言葉を何度口にしたか。それでもおるいの表情は晴れなかった。かたくななまでに哀しみの殻に閉じこもっている。膳の上に猪口をおいて、平八郎が向きなおった。

「……賊が半次郎を殺すつもりなら、あの場で殺していたはずだ。わざわざ別の場所に連れ出して殺すというのは道理に合わぬ」

「…………」

「半次郎は無事だ。どこかで生きている。そう信じることだ」

おるいがふっと顔を上げた。切れ長な目が涙でうるんでいる。着物の袖《そで》でその涙をぬぐうと、平八郎の顔をまっすぐ見すえて、意を決するようにいった。

「本当のことを申しあげます」

「………」

猪口に酒をつぎかけた平八郎の手が止まった。

「半次郎は、何者かに命をねらわれているんです」

「命を！　……」

「あの子は……、将軍さまの御落胤《ごらくいん》なのです」

驚くべき発言だった。一瞬、聞き間違いではないかと思った。

「まさか……」

「いいえ、これは本当なのです！」

火を噴くような烈しさで、おるいは反駁《はんばく》した。その烈しさに気押されて、平八郎は沈黙した。

「信じてもらえますか」

数瞬の間があった。

「話を聞こう」

空になった猪口に酒を注ぎながら、平八郎はおるいの顔を見返した。

「わたしの母は、紀州名草郡平沢村の百姓の娘で、名を沢と申しました」

おるいが淡々と語りはじめた。

いまから十八年前の宝永七年（一七一〇）、おるいの母・お沢は生まれたばかりの女児（おるい）を実家に預けて、紀州徳川家の家臣・加納平治右衛門政直《かのうへいじえもんまさなお》の屋敷に奉公に上がった。村一番といわれる美貌《びぼう》を買われて、加納家の用人からぜひにと請われたのである。ちなみに加納平治右衛門は、将軍吉宗の側近中の側近、御側御用取次・加納近江守久通の父親である。

加納家の屋敷奉公に上がったお沢は、半年もたたぬうちに主人・平治右衛門付きの腰元に取り立てられ、その名を「沢の井」と改めた。江戸城の大奥にたとえれば御《お》中﨟《ちゅうろう》格の女中である。異例の出世といえた。

当時、吉宗は二十七歳。紀州五代藩主の座について六年目を迎えていた。身の丈六尺あまり、色浅黒い偉丈夫、何よりも武芸と鷹狩《たかが》りを好み、暇さえあれば野山を駆けめぐっていた。奔放不羈《ほんぽうふき》、破天荒な青年大名である。

そんな吉宗にも、生涯消えることのない暗い過去があった。生まれて間もなく、父・光貞（紀州二代藩主）の命によって和歌山城下の刺田比古《さすたひこ》神社に棄てられた……という屈辱的な過去である（なぜ棄てられたのか、理由はいまだに謎とされている）。

その子を拾って「源六」と名付け、五歳になるまで育てたのが、加納平治右衛門であった。

そうした縁があって、吉宗は藩主になってからも心安く加納家に出入りしていた。その吉宗の目にとまったのが美貌の腰元・沢の井だった。やがて沢の井は吉宗のお手がついて懐妊し、翌年（正徳元年）、平沢村の実家に帰って玉のような男の子を産んだ。

「……その子が、半次郎なのです」

切れ長な眼で平八郎の顔を真っ正面から見つめ、おるいはそういって話をむすんだ。

——吉宗の御落胤！

平八郎は、ほとんど言葉を失っている。

第五章　裏柳生

1

「で……」

長い沈黙のあと、平八郎がようやく口を開いた。

「母御は健在なのか？」

「いえ、産後の肥立ちが悪く、半次郎を産んだ翌月に……」

「身まかったか」

「はい」

「そのとき、お前はまだ二歳だったはずだ。いまの話はいつ、誰から聞いたのだ？」

「二年前です。祖母が亡くなるときに初めて聞かされました」

祖母・おさんの話によると、沢の井の懐妊を知った吉宗は、

「余は近々江戸表に下るが、いずれそなたを呼び迎えて側室にいたそう。それまでは、そなただけの了簡《りようけん》で、決して口外いたすな。身重の躰《からだ》では奉公も大儀であろうから、病と披露して宿（実家）へ下がり、母親のもとにて余の帰国を待ち、腹の子を大切にするがよい」

といって、お手元金五十両と由緒書を沢の井に渡したという。

「由緒書？」

「これです」

おるいが懐中から色あせた袱紗《ふくさ》包みを取り出した。浅黄綾《あさぎあや》の葵《あおい》の紋染抜の袱紗である。包みの中には、これも黄ばんで折り目のすり切れた書状が入っていた。平八郎はその書状を受け取って丁寧に披《ひら》いた。

《沢の井へ。其方《そのほう》、懐妊の由。余の血筋に相違これなし。もし男子出生においては、時節をもって呼出すべし。女子たらば、其方の勝手たるべし。吉宗（花押）》

お世辞にもうまい字とはいえない。どちらかといえば拙《つたな》い手蹟《しゆせき》である。だが、その拙さが学問嫌いの吉宗の性格を表していて、逆に信憑性《しんぴようせい》を感じさせた。

「半次郎は、このことを知っているのか」

「江戸に旅立つときに打ち明けました。でも……」

半次郎は一笑に付し、誰の血筋を受けていようがおれはおれだ、とにかく江戸で修行して立派な僧になり、故郷に錦を飾りたい、といい残して旅立ったという。

「なぜ、いまになって半次郎の行方を探す気になったのだ？」

「じつは……」

おるいの顔がふっと曇った。怯《おび》えるように眼が泳いでいる。

「ひと月ほど前に奉公先の庄屋さんの家に不審な行商人が訪ねてきて、半次郎の居所をしつこく訊《き》いていったそうなんです」

たまたまそのとき、おるいは使いに出ていて留守だったが、その翌日、奇妙な事件が起きた。

「半次郎を取り上げたお産婆さんが焼け死んだのです」

「焼け死んだ？」

産婆は、沢の井の叔母で名をお米《よね》といい、庄屋の三軒どなりに住んでいた。その日の夕刻、お米の家から異臭がすると近隣の住人から訴えがあり、庄屋の息子が様子を見に行ったところ、お米は囲炉裏の中に上体を突っ込んで焼け死んでいた。かたわらには、空の徳利が二本と茶碗が転がっていたという。

庄屋の息子は驚いて郡奉行に届け出たが、調べにきた検死役人はお米の死に怪しいところは何もないと断じて、庄屋をはじめ村人たちから口書《くちがき》をとり、酒に酔いつぶれての焼死として事済みになったのだが……、

「わたしには、どうしても得心がいきませんでした」

おるいが眉宇《びう》をよせていう。

「何か不審なことでも？」

「ふだん、お米さんは一滴もお酒を口にすることはなかったんです」

「下戸だったのか！」

おるいがこくりとうなずき、

「間違いありません。お米さんは誰かに殺されたのです」

きっぱりといい切った。

「半次郎が当将軍家の御落胤《ごらくいん》だということを、お米も知っていたのか？」

「母から聞かされて知っていたと思います」

「とすれば、その秘密を闇《やみ》に葬るために、何者かがお米を殺した、ということも考えられるな」

「わたしもそう思いました。ひょっとしたら、次に狙《ねら》われるのはわたしたちではないかと……」

おるいの声がかすかに顫《ふる》えた。

沢の井が他界し、祖母がこの世を去り、そして産婆のお米が殺されたいま、御落胤の秘密を知る人間は、おるいと半次郎しかいない。下手人の目的がその秘事を闇に葬ることにあったとすれば、当然、次に狙われるのはおるいと半次郎である。

「そのことを半次郎に知らせたかったのです」

そういって、おるいはふっと目を伏せた。『感応院』の事件が胸をよぎったのであろう。抜けるように白い顔が、恐怖と不安でさらに白く蒼《あお》ざめている。

平八郎は無言で猪口《ちょこ》をかたむけた。二本目の銚子はすでに空になっている。最後の一杯をなめるように飲みながら黙考した。


将軍家御落胤の秘密を闇に葬ろうとしている一味がいるとすれば、考えられるのは吉宗の叔父・巨勢《こせ》十左衛門と配下の公儀隠密「お庭番」である。彼らは二年前（享保十一年）に、吉宗の生母・浄円院《じょうえんいん》（お由利の方）の不義の子・風間新之助をひそかに抹殺している。

——奴らならやりかねまい。

吉宗とその一族が、何よりも拘泥《こうでい》するのが「血筋」である。わずか四代で途絶した神祖・家康の直系の血筋に代わって、新たに徳川宗家の本流となった吉宗の「血」を、つまりは巨勢一族の「血」を一滴たりとも外に漏らしてはならぬ、といい残して他界したのは一族の長・巨勢八左衛門である。その漏らしてはならぬ「一滴の血」こそ、吉宗の落とし胤《だね》・半次郎であり、二年前にひそかに闇に葬《ほふ》られた風間新之助と同じように、半次郎もまたお庭番に命をねらわれる運命にあったのである。

——佐屋街道でおるいを襲った四人の山伏も「お庭番」配下の忍びに相違ない。

平八郎はそう確信した。

お庭番の前身は、伊賀忍者の流れをくむ紀州隠密である。紀州忍法の伝書『正忍記』には「七方出《しちほうで》（変装術）」の一つとして、「山伏＝男女是を近づける。刀脇指《わきざし》をさすなり」とあり、また「商人＝人の能く近づけるものなり」ともある。半次郎の出生の秘密を知る産婆のお米を殺した不審な行商人も、お庭番配下の忍びと見て間違いないだろう。

だが……、
どうしても解けぬ謎があった。『感応院』の住職殺しの一件である。お庭番が半次郎を殺害する目的で『感応院』に押し入ったとすれば、方丈の部屋に二つの死体が転がっていなければならない。畳に残された複数の足跡から見て、住職の日信が半次郎をかばって逃がしてやった、ということも考えられなくはないが、問題は日信が息を引き取る直前に口走った、

「大膳め……」

という言葉である。それが下手人の名であることは疑う余地がない。しかし、

——『感応院』の住職はなぜお庭番の名を知っていたのか？

最大の謎はそれだった。公儀隠密「お庭番」は、決して表に顔をあらわさぬ〝影〟の存在である。一般市民はおろか、幕府の重臣たちでさえ知らないお庭番の正体を、日蓮宗の末寺の住職が知っていたとは考えにくい。とすれば……、

――別の一味かもしれぬ。

思考がそこに至ったとき、ふたたび平八郎の脳裏に「赤川大膳」の名がよぎった。

――大膳が追っていたのは、おるいではなくて、弟の半次郎だったのではないか？

宮の宿で大膳に出会ったとき、「いい儲《もう》け話がある」といった。大膳が御落胤の秘密を知っていたとすれば、それを種にひと儲け企んだということも十分考えられる。

2

「おるい……」

平八郎がゆっくり顔をあげた。

「もう一度訊くが……、赤川大膳という浪人者に心あたりはないのか」

「いいえ、まったく――」

おるいは小さくかぶりを振った。そしてまた悲嘆の表情にもどり、

「わたし、諦《あきら》めます」

ぽつりといった。

「諦める？」

「もう半次郎を探す手だてはありません。刀弥さまのおっしゃったとおり、今のわたしにできることは、あの子の無事を信じることだけです。きっと……、きっと江戸のどこかで無事に生きていてくれていると……」

白い頬にほろりと涙がこぼれた。

「………」

返す言葉がなかった。平八郎にも次の思案は泛《う》かばない。

「……これからどうするつもりだ？」

「明日の朝いちばんで宿を発ちます」

「郷里《くに》に帰るのか」

「はい」

「そうか。すまなかったな。何の力にもなってやれず……」

「いえ、とんでもございません。刀弥さまには十分すぎるほどお世話になりました」

切れ長な眼がうるんでいる。

「わたしのほうこそ何のお礼もできませんが……、せめて」

つと膝《ひざ》をすすめ、やおら平八郎の躰にしなだれかかった。熱い吐息が首すじに吹きかかる。

「せめて今夜だけでも……」

「……おるい」

「抱いてください」

　狂おしげに平八郎の首に腕をからませた。着物の上から胸のふくらみが伝わってくる。その豊かな胸の感触が平八郎の自制心を狂わせた。おるいの躰を抱きすくめるなり、平八郎はわれを忘れておるいの口を吸った。やわらかな舌がからみつき、甘く、馥郁《ふくいく》たる香りが口中にひろがる。

「あ、ああ……」

　おるいが絶え入りそうな声をもらす。抱きすくめたまま、おるいの躰を畳の上に横たわらせ、唇から顎《あご》へ、顎から白い喉へと舌をはわせた。おるいはのけぞりながら、両手を平八郎の背中にまわし、骨がひしげるほど強くしがみついてきた。

　平八郎の手がもどかしげに帯をほどいてゆく。おるいの胸元がはだけ、たわわな乳房があらわになった。薄桃色の乳首がつんと立っている。平八郎はそれを口にふくんで、舌先で愛撫《あいぶ》した。

「明かりを……、行燈《あんどん》を消してください……」

　小さな声でそういうと、おるいは羞《は》じらうように身をすくめた。

「いや、点けておこう」

乳首を口にふくみながら、平八郎はおるいの着衣を一枚一枚剝《は》いでいった。

「……お前の躰が見たい」

扱《しご》きをほどき、繻袢《じゅばん》をはぎとり、腰の物をはずした。一糸まとわぬ全裸である。

平八郎は愛《め》でるようにおるいの裸身に視線を這《は》わせた。白磁のように艶《つや》やかな肌、豊満な乳房、くびれた腰、肉《しし》付《づ》きのいい太腿《ふともも》、しなやかに伸びる下肢……。行燈のほの明かりに泛かび上がったおるいの裸身は、息をのむほど美しく、なまめかしい。

ゆっくり上体を起こし、平八郎も衣服を脱いだ。赤銅《しやくどう》色のたくましい胸板に薄らと汗が光っている。下帯の中の一物は、はち切れんばかりに屹立《きつりつ》している。はやる気持ちを抑えながら、固く閉じたおるいの両脚を広げて膝を立たせ、股間《こかん》に手を差し入れた。茂みの奥のはざまを指先でそっと撫《な》であげる。花弁はもうしとどに濡《ぬ》れている。

平八郎のそれも怒張の極に達していた。下帯をはずして、おるいの両膝の間に腰をいれ、屹立した一物の先端を秘所にあてがうと、一気に根元まで挿入した。

「あっ」

小さな声を発して、おるいがのけぞった。秘孔の肉襞《ひだ》が思わぬ力で平八郎のものを締め上げる。危うく放出しそうになるのをぐっとこらえて、おるいの中に埋没したまま、いっさいの動きを止めて気を散らした。おるいが焦れるように腰を回しはじめる。

「あ、あああ……」

かすかな喘《あえ》ぎを洩《も》らして、おるいが次第に昇りつめてゆく。それに合わせて平八郎も腰を律動させた。しびれるような快感が躰の深部からせり上げてくる。

ああっ。ひときわ大きな喘ぎを発して、おるいが頂点に達した。ほとんど同時に平八郎も果てた。肌を合わせたまま、二人はむさぼるように口を吸い合った。おるいのそこが別の生き物のようにひくひくと痙攣《けいれん》している。萎《な》えかけた平八郎のものが、おるいの中でふたたびゆっくりと膨張していった。


時刻はとうに五ツ半（午後九時）をまわっていた。

宿の客はもう床についたのだろう。ほとんどの部屋の明かりは消えていて、屋内はひっそりと静まり返っている。おるいは足音をしのばせて階段を下りると、いったん自分の部屋にもどり、手拭《てぬぐ》いと着替えを持って風呂場に向かった。

釜《かま》の火はすでに落とされていて、湯はぬるかった。そのぬるい湯に火照《ほて》った躰を沈め、おるいは陶然《とうぜん》と情事の余韻にひたった。躰の芯《しん》にかすかな疼《うず》きが残っている。乳首のまわりがほんのりと赤みをおびているのは、平八郎が口で愛撫した痕《あと》であろう。その紅い痕をいとおしむように指先でそっと撫でながら、おるいはやるせなげに吐息をついた。平八郎が自分の中で精を放った瞬間の、あの気が遠くなるような快感を思い出すと、なぜか泣きたくなるほど哀しく、切なくなってくる。

湯から上がって手早く着替えをすませ、おるいは部屋にもどった。そのとき、

「おるいさん」

部屋の前でふいに声をかけられ、ぎくっと振りむいた。廊下の角に初老の番頭が手燭《てしょく》を持って立っていた。

「お客さんですよ」

「お客？　……わたしに？」

「本多さまとおっしゃるご浪人さまが、ぜひおるいさんにお会いしたいと」

「本多？」

聞き覚えのない名である。ためらうおるいの顔を見て、番頭が申し訳なさそうに、

「何分こんな時刻ですので、明日の朝にでも出直して来ていただけないかと申し上げたのですが、弟さんのことでぜひお話ししたいことがあると……」

「弟のことで！」

その一言がおるいの警戒心を吹き飛ばした。

「どこにいるんですか？　そのご浪人さんは」

「表でお待ちです」

おるいは身をひるがえして表に飛び出した。

表通りは、この時刻になっても人の往来が絶えない。おびただしい町灯り。嫖客《うかれお》たちの哄笑《こうしょう》。甲高い女の嬌声《きょうせい》。喧騒《けんそう》と雑踏。まるで真昼のような……いや、それ以上の賑わいがそこにはあった。

本多と名乗る浪人者は、『結城屋』の出入り口から少し離れた、軒端の暗がりに立っていた。三十四、五のがっしりした躰つきの男である。

「おるいどのか？」

先に声をかけてきたのは、浪人者だった。

「はい」

「本多源左衛門と申す。半次郎どのの姉御に相違ないな」

「はい。半次郎はどこにいるのですか」

「われらの屋敷にいる。案内いたそう」

ぶっきら棒にそういうと、源左衛門はくるりと背を返して歩き出した。そのあとを追いながら、

「お屋敷はどこですか？　なぜ本多さまが半次郎を……？」

おるいが矢継ぎ早に訊いた。

「詳しいことはここでは申せぬ。とにかく従《つ》いてまいれ」

源左衛門の声には有無をいわせぬ高飛車なひびきがあった。そのくせ強要するふう

もなく、背を向けたまま足早に歩いて行く。好きなようにしろといわんばかりの態度である。おるいは一抹の不安を抱きながらも、半次郎に会いたい一心で源左衛門のあとを追った。

馬喰町三丁目のあたりに来ると、さすがに人の往来も、町の灯りもまばらになる。左手の闇の奥にこんもりと茂る初音の馬場の樹影が見えた。

源左衛門は、馬場の手前の路地角で足をとめて、おるいを振りかえり、

「あれに乗ってもらおうか」

と、あごをしゃくった。

路地の暗がりに町駕籠《かご》が止まっている。駕籠のかたわらには二人の浪人が腕組みをして立っていた。駕籠かきの姿はない。どうやらこの二人が駕籠を担いできたようだ。

おるいがためらっていると、

「心配するな。われらは決して怪しい者ではない。さ、人目につかぬうちに……」

源左衛門が鋭い眼でうながした。

駕籠に乗せられてから小半刻ほどたっていた。

どこをどう通ってきたのか、おるいにはさっぱり見当がつかなかった。駕籠の簾《す》の隙間《すきま》に、ときおり町灯りがよぎることもあったが、道中のほとんどは漆黒の闇の中だ

った。

しばらくして駕籠が止まり、

「着いたぞ」

低い声とともに、駕籠の簾がはね上げられた。おるいは恐る恐る駕籠をおりた。四辺はまったくの闇である。源左衛門が紙燭《しそく》に火をつけた。

旧《ふる》い土蔵の前である。

駕籠を担いできた浪人のひとりが土蔵の扉を引き開けた。

「半次郎どのは、この中にいる」

源左衛門がそういうと、別の浪人がいきなりおるいの手を取って、荒々しく土蔵の中に押し込んだ。不意を突かれて、おるいが前のめりに倒れ込むと、同時に土蔵の扉が閉ざされ、ぴーんと錠前が掛けられた。

「だ、騙《だま》したのですね！　出してください！　お願いです！　ここから出してください！」

分厚い扉の向こうから、おるいの悲痛な叫び声がひびく。源左衛門は無言のまま二人の浪人を目顔でうながして足早に立ち去った。

植え込みの奥の闇に母屋が見えた。富商の寮とおぼしき入母屋《いりもや》造りの大きな家だが、建てられてからかなりの歳月がたつらしく、庭も建物も荒れ放題である。

三人は玄関から土足のまま廊下に上がりこみ、ずかずかと足を踏み鳴らして奥に向かった。突き当たりの破れ襖《やぶすま》から明かりが洩れている。源左衛門がその破れ襖を引き開けた。燭台の灯に三人の浪人の影がにじんでいる。

「おう、ご苦労だった」

ふり向いたのは、太い眉に大きな眼、顎に黒々と髯《ひげ》をたくわえた鍾馗《しょうき》のように猛々しい面貌《めんぼう》の浪人……なんと赤川大膳ではないか。かたわらで茶碗酒をあおっているのは、宮の宿で大膳と行を共にしていた山内伊兵衛と南部権太夫である。

「まあ、一杯」

伊兵衛が茶碗に酒をつぎ、三人に差し出した。その酒をなめるように飲みながら、

「で、例のものは……？」

源左衛門が探るような眼で訊いた。

「抜かりなく」

応えたのは権太夫である。それを受けて大膳がおもむろにふところから色あせた袱紗包みを取り出し、三人の前で披《ひら》いた。包みの中身は、おるいが肌身離さず持っていた吉宗の「由緒書」だった。

「ほう、これが……」

「吉宗公の手蹟にほぼ間違いあるまい」

伊兵衛が確信ありげにいう。

この「由緒書」を手に入れたのは、南部権太夫である。源左衛門が『結城屋』からおるいをおびき出した直後、付近で待機していた権太夫が入れ違いに『結城屋』をおとずれ、「仔細《しさい》があって、おるいは旅籠《はたご》を引き払うことになった。ついてはおるいの荷物を引き渡してもらいたい」と番頭に談判し、荷物と引き換えに旅籠代を払って、ひと足先にこの荒れ屋敷に戻って来たのである。

「これでわしの積年の宿望も九分どおり成就した。まずは重畳……」

大膳が満足げに笑った。この男の笑い顔には品性がない。まるで山師のように卑《いや》しく狡猾《こうかつ》な笑みである。そんな大膳の横顔をちらりと一瞥《いちべつ》して、

「あれはいささかやり過ぎだった」

伊兵衛が独語するようにつぶやいた。その目には明らかな侮蔑《ぶべつ》と嫌忌《けんき》がこもっている。

「何のことだ？」

大膳が訊き返す。

「日信のことでござる」

「なんだ、そんなことか……」

大膳が鼻でせせら笑った。

「気にするな。たかが坊主ひとりの命、大事の前の小事にすぎん。のう、南部どの」

と、かたわらの権太夫に同意を求めると、権太夫は赤ら顔に追従笑《ついしょうわら》いを泛かべ、

「ま、しかし、伊兵衛どのの言い条もようわかる。坊主殺せば七代祟《たた》ると申すからのう」

茶化すようにいって、呵々《かか》と笑った。

このやりとりからも明らかなように、芝金杉の『感応院』に押し入って住職の日信を殺害し、半次郎を拉致したのは、じつはここにいる六人だったのである。その半次郎は、母屋の裏手の離れ家に軟禁されている。

「それにしても……」

大膳が顎の髯をなでながら、にんまりほくそ笑んだ。

「まさにあれは僥倖《ぎょうこう》だった」

3

——僥倖。

それは半次郎を駕籠に押し込んで連れ去ろうとしたときのことである。方丈の玄関先で見張りに立っていた権太夫が、不意に、

「誰か来るぞ」

低く叫んだ。見ると参道の奥の木立の間にちらちらと提灯《ちょうちん》の明かりが揺れている。

「隠れろ」

大膳の下知を受けて、ふたりの浪人が素早く駕籠を担ぎあげて本堂の裏に走り込んだ。提灯の明かりが近づいてくる。大膳たちは植え込みの陰に身をひそめて様子をうかがった。ほどなく提灯の明かりの中に二つの人影が泛かびあがった。その瞬間、

（あっ）

大膳が思わず瞠目《どうもく》した。権太夫と伊兵衛も息をのんだ。二つの人影は、平八郎とおるいだった。

方丈の玄関に入って行く二人の姿を、狐《きつね》につままれたような顔で見送りながら、権太夫がぼそりとつぶやいた。

「あの男は……」

「いつぞや宮の宿で会った刀弥平八郎ではないか」

「しかし、なぜあの二人が？」

伊兵衛もけげんそうに小首をかしげる。だが、大膳にとってそんなことはどうでもいいことだった。これこそまさに「僥倖」である。権太夫の腕をぐいと引きよせて小声で命じた。

「南部どの、おぬしと源左衛門はここに残って、あの二人を見張っててくれ」

「承知」

平八郎とおるいが方丈の玄関から蹌踉《そうろう》と飛び出してきたのは、大膳たちが『感応院』を去った直後である。参道の石灯籠《どうろう》の陰に隠れていた権太夫と源左衛門はすかさず二人のあとを追った。もちろん、平八郎とおるいはまったく尾行に気づいていない。

二人が馬喰町の旅籠『結城屋』に入って行くのを見届けると、権太夫と源左衛門は根岸の荒れ屋敷にもどり、陸尺役《ろくしやく》の二人の浪人に空駕籠を担がせて馬喰町にもどってきた……その後の経緯は前述したとおりである。


「伊兵衛どの……」

大膳が伊兵衛に向き直った。真顔になっている。

「このあとの段取りはおぬしに任せよう。すぐにでも事を起こせといえば起こす。しばらく待てといえば待つ。すべてはおぬしの判断次第。わしらはそれに従うだけだ」

「承った」

伊兵衛は茶碗に残った酒をぐびりと飲みほすと、

「まずは半次郎を説得することが肝要。策はそれから思案することにいたそう」

いいおいて、ふらりと部屋から出ていった。それを陰険な眼で見送りながら、権太夫が苦々しく吐き捨てた。

「あの男、頭は切れるが愛想がない。拙者はどうも虫が好かぬ」

「まま、わしの古い付き合いだ。少々気位は高いが、悪い男ではない。それにあの男がいなければ……、というより、あの男の知力がなければ、われらの大望は成就せぬ。南部どの、ここは一つ、わしの顔に免じてこらえてやってくれ」

大膳がなだめるようにいう。声の調子も穏やかだ。ときには高圧的に、ときには辞を低くして巧みに相手をたなごころにする。これがこの男の人心収攬術《しゅうらんじゅつ》なのだろう。

「さて」

権太夫が思い直すように腰を上げた。

「そろそろ寝るとするか」

源左衛門と二人の浪人も飲みほした茶碗を畳の上において立ち上がり、

「お先にごめん」

と部屋を出ていった。

ひとり取り残された大膳は、苛立《いらだ》つように貧乏ゆすりをしながら、徳利の酒をなみなみと茶碗に注いで一気に喉に流し込んだ。口の端からこぼれた酒が顎の黒髯にしたたり落ちるのを、手の甲でぐいと拭《ぬぐ》いつつ、立てつづけに数杯あおると、そのまま大の字になってすぐに高いびきをかき始めた。

口からよだれを垂らし、いぎたなく眠りこけている大膳の顔を見ると、とても想像のおよばぬことだが、じつはこの男、れっきとした武家の、それも由緒正しい権門の出なのである。

――赤川大膳。

本名を藤井左京という。父親は徳川御三家の一つ、水戸家の江戸家老・藤井紋太夫。貞享四年（一六八七）五月、藤井家の嫡男として生を受けた大膳は、小石川の水戸藩邸内で何不自由のない幼年時代を過ごしていた。

驚愕《きようがく》すべき事件が起こったのは元禄七年（一六九四）、師走《しわす》も間近に迫った十一月二十三日のことである。その日の夕刻、水戸藩邸では諸侯旗本を招いて能楽が催されていた。主催したのは、家督を甥《おい》の綱条《つなえだ》にゆずり、常陸太田《ひたちおおた》の西山荘《せいざんそう》に隠棲《いんせい》していた水戸光圀《みつくに》（おなじみの黄門さま。〝黄門〟は中納言の唐名）である。

能楽が終演して、酒宴に移ろうとした申《さる》の下刻（午後五時）ごろ、突然その事件は起きた。光圀が楽屋に家老の藤井紋太夫を呼びよせ、

「家政を乱した」

との理由でいきなり手討ちにしてしまったのである。大膳、八歳のときだった。

この事件は水戸藩によって秘密裡《り》に処理されたので真相は不明だが、一説には、紋

太夫が時の権力者・柳沢吉保《よしやす》と結託して将軍家乗っ取りを企んだため、ともいわれている。

当時の将軍は「生類憐《あわ》れみの令」で悪名高い五代・綱吉である。綱吉には側室お伝の方（瑞春院）との間に徳松という男児があったが、天和三年（一六八三）に早世し、それ以来嗣子《しし》に恵まれなかった。そこで御側用人の柳沢吉保と水戸家の家老・藤井紋太夫がひそかに通謀して、水戸光圀の養子・綱条を五代・綱吉の世子にしようと画策したのである。

話は前後するが……、

光圀が水戸藩二代藩主の座についた裏には、複雑な事情がからんでいた。

光圀は藩祖・頼房《よりふさ》の第三子である。本来なら長兄の頼重《よりしげ》が家督をつぐのが筋なのだが、父の頼房はあえてその筋を曲げ、第三子の光圀に水戸家を継がせ、長子の頼重を讃岐《さぬき》高松藩に移封させた。この奇妙な相続は、徳川御三家中もっとも家格の低い水戸家が、尾州家や紀州家に先んじて子をもうけたことを、おおやけにするのをはばかっての処置だったという。

ちなみに尾張義直は徳川家康の第九子であり、紀州頼宣《よりのぶ》は第十子、水戸頼房は十一子である。世継ぎの有無が「御家」の命運を左右したこの時代、水戸頼房がふたりの兄に過剰とも思える配慮を示したことは理解できなくもないが、当の光圀にとって、兄弟の順が逆になったこの理不尽かつ不可解な家督相続は、生涯消えることのない心の傷となった。父・頼房の死後、光圀は兄の頼重のもとをおとずれてこう申し出ている。

「私儀、弟の身として世継ぎにまかりなり候《そうろう》段、年来心に恥申候、頼房卿（父）御在世の時、世をのがれ（辞退）申したく存じ候得ども、父子の中あしく候て立去り候やなどと人人評判申すべきと、唯今迄《まで》その通りに打すぎ候、それにつき願はくは、貴兄の御子松千代（綱条）をわが養子に下さるべく候、もしこの段御承引なられず候はば、家督の儀仰出されてもつかまらず、ただちに世をのがれ申すべし」（『義公遺事』）

兄の子・綱条を養子に迎え、水戸家の家督をつがせることによって、逆転していた兄弟の相続順位をもとに戻そうと光圀は考えたのである。

『徳川実紀』には、「寛文十一年（一六七一）六月五日、水戸光圀卿の養子釆女《うねめ》に徳川の御家號を許さる」とある。綱条の養子縁組が、正式に幕府から許可されたのである。

後年、官を辞して水戸に帰国した光圀は、西山荘に主だった家臣を集めて、

「綱条は当家の嫡脈である。皆が力を合わせ、心を尽くし、わたしに仕えたのと同じように綱条に仕えてくれ」

と訓諭した。この切々たる言葉には、兄・頼重への罪ほろぼしの想いと、綱条に水

戸家の後事を託す想いとがこめられていた。

綱条自身も養父・光圀の心情を痛いほどに理解していた。のちに綱条が四名の儒臣に編ませた『水戸義公（光圀）行実』にも、

「所使少将為少将、在卿等而已＝少将（綱条）をして少将たらしむるところは、卿等にあり」

とある。すなわち、綱条が立ちゆくかどうかは、ひとえにそなたたちにかかっている。よろしく頼むぞ、と光圀が重臣たちに懇請した様子が記されているのである。

これほど光圀が鍾愛《しょうあい》してやまなかった養嗣子・綱条を、あろうことか、家老の藤井紋太夫はおのれの出世の具に利用しようとしたのである。光圀が激怒するのも無理はなかった。が、それ以上に怒りをたぎらせたのは、当の綱条である。

「紋太夫の妻女や息子も処刑せよ！」

家臣の前で激昂《げっこう》する綱条を、

「短慮はならぬ」

となだめたのは光圀だった。その心中には紋太夫を手ずから殺した後ろめたさもあったのだろう。

「公儀の手前、これ以上事を荒立てるのは得策ではない」──

光圀の説得で綱条の怒りも鎮まり、紋太夫の家族は沙汰《さた》なしとなったが、家名は断

絶。妻の八重と一人息子の左京（大膳）は家禄を失い、水戸家を追放された。その半年後に八重は心労がもとで病死、左京は美濃《みの》の叔父のもとに引き取られていった。

後年、七代将軍・家継が夭折《ようせつ》し、後継問題が浮上したさい、徳川御三家のうち水戸綱条だけが早々と後継候補を辞退したのは、おそらくこの事件が尾を引いていたためであろう。「綱条は水戸家の嫡脈である」といった光圀の遺志を、綱条は生涯守り通したのである。


左京の叔父（紋太夫の弟）は、美濃で百八十寺の日蓮宗の寺を管轄する『常楽院』の住職で、僧号を天忠といった。

わずか八歳で天涯孤独の身となった、いたいけな甥《おい》の行く末を案じた天忠上人は、「父親の苗字を名乗っていたのでは、さぞ肩身のせまい思いをするであろう」と左京に「赤川大膳」の名を名乗らせ、わが子のように情愛をそそいで扶育《ふいく》した。

赤川の「赤」は「閼伽《あか》」の意、つまり仏前に備える水をいう。その流れのように清く気高く育ってくれとの願いがこめられていたのだが……。

成長してゆくにしたがって大膳の性格はしだいに変化していった。天忠上人の願いとは逆のほうにである。幼年期の衝撃的な体験が大膳の心をねじまげてしまったのか、はたまた父・紋太夫の邪悪な血を受け継いだせいなのか、十四のときにはすでに酒と女と博打《ばくち》を覚え、養父・天忠の目を盗んでは寺の金を持ち出して放蕩《ほうとう》に明け暮れ、十九のときには、もう手のつけられない破落戸《ならずもの》に変貌していた。さすがの天忠も匙《さじ》を投げ出すほどの悪行ぶりである。

「おまえは父親の悪業を背負っておる。わしにとっても、おまえにとっても哀しいことだが、生涯その性癖は治るまい」

これが天忠の最後の言葉だった。つまり勘当である。

その日から大膳の消息はぷっつり途絶えてしまった。風聞によれば、破落戸仲間と徒党を組んで山賊まがいの暮らしをしているとか、追剝《おいはぎ》や押し込みをしながら諸国を流浪しているとか、さまざまな噂が、それも悪い噂ばかりがまことしやかに聞こえてきたが、いずれも真偽は定かでなかった。

4

およそ二十年の空白をへて、大膳が江戸に姿を現したのは三年前の享保十年だった。

このとき大膳、三十九歳。どこで手に入れたものか三百両の大金を持っていた。一両で米一石（百五十キロ）が買えた時代である。現代の米価に換算すれば二千数百万円に相当するだろう。その金で浅草聖天下の砂利場に一軒家を借り、深川の茶屋で酌婦をしていたお勢という女を囲って、すこぶる羽振りのいい暮らしをしていた。

日本橋の小道具屋『井筒屋』で、志津三郎兼氏の名刀『天一』を二百両で手に入れたのも、ちょうどそのころである。その『天一』に天下がくつがえるような秘密が匿《かく》されていようとは、むろん知る由もなかった。たまたま立ち寄った『井筒屋』で由緒ありげな名刀を見つけ、衝動的に買った。それだけのことである。

大膳の金遣いは、すべてが万事この調子なので、二年もすると三百両の金はほとんど底をついてしまった。それでも働く気などはさらさらなく、お勢に買い与えた着物などを質草にして相変わらず自堕落な日々を送っていた。そんな大膳に愛想をつかしたお勢は、米櫃《こめびつ》が空になる前にさっさと大膳のもとを去っていった。金の切れ目が縁の切れ目である。

いよいよ食うに困った大膳は、芝金杉の『感応院』をたずねて、住職の日信に小金を無心した。日信は大膳の養父・天忠上人の直弟子で、十年ほど美濃の『常楽院』で修行をしていたことがある。大膳とは旧知の仲だった。

「暮らしに困っているとあらばぜひもない。些少《さしょう》だがこれをお持ちなさい」

突然たずねてきた大膳に、住職の日信は嫌な顔ひとつ見せず、二分の金を持たせて帰した。勘当された身とはいえ、かつては恩師の天忠上人がわが子のように可愛がっていた男である。日信としてもむげに追い返すわけにはいかなかったのだろう。むろん大膳の付け目もそこにあった。これに味をしめた大膳は金に困ると『感応院』をおとずれ、口舌巧みに金を無心するようになった。

そんなある日……、

例によって遊び金欲しさに『感応院』の方丈をたずねると、奥から見慣れぬ若者が出てきた。日信の話によれば、その若者は修行のために紀州から出てきた半次郎という男だそうである。そのときは別に気にもとめなかったのだが、後日、日信から意外な事実を打ち明けられた。

「あの男はもともと賤《いや》しい身の上ではない。歴々由緒あるお方の胤《たね》なのじゃ」

愕《おどろ》くべきことに、その由緒あるお方とは、当上様（吉宗）だという。

「に、日信どの、それはまことでござるか！」

「半次郎は嘘をつくような男ではない。姉のおるいが証《あかし》となる由緒書を持っていると申しておった。当上様ご直筆の由緒書をな」

「上様の由緒書を……！」

このとき、大膳の脳裏に稲妻のようにひらめくものがあった。

（この話は金になる！）

金銭に異常な執着を持つ大膳の動物的な勘働きである。「金になる」という結論が先にひらめくと、すぐに次の段取りを考える。この計算も、また素早かった。

——まず、姉のおるいの居場所を突きとめ、吉宗公の由緒書を手にいれる。御落胤の半次郎を神輿《みこし》にのせて担ぎ上げるのはそれからだ。

これが大膳の計算であり、次の行動への決断だった。その日のうちに大膳は江戸を発って紀州に向かった。半次郎の出生のいきさつやおるいの在所など、必要な情報はすべて日信から抜け目なく聞き出してきた。

旅の途中、大膳は二人の男を仲間に引き入れた。ひとりは小田原城下に住んでいた山内伊兵衛。もうひとりは三州吉田宿の淫売宿《いんばい》で用心棒をしていた南部権太夫。いずれも過去に大膳と手を組んで悪事を働いたことがある筋目の良からぬ浪人者である。

大膳が最初に話を持ちかけたのは、小田原城下の『章妙寺』という小さな寺で子供たちの手習いの師匠をしながら、ひっそりと暮らしていた山内伊兵衛だった。

「もう一度わしと組んで大仕事をしてみる気はないか」

「大仕事?」

「じつはな……」

大膳が御落胤話を打ち明けると、伊兵衛は押し黙ったまま考え込んでしまった。その表情には明らかに困惑とためらいの色がある。

大膳は煙草入れから煙管《きせる》を取り出して、のんびりと煙草を吸いはじめた。まるで借金を取り立てにきた高利貸しのような態度である。

おれの話を断ることはできまい。煙管をくゆらせながら、大膳は腹の中でそう思っていた。伊兵衛の最大の弱みをにぎっていたからである。

その弱みとは、伊兵衛の素性にあった。

山内伊兵衛――じつはこの男、日本人ではない。韓人《からびと》、すなわち朝鮮人である。それも正式な手続きを踏んで入国した渡来者ではなく、現代《いま》でいう不法滞在者であり、李氏《りし》朝鮮王国から手配を受けた「お尋ね者」だったのである。

九年前の享保四年（一七一九）、第九次朝鮮通信使一行の通詞《つうじ》として来日した伊兵衛は、日本滞在中に朝鮮王国の国禁を犯して身柄を拘束され、本国に送還される途中、見張りの目をぬすんで逃走した。通信使一行の護衛の任に当たっていた対馬《つしま》藩は、その報を受けてすぐさま追捕《ついぶ》の手を放った。

二日後、伊兵衛は鈴鹿《すずか》峠で追捕の対馬藩士に捕捉《ほそく》され、危うく斬られそうになったところを、偶然その場を通りかかった赤川大膳に助けられたのである。

そのときの恩義というより、大膳の口から自分の素性が発覚することを、伊兵衛は何よりも恐れた。長い沈黙のあと意を決するように応えた。

「その話、一口乗せていただこう」

まさにそれは苦渋の決断だった。

二人はその足で吉田宿の南部権太夫をたずね、仲間に誘った。伊兵衛と権太夫が顔を合わせたのは、そのときが初めてである。権太夫は二つ返事でこの話に飛びついた。

三人が紀州名草郡に着いたのは、それから五日後だった。

八月初旬。天は高く、澄明《ちようめい》な紺碧《こんぺき》の空に重畳と連なる山並みがくっきりと稜線《りようせん》を描いている。

山間の道を抜けると、ほどなく緑の原に出た。その向こうに早くも黄金色《こがねいろ》に色づきはじめた稲田が広がっている。山の裾野《すその》に小さな集落が見えた。おるいの在所・平沢村である。

おるいの奉公先の庄屋の家はすぐにわかったが、家人は留守だった。応対に出た中年の下女がうさん臭そうな顔で三人を見て、

「おるいはいてまへん。江戸に行くゆうてましたのし。私らそれしか知りまへんですら」

紀州弁まる出しでそういった。聞けば、おるいが村を出たのは二日前だという。三人はすぐさまおるいのあとを追って紀州路から東海道へと引き返した。その途次、宮の宿で平八郎と出会ったのである。

結局、おるいは見つからなかった。

江戸に戻った三人は、かつて日本橋の呉服商が所有していたという廃屋寸前の根岸

の寮を借り受け、そこを拠点にして数人の浪人を仲間に加えた。これらの段取りや資金の調達は、すべて山内伊兵衛がひとりでやった。この荒れ屋敷を「時雨《しぐれ》の館」と名付けたのも伊兵衛である。

ここで大膳は、おるいの探索は後回しにして、まず半次郎の身柄を確保するのが先決だと主張した。それに対して伊兵衛はあくまでも「時期尚早」と反対したが、南部権太夫や本多源左衛門が大膳に同意したため、伊兵衛の反論はしりぞけられた。

そして、今夕……、

大膳は権太夫や伊兵衛たちをひきつれて芝金杉の『感応院』に押しかけた。何事かと不審な眼で一同の顔を見まわす住職の日信に、大膳が傲然《ごうぜん》といい放った。

「半次郎はわれらが預かり、当代将軍家御落胤として立派に身を立てさせる」

「た、たわけたことを……！」

日信は断固としてこれを拒否した。大膳の下心を見抜いたからである。凛《りん》として突っぱねた。

「おぬしの悪計に半次郎を加担させるわけにはまいらぬ！」

「ならば致し方あるまい」

いうなり大膳は、抜きつけの一閃《いっせん》を放った。大きくのけぞりながら、日信は必死に立ち上がり、部屋のすみでおびえている半次郎をうながして逃げだそうとした。

「待て！」

追いすがり、なおも斬りかかろうとする大膳を、見かねた伊兵衛が懸命に制止したが、それを振りきって二の太刀、三の太刀を日信の背中に浴びせた。声も叫びもなく、日信は血の海に倒れ込んだ。

「半次郎を連れ出せ」

大膳の下知を受けて、源左衛門とふたりの浪人が半次郎に躍りかかった。恐怖のあまり半次郎はあらがうすべもない。三人は無抵抗の半次郎を引きずるように部屋から連れ出して駕籠に押し込んだ。平八郎とおるいが『感応院』の境内に姿を現したのは、その直後である。

「いよいよおれにも運が回ってきた。ふっふふふ……」

突然、地の底からわき立つような低いだみ声とふくみ笑いがひびき、無間の闇の中で陰々とこだました。これは夢の中の大膳の声である。

荒れ屋敷の一室。……毛羽立った畳の上に大の字になって、雷のような高いびきをかきながら、赤川大膳は一世一代の大博奕の夢に酔いしれていた。


翌朝。

白い雨が音もなく降っている。冷え冷えとしていて、どこか物悲しげな霧雨……。

その雨に濡れそぼりながら、刀弥平八郎は浅草聖天下の路地を歩いていた。

昨夜、本多と名乗る浪人が『結城屋』をたずねてきて、おるいを連れ出したこと、その直後に南部権太夫という浪人が、おるいの荷物を取りにきたことを、今朝になって『結城屋』の番頭から聞かされた。その瞬間、平八郎は心の臓が飛び出るほど驚愕《きようがく》した。同時に躰の奥底からやり場のない怒りがふつふつとたぎってきた。

——南部権太夫。

その名に聞き覚えがあった。宮の宿で赤川大膳から紹介された小肥りの浪人である。権太夫の赤ら顔が脳裡《のうり》をよぎった瞬間、

（あの連中だ……！）

平八郎は直感した。『感応院』の住職・日信を殺害して半次郎を拉致し、『結城屋』から姉のおるいを連れ出したのは、赤川大膳と南部権太夫、山内伊兵衛の三人に相違ない。そう確信して、浅草砂利場の大膳の家に向かっていたのである。

白い霧雨が烟《けむ》る路地の奥に、生け垣をめぐらせた小粋な仕舞屋《しもたや》が見えた。二年前に赤川大膳が女と住んでいた家である。大膳がいまもその家に住んでいるとは思わなかったが、何か手がかりだけでもつかめればと、一縷《いちる》の望みを抱いて引き戸を開けた。

「ごめん」

中に声をかけると、奥から商家の隠居らしい老人がけげんそうな顔で出てきた。大

膳の名を告げて、その後の消息を訊《たず》ねると、
「この家を引き払って江戸を出たとは聞きましたが、詳しいことは私にもわかりませ
ん」
人の好さそうな老人は、小さな眼をしょぼつかせながら申し訳なさそうに首をふった。
礼をいって玄関を出た。
霧雨がやや大粒になっている。

5

砂利場の路地をぬけたときである。

ふいに平八郎の足がとまった。白い雨の向こうに紫紺の蛇の目傘をさして立っている女がいた。傘に隠れて顔は見えないが物問いたげな風情である。

「おれに何か用か?」

「やっと逢《あ》えたわ」

軽い口調でそういうと、女は前かざしにした蛇の目傘をすっと持ち上げた。

「おまえは……!」

平八郎は思わず息をのんだ。女は御土居下《おどいした》御側組同心・馬場久右衛門の娘・美耶である。平八郎の驚いた顔を見て、美耶はくすりと笑った。

「な、なぜ、ここに……?」

いいかけて、すぐにそのことに思い当たった。平八郎が馬喰町の旅籠『結城屋』に投宿していることを知っているのは、室鳩巣だけである。おそらく鳩巣から情報を得た星野藤馬が『結城屋』に美耶を張り込ませたのだろう。そうとしか考えられなかった。

「平八郎さまにお逢いしたくて、御土居下を脱け出してきたんです」

蛇の目傘をくるくる回しながら、さも嬉しそうに美耶はいった。

「嘘をつくな」

「本当です」

「藤馬の差し金に決まっている。旅籠《はたご》を出たときからおれのあとを跟《つ》けていたのだな?」

「じつをいうと……」

傘の下から上目づかいに平八郎の顔を見て、

「そうなの」

美耶は呆気《あっけ》にとられるほどあっさり認めた。天真爛漫《らんまん》というか無邪気というか、この娘の屈託のなさには、さすがに腹を立てる気にもなれなかった。

「おれのことはほっといてくれ」

「………」

美耶は応えない。悲しげに平八郎を見た。

「おまえにいってるのではない。藤馬にそう伝えてもらいたいのだ」

「その藤馬さまが……、ぜひお話ししたいことがあると」

「どんな話だ？」

「わかりません。とにかく四谷のお屋敷に来てください」

「――断る」

きっぱりいって立ち去ろうとすると……、
突然、四方の路地から五人の侍が姿を現し、平八郎を遠巻きに取り囲んだ。いずれも菅笠《すげがさ》を目深にかぶり、桐油《とうゆ》の半合羽をまとった屈強の侍たちである。江戸定府の御土居下衆にちがいない。五人はそぼ降る雨の中に立ちはだかったまま、岩のように動かなかった。

「腕ずくでも連れていくつもりか」

油断なく眼をくばりながら、平八郎がいった。

「誤解しないでください。あの人たちは、わたしの警護です。平八郎さまに危害を加えるつもりはありません」

「信用できんな。いつぞや小萩どのにもその手で騙された」

岡崎の平針街道で小萩に会ったときのことである。

「二度と同じ手は食わぬ。どいてくれ」

と一歩踏み出した瞬間、
かしゃっ！

刀の鍔《つば》がいっせいに鳴った。桐油合羽の下で五人の侍が同時に鯉口《こいぐち》を切ったのである。平八郎の右手も刀の柄にかかっていた。

「やめて！　こんなところで斬り合いはやめてください！」

叫びながら、美耶は蛇の目傘を放り出して平八郎の前に立ちふさがった。それを見て、五人の侍が数歩引き下がった。もとより平八郎も事を構えるつもりはない。刀の柄から手を離し、足元に転がった蛇の目傘を拾いあげると、

「わかった。行こう」

美耶をうながして歩き出した。

水道橋にさしかかったころから、急に雨脚がつよまり、風が立ちはじめた。平八郎は片手で蛇の目傘を持ち、一方の手で美耶の肩を抱くようにして歩度を速めた。その七、八間後方を、五人の侍がつかず離れず影のように従いてくる。

庭前の山茶花《さざんか》の樹が、雨に打たれて紅い花びらを散らしている。

四谷の旧大久保邸内、侍長屋の居間……。

庭に面した障子が一枚だけ開け放たれ、その長方形の空間に、蕭条《しょうじょう》と降る雨と紅葉に彩られた庭の景観が、さながら一幅の絵のように浮かび立っている。

「よう、来てくれた。礼を申す」

星野藤馬が改まった口調で頭を下げた。鳶茶《とびちゃ》と褐色《かちいろ》の継 裃《つぎかみしも》姿、侍髷《まげ》もすっかり板につき、かつてのむさ苦しい浪人の面影は微塵《みじん》もない。堂々たる貫禄の武士である。

「おれに話というのは……？」

美耶がいれた茶をすすりながら、平八郎が探るように訊いた。肩のあたりがまだ濡れている。

「赤川大膳のことだ」

藤馬がずばりといった。

「………」

平八郎は黙って茶をすすっている。これは話題をそらすための沈黙ではなかった。事実を打ち明けるべきかどうか、逡巡《しゅんじゅん》していたのである。藤馬が言葉をついだ。

「おぬしから情報を得たあと、手をつくして探してみたのだが見つからなんだ。どうやら江戸を出たらしい」

「で、おれにどうしろと？」

「心当たりがあれば、教えてもらいたい」

このやりとりの間に、平八郎は肚《はら》の中で計算していた。藤馬に何を打ち明け、何を匿すべきかを、である。数瞬の思惟《しい》のあと、意を決するように応えた。

「大膳は江戸にいる」

「そ、それはまことか！」

藤馬が色めきたった。

「間違いない」

「なぜ、そういい切れる？　確証でもあるのか」

「ある筋から聞いた話だ。間違いあるまい」

「そうか……」

と、うなずきつつ、藤馬は疑わしげな目つきで、

「ところで、おぬしはなぜ江戸に舞い戻ってきたのだ？」

「別に……理由はない。ほかに行き場がなかった。それだけだ」

「馬喰町の旅籠に泊まっているそうだな」

「室先生から聞いたのか？」

「ああ」

「相変わらず、地獄耳だな」

平八郎は苦笑した。

「いつまでも旅籠に泊まりつづけるというわけにもいくまい。よかったら、しばらくこの屋敷に身をおいたらどうじゃ？」

「ここに……？」

「侍長屋が一軒空いている」

「それはありがたいが、監視付きというのは困る」

「監視？　……ああ、美耶のことか？」

「おぬしの差し金だったんだな」

「いや、おぬしを監視させるために美耶を連れてきたのではない。小萩の後釜にすえるつもりじゃ」

「つまり、通春公付きの『別式女』にか」

「うむ」

と腰をあげて、

「酒の支度がととのっている。席を変えよう」

隣室の襖を開けた。酒肴《しゆこう》を盛った春慶《しゆんけい》塗りの蝶足膳《ちようあしぜん》がしつらえられている。

平八郎をうながして、膳部の前にどかりと腰をすえると、

「もう一つ、おぬしに訊きたいことがある」

朱杯に酒をつぎながら、藤馬がいった。

「何だ？」

「御土居下に夜襲をかけてきた連中のことだが……、おぬし、柳生の手の者だといったな？」

「『燕飛《えんぴ》之太刀』を使う者がほかにいると思うか」

「…………」

「今でもおれはそう思っている」

「とすれば……」

飲みほした朱杯を膳において、藤馬が険しい眼を宙にすえた。

「考えられるのは、裏柳生じゃ」

「裏柳生！」

朱杯を持つ手がとまった。むろん平八郎も裏柳生の存在は知っていた。

江戸（大和）柳生の始祖・柳生但馬守宗矩《むねのり》には、四人の息子がいた。

長男・柳生十兵衛三厳《みつよし》。

次男・柳生左門友矩《とものり》。

三男・柳生又十郎宗冬《むねふゆ》。

四男・柳生六丸烈堂《れつどう》。

このうち次男の友矩は、寛永十六年（一六三九）に二十七歳で病没し、宗矩の死後、柳生家の遺領一万二千五百石は、長男の十兵衛と三男の宗冬に分け与えられたが、なぜか末子の六丸（十一歳）だけが、宗矩の遺言で出家させられた。

慶安三年（一六五〇）、兄・十兵衛の死によって、その遺領八千三百石を継いだ宗冬は、寛文八年（一六六八）に千七百石の加増を受け、宗矩の死後二十三年目にしてようやく宿願の大名の地位に復帰した。一方、出家して京都大徳寺の天祐和尚に師事していた末弟の六丸は、のちに柳生家の菩提《ぼだい》所『芳徳寺《ほうとくじ》』の第一世住職となり烈堂と号したが、幼くして坊主にされたことに恨みをもち、朝夕の看経《かんきん》もそっちのけで放蕩無頼の日々を送っていた。その荒れ方が尋常ではなかったらしく、江戸柳生の当主・宗冬は遺言状『申置書』の中で、

「烈堂儀一円心も直り申さず、神交を破り、そのうえ気違い同然の体、なんとも言語に絶し候間、もはや成るまじく、いかように申すとも、寺のためなれば住持に直し候儀、無用にいたさるべく候、若し気違いに候間申し分などいたし候はば、見合わせて押し込めるか打ち捨てにいたし候」

と末弟・烈堂を狂人あつかいにした挙げ句、手にあまれば「押し込めるなり、打ち

捨てるなりいたせ」と烈しい言葉を書き残している。このとき烈堂、四十四歳。『芳徳寺』を出て柳生谷に根城を構え、江戸宗家を脅かすほどの柳生忍群を組織していた。この一党こそが、世にいう「裏柳生」である。

二十六年前、すなわち元禄十五年（一七〇二）、柳生烈堂は江戸宗家に恨みを残したまま六十七歳で寂したが、いまもなお、その後裔《こうえい》たちは柳生谷に盤踞《ばんきよ》していると藤馬はいう。

「しかし、なぜ裏柳生が通春公のお命を……？」

「わからん」

藤馬が苦々しげに首をふった。

「わからんが……、新陰流秘伝の『燕飛之太刀』を使い、忍びまがいの影働きをする者といえば、裏柳生以外には考えられん」

たしかに、二十人もの刺客団を尾張に送り込み、名古屋城の要衝ともいうべき御土居下に夜襲をかけるという荒っぽさは、その理由《わけ》はともかくとして、いかにも裏柳生らしいやり方ではある。

「あれから何か動きはあったのか？」

朱杯を口に運びながら、平八郎が訊いた。

「表だっては何もないが、近ごろ、この屋敷周辺にも不審な影が出没するようになった。通春公の動きを探っているに相違ない」

(それにしても……)

なぜ裏柳生が松平通春の命をねらうのか?

平八郎にもこの謎は解けなかった。

第六章　吉原大名

1

江戸柳生の始祖・柳生但馬守宗矩が将軍家の剣術指南役として大名に取り立てられたのは寛永十三年（一六三六）である。その後、加増されて石高は一万二千五百石となった。

宗矩の死後、遺領は長男の十兵衛三厳（八千三百石）と三男の又十郎宗冬（四千二百石）に分け与えられたため、柳生家は大名から旗本に格下げになったが、二十三年後の寛文八年（一六六八）、三代宗冬のときに一万石の朱印を受けて大名に返り咲いた。以後、柳生藩は明治維新までつづくことになる。

現在の柳生藩の藩主は五代・俊方《としかた》である。

元禄二年（一六八九）に十七歳で柳生家を継いだ俊方は、五代将軍・綱吉の治世から八代将軍・吉宗治世の現在（享保十三年）まで、三十九年間も当主の座にあった。ちなみに柳生藩の上屋敷は、俊方の代になって虎ノ門から京橋の木挽町《こびきちょう》に移されている。

その夜、戌《いぬ》の下刻（午後九時）……。

京橋木挽町の柳生上屋敷の門を、夜陰にまぎれてひっそりとくぐって行く人影があった。

異形《いぎょう》の侍である。黒漆の塗笠、黒革の袖《そで》なし羽織に青鈍色《あおにびいろ》の軽衫袴《かるさんばかま》。背はさほど高くはないが、岩のようにがっしりした躰《からだ》つきをしている。

侍は奥書院に通された。

そこで待ち受けていたのは当主の柳生備前守俊方だった。病弱のせいか顔色が悪く、躰は鶴のように痩《や》せていて、かなりの老齢に見えたが、実年齢は五十六歳とまだ若い。

「遅くなり申した」

俊方の前にどかりと腰をすえると、侍は軽く頭を下げた。歳は三十五。額が異常に広く、眼窩《がんか》の奥にかみそりのように鋭い眼がある。ひときわ大きな鉤鼻《かぎばな》、薄い唇、尖《とが》ったあご……。見るからに凶悍《きょうかん》な面《つら》がまえをしたこの男こそ、裏柳生の領袖《りょうしゅう》・柳生義仙《ぎせん》であった。

義仙は、柳生家の菩提寺《ぼだいじ》『芳徳寺』の第一世住職・柳生烈堂の隠し子（私生児）である。母親については柳生谷の百姓の娘だとか、柳生陣屋の足軽の娘だとか、さまざまな説があるが確かなことは誰にもわからない。烈堂、五十八歳のときの子で、幼名を捨丸といい、長じて父・烈堂の別名「義仙」を名乗り、柳生忍群の頭領におさまっていた。

俊方と義仙は親子ほど年が離れてはいるが、江戸柳生の始祖・柳生宗矩の孫にあたる義仙と、曽孫である俊方の間には一世代の違いがある。この差が両者の態度に如実にあらわれていた。

「で、拙者に用向きと申すのは？」

挨拶《あいさつ》もなしに、いきなり義仙が切り出した。明らかに俊方を見下した高飛車な態度である。

「ま、茶など一服……」

俊方は、そげた頰に卑屈な笑みをきざんで、茶をすすめながら、

「そこもとの申し条は重々承知しているのだが……、わしにも立場というものがあるからのう。柳生一万石の当主としての立場が……」

嗄《か》れた声で気まずそうにいった。義仙は無言。突き刺すような眼で俊方の顔を凝視している。

「あれからいろいろと考えてみたのだが……」

俊方が途切れ途切れにいう。声にためらいがある。

「やはり、この企てはまずい。取りやめというわけにはいかぬだろうか」

「それは出来ぬ相談でござる」

ぴしっと、打ち据えるように義仙がいった。

「ここでわれらが手を引いたら、柳生家は潰《つぶ》れる。確実に潰れる」

「しかし……」

「俊方どの、ことは大和柳生の存亡に関わる問題ですぞ！」

まるで叱《しか》り飛ばすような烈しい口調である。俊方は憮然《ぶぜん》と口を引きむすんで沈黙した。


病弱の俊方が五代当主の座についてから、江戸柳生の剣の実力は確実に低下していった。これは客観的な事実である。将軍代替わりのたびに受ける新陰流入門の誓紙も、吉宗の代になってからは受けていない。立ち合い稽古《げいこ》や上覧試合の声もかからず、将軍家剣術師範役としての柳生家の権威はいまや完全に失墜していた。

代わって吉宗が重用したのが、柳生家の家来筋の村田久寿《ひさとし》であった。久寿の父・村田久辰《ひさたつ》は、六代将軍・家宣《いえのぶ》が甲府宰相の時代に、新陰流の稽古相手として柳生家からゆずり受けた家士である。家宣が将軍の座につくと、久辰と久寿は父子ともども幕臣に取り立てられ、その後、柳生家の許しを得て柳生姓を名乗るようになった。

　吉宗の時代になり、村田柳生家は剣術のみならず、行政面でも優れた能力を発揮し、宗家にとって代わる勢いで出世の階段を上っていった。これに危機感をいだいた義仙は、

「このままでは、いずれ柳生宗家は村田柳生に潰される。始祖・宗矩公以来、柳生一族が肉をきざみ、血を流して築きあげたこの柳生の家を、村田柳生ごときに潰されてもよいと申されるのか」

　烈しく俊方に詰め寄った。……いまから二カ月前の話である。義仙の背後には、柳生谷から引き連れてきた十人の裏柳生が影のように控え、上座の俊方に無言の圧力を加えていた。

「だがのう、義仙どの……」

　俊方が弱々しい眼で義仙を見た。

「このとおり、わしは病弱の身ゆえ、剣の修行はおろか、城への出仕もままならぬ有り様。そこもとが何と申されようと、こればかりはどうすることも出来ぬのだ」

　言い訳がましい言葉だが、これは事実である。柳生藩の史料『玉栄拾遺《ぎょくえいしゅうい》』にも、俊方が病気で登城できないという記述が頻繁に出てくる。

「いったいわしにどうせよと申すのだ？」

「別に難しいことではござらぬ。一言、拙者に任せる、と申してくだされぱよい」

義仙が老獪《ろうかい》な笑みをきざんでいった。

「何か妙案でも？」

「ござる。吉宗公から新陰流入門の誓紙を引き出す畢生《ひっせい》の策が——」

「と申すと？」

「尾張の通春公を暗殺する」

「み、通春公を……！」

「むろん、やるのはわれら裏柳生」

俊方の顔に驚愕《きょうがく》が奔《はし》った。尋常一様の驚きではない。電撃を受けたように痩せた躰が小きざみに顫《ふる》えている。その様をせせら笑うように見ながら、義仙がつづけた。

「尾張は将軍家の宿敵。中でも吉宗公の最強の敵となるのは、現藩主・継友公の異腹の弟・松平通春公……、と拙者は見た」

「…………」

「継友公の余命はいくばくもない。早晩、通春公が七代藩主の座につく。それをもっとも恐れているのが吉宗公でござる」

俊方は息をのんだまま黙って聞いている。躰の顫えはまだ止まっていない。

「聞くところによれば、公儀隠密『お庭番』もひそかに通春公の命をねらっているとか」

「お庭番も……」

「おわかりかな？」

義仙がにやりと嗤《わら》い、

「それに先んじてわれらが通春公の命をとる。つまり吉宗公に『貸し』を作るということでござる」

そして、とどめを刺すようにこういった。

「すでにこの話は老中・水野和泉守《いずみのかみ》どのの内諾を得ている」

俊方はほとんど絶句した。幕閣の重臣・水野忠之と裏柳生・義仙との関係が、まったく理解できなかったからである。だが、この両者の関係は、俊方が絶句するほど不可解なものではなかった。

岡崎水野家は藩祖の代から徹頭徹尾「反尾張」をつらぬいてきた譜代大名である。紀州吉宗と尾張継友が将軍後継を争ったとき、四代藩主・水野忠之は吉宗擁立のために朝廷工作に奔走し、その論功行賞として勝手《かって》掛老中《がかりろうじゅう》に起用されたことは、前に詳述した。

吉宗政権の最大の命題は、逼迫《ひっぱく》した幕府の財政を建て直すことである。その重責を担った水野は欣然《きんぜん》として財政再建に着手した。が、もとよりこの男に財務の才幹があったわけではない。府庫の不足分は増収で補えばいい、というのが水野の発想だった。

諸大名の上げ米、旗本の切米借り上げ、年貢の増徴、貨幣改鋳。とにかく取れるところから徹底的に搾《しぼ》り取り、なりふりかまわず府庫の増収を図る。……じつは、こうした苛斂誅求《かれんちゅうきゅう》も水野家の伝統的な手法で、岡崎藩の領民たちは歴代藩主を「鬼監物《おにけんもつ》」と呼んで憎んだという。

〈無理で人を困らせるもの、生酔いと水野和泉守〉

いつしか巷《ちまた》にはこんな物揃《ものぞろ》いがささやかれるようになった。幕府の儒官・室鳩巣《むろきゅうそう》も水野を「大聚斂《だいしゅうれん》の臣」、つまり過重の租税を取り立てるだけの男と断じている。

結果として、水野の増収政策は世間に大不況風を巻き起こしたばかりか、旗本御家人の暮らしをも窮迫させた。水野を起用した吉宗もさすがに座視できなかったのであろう。幕閣内ではひそかに水野の罷免《ひめん》問題が協議されていた。

柳生家の家勢復興を図る義仙。

失政の責任を問われて孤立している水野忠之。

この両者に共通するのは、何としても将軍吉宗の信頼を回復したいという切実な想いである。その想いが「松平通春暗殺」という途方もない企てに発展したのだ。

かくして、岡崎藩の国家老と義仙のあいだで何度か謀議がかさねられた末、相互の役割分担も決まった。岡崎藩が通春に関する情報を収集し、その情報をもとに義仙が作戦を立て、裏柳生が実行に移す。これが暗殺計画の絵図面である。作戦拠点は岡崎城下の対面所と定められた。

数日後、岡崎藩の密偵から有力な情報がもたらされた。尾張入りした通春が、汐湯治《しおとうじ》をしている母親・宣揚院を見舞うために近々知多郡大野におもむくという。

その情報を受けて、名古屋の城下に潜伏していた二十人の裏柳生が、すかさず作戦準備に入ったが、それに「待った」をかけたのは義仙だった。

松平通春の大野行きは尾張藩の公事ではなく、部屋住みの個人的な事情による、いわば微行《しのび》の旅である。その私的な旅に警護の藩士十数名を随行させ、しかもわずか数里の熱田まで藩主の御座船「さいげき丸」を使わせるというのは、どう考えても大袈裟《おおげさ》すぎる。

（何かある）

と直感した義仙は、急遽《きゅうきょ》作戦を変更した。

義仙の指令を受けて、配下の忍びが出立前夜の通春の動きを探った結果、案の定、通春の大野行きは「囮《おとり》作戦」であることがわかった。本物の通春はすでに城下の御下屋敷《おしたやしき》を出て、三の丸の御土居下に移動していたのである。このときの義仙の決断は早かった。

「御土居下に夜襲をかけよ」

無謀といえば無謀な作戦だが、もともと裏柳生は非合法の武闘派集団であり、目的のためには手段を選ばぬのがその流儀である。敵の「裏の裏をかく」この作戦を、義仙は無謀だとは少しも思っていない。むしろ絶対的な勝利を確信し、快感すら覚えていた。

だが……、結果は無残だった。御土居下に突入した二十名の裏柳生は、標的（松平通春）にかすり傷ひとつ負わすことなく、全員討ち果てたのである。惨憺《さんたん》たる敗北だった。

その一報を受けた瞬間、柳生俊方は総毛が逆立つほどの戦慄《せんりつ》を覚えた。将軍家の宿敵とはいえ、尾張家は徳川御三家の筆頭である。万一、事が発覚したら柳生家も水野家も無事ではすむまい。

——ただちに計画を中止させなければ……。

これが義仙を柳生上屋敷に呼びよせた理由だった。

2

「俊方どの」

義仙が威圧するような眼で俊方を見た。

「われらはもう舟を漕《こ》ぎ出してしまった。いまさら引き返すわけにはまいらぬ」

俊方は黙っている。義仙の烈しい一喝を浴びて反論する気力さえ失っていた。その俊方に追い打ちをかけるように義仙がいいつのる。

「舟を漕ぎ出したからには、浮くも沈むも一蓮托生《いちれんたくしょう》。お手前のお命、どうかこの義仙におあずけくだされ」

「………」

俊方は眼を閉じたまま力なくうなずいた。拒否したところで黙って引き下がるような相手ではないし、いまの俊方には義仙の暴走を阻止するだけの力もなかった。その無力感と諦念《ていねん》が痩せほそった顔に色濃くにじみ出ている。それをちらりと一瞥《いちべつ》して、

「では、拙者はこれで」

義仙は出ていった。俊方の顔にふっと怒りの感情がわいた。

（人の弱みにつけ込みおって……）

苛立《いらだ》つように冷めた茶をがぶりと飲みこんだ。

俊方の弱みとは、柳生家の後継問題である。若いころから蒲柳《ほりゅう》のたちだった俊方には子がなかった。家督を相続する嫡子がいなければ柳生の家名は断絶する。そのことが病身の俊方の双肩に重くのしかかっていた。先行きを案じた俊方は、三十三歳の

ときに「多病にて伝家の刀技修行心のままならず」と幕府に養子縁組を願い出、泉州岸和田藩の藩主・岡部美濃守長泰《ながやす》の四男・宗重《むねしげ》（十四歳）を養子に迎えている。しかし十年後の正徳五年（一七一五）、宗重は病気のために実家にもどってしまい、それ以来、養子縁組の話は棚上げになっていた。

始祖・柳生但馬守宗矩の直系の血筋が俊方の代で絶えようとしているいま、大和柳生の正統な後継者は宗矩の孫の義仙しかいない。「松平通春暗殺」が成功し、柳生宗家の権威回復が成った暁には、自分を次期当主の座にすえよ、と義仙がごり押ししてくることは目に見えていた。その場合、おそらく幕府も義仙の後押しをするであろう。

それを阻止する法は一つしかなかった。義仙を裏切り「通春暗殺計画」を頓挫《とんざ》させることである。問題はそれを決断する勇気があるかどうかなのだが……。

（やはり、わしにはできぬ）

俊方は苦しげに首をふった。義仙を裏切ることは、同時に老中・水野忠之への裏切りであり、結果として将軍家の宿敵・尾張に与《くみ》することになる。そのことがのちにどんな厄災となって柳生家に、いやわが身にふりかかってくるか。それを思うと義仙の奸譎《かんけつ》な企みを阻止する勇気も失せた。

（流れに任せるしかあるまい）

思い悩みながら、結局のところ何も決断せずに嵐が吹き抜けるのを待つ。この優柔不断さこそが、病弱の身で三十九年間も柳生家の当主の座にありつづけた俊方の生き方であり、処世術でもあった。


いつか九月も終わろうとしていた。

刀弥平八郎が四谷の旧大久保邸に身をよせてから、半月が経っている。見事に紅葉していた邸内の樹木もすっかり葉を落とし、裸になった梢が寒々と夜風に揺れている。

平八郎に与えられた住まいは、二万八千坪におよぶ宏大《こうだい》な屋敷地の一角にある侍長屋の一軒だった。長屋といっても一軒一軒が独立していて、それぞれに簡素な木戸門もあり、庭もある。部屋は八畳と六畳間、そして四畳半の寝間、ひとり住まいには十分すぎるほどの広さである。

三度の食事や身の回りの細々とした世話は、美耶がやってくれる。門番や警護の家士たちにも通達が行き渡っているらしく、屋敷の出入りも自由だった。まずは快適な暮らしといっていい。

だが、平八郎が求めたのは、そんな快適な暮らしではなかった。とにかく一刻もはやくおるいの行方を突き止め、救出したい。目的はその一点である。藤馬にすすめられるまま、この屋敷に身を置いたのも、いわばそのための手段であり、方策にすぎなかった。

「お蒲団《ふとん》敷いておきました」

寝間の襖《ふすま》がからりと開いて、美耶が入ってきた。

「おう、すまんな」

「お酒でもつけましょうか」

「いや……それより、このところ藤馬の姿を見かけぬが、何かあったのか？」

「さあ、きっとお忙しいんでしょ」

ちょこんと腰をおろすと、

「藤馬さまに何か御用でも？」

大きな眸《め》で平八郎の顔を見た。江戸の水が合ったせいか、小麦色の肌がいくぶん白くなり、顔つきもやや大人びたような感じがする。

「別に……」

平八郎があいまいに応えると、美耶は首をすくめていたずらっぽく笑った。

「何がおかしい？」

「まるで平八郎さまの想い人みたい。いつも藤馬さまのことばかり気にかけて……」

「気にかけているのは藤馬のことではない。赤川大膳の行方だ。まだ手掛かりがつかめんのか？」

内心、平八郎は苛立っていた。あれから半月もたつのに、大膳に関する情報がまったく入らなかったからである。美耶がまたくすりと笑った。

「平八郎さまが心配なさることではないでしょ。それは藤馬さまの仕事です」

「おれの仕事でもある。そのためにこの屋敷に身を置いているのだ」

「律義なんですね、平八郎さまって」

揶揄《やゆ》するような口調である。平八郎が話題を変えた。

「江戸の暮らしはどうだ？　楽しいか」

「平八郎さまがおっしゃったとおり、人も多いし物も沢山あるし、毎日がお祭りみたい」

大きな眸をくるくる回しながら美耶がいった。楽しくて仕方がないといった顔である。

「だが、楽しいばかりではあるまい。通春公は何者かに命をねらわれている。万一のときは命を捨ててお護りするのが『別式女』の務めだ。その覚悟はできているのか」

「ふっふふ……」

美耶が屈託のない笑みを泛《う》かべた。

「江戸に来るとき、藤馬さまからも同じことを訊《き》かれたわ」

「で、何と応えた」

「〝はい〟って……そう応えなければ、江戸に連れて来てもらえないし」

「つまり、方便か」

「誰だって死ぬのは嫌です。でも……」

美耶の顔からふっと笑みが消えた。初めて見せた悲しみの表情である。

「仕方がないわ。もって生まれた運命《さだめ》ですから」

「運命？」

「幼いころから父にいい聞かされてきたわ。御土居下に生まれたものは、男であろうが女であろうが、主君のために命を捧げなければならないって」

平八郎は胸を突かれた。二十歳《はたち》にも満たない美耶の人生に、かくも重く苛酷《かこく》な宿命が課せられていたとは……。御土居下の森から脱け出したいとあがき苦しんでいた美耶の気持ちが、初めてわかったような気がした。

「でも、いまは楽しいわ。江戸にいるだけで何となく心が浮き立つの。まるで夢を見てるような気持ち」

美耶の顔に無邪気な笑みがもどっていた。気を取りなおして平八郎も微笑《わら》った。

「江戸は広い。見たいところがあれば、おれが案内してやってもいいぞ」

「本当ですか！」

美耶の目が輝いた。

「どこが見たい？」

「日本橋……、それと浅草」

「よし、明日の午後《ひるご》連れていってやろう」

「うれしい！　約束ですよ」

声をはずませて平八郎の指に小指をからめると、

「じゃ、明日のお昼」

小躍りするように美耶は出ていった。

星野藤馬がたずねてきたのは、それから四半刻後だった。

「どうだ？　何かわかったか」

平八郎が訊くと、藤馬は四角ばった顔を左右にふりながら、

「それより、おぬしに折入って話したいことがある。久しぶりに一杯やらんか」

あごをしゃくって外に誘った。

3

賑やかな三味線の音や女たちの嬌声《きょうせい》、嫖客《うかれお》たちの戯《ざ》れ声が、縄のれんの向こうから潮騒のように絶え間なく流れてくる。このさんざめきを廓《くるわ》言葉では「ぞめき」という。

藤馬と平八郎は、吉原京町二丁目の路地裏にある小さな居酒屋の片隅で、酒を酌みかわしていた。平八郎にとって二度目の吉原である。二年前の夏の夜、藤馬にさそわれて初めて吉原の街を見たとき、昼をあざむかんばかりのおびただしい灯りの洪水に圧倒されたことを、いまでも鮮明に憶えている。仲之町の妓楼《ぎろう》『すがた海老』で松平通春に紹介されたのもそのときだった。

「ここだけの話だがな……」

手酌で飲《や》りながら、藤馬がおもむろに口をひらいた。

二人とも編笠をかぶったままである。人目を気にしたわけではなく、廓内《くるわ》では武士や僧侶は編笠で顔を隠すのがしきたりになっていたからである。

「この吉原には、通春公がことのほかご執心の妓《おんな》がおるんじゃ」

「なんだ、そんな話か……」

平八郎は拍子抜けの体で苦笑した。

「通春公の廓遊びはいまに始まったことではあるまい。吉原で初めて通春公に会ったとき、たしか嬉川《きせん》という遊女をはべらせていたが……あの妓か?」

「いや、嬉川ではない。『大浜屋』の春日野《かすがの》という花魁《おいらん》だ。通春公はその妓を落籍《ひか》したいとおっしゃっている。つまり側室にしたい、とな」

「花魁を側室に!」

「しっ、声が高い」

あわてて藤馬が制した。

この時代、武士の廓遊びは原則として禁じられていた。まして今は、将軍吉宗による緊縮一辺倒の世の中である。大名旗本が奢侈《しゃし》贅沢《ぜいたく》をつつしみ、派手な催事や花見の遊山さえ自粛する中、松平通春は、まるでそれをあざ笑うかのように吉原通いをつづけていた。もっとも通春のほかにも浅野安芸守《あきのかみ》や松平出羽《でわ》守、のちに姫路十万石の大名となる榊原政岑《さかきばらまさみね》などの「吉原大名」も何人かいたが、とりわけ目立ったのは通春と榊原政岑だった。

廓遊びを通じて通春と親交のある政岑は、通春が『大浜屋』の春日野を身請けした十数年後に、やはり『三浦屋』の花魁・高尾を身請けしている。ちなみに高尾という源氏名は、吉原京町の三浦屋四郎左衛門抱えの遊女が代々襲名する太夫《たゆう》名で、大名や豪商に身請けされたものは、太夫名にその姓をつけて呼ぶのが通例だった。中でも有名なのは仙台高尾、浅野高尾、商人・紺屋九郎右衛門に身請けされた紺屋高尾、そして政岑に身請けされた榊原高尾などである。

通春の廓遊びには、多分に吉宗に対する反抗心がこめられていたが、政岑のそれはただの放蕩《ほうとう》癖にすぎなかった。ほとんど病的といっていい遊び好きである。きわめつきが高尾の身請けだった。なんと身請け金に二千五百両もの大金を払い、さらに身請け披露に三千両を費やして吉原中の遊女を総揚げしたというのだから、もうむちゃくちゃである。現在の金額に換算すれば五億数千万円の藩費を使い、しかも吉原大門から上野池之端の下屋敷まで家臣団を従わせて行列を組むという破天荒ぶりである。沿道の江戸市民は度肝をぬかれたという。当然のことだが、この派手な行状は幕府の忌《き》諱《い》にふれるところとなり、榊原政岑は厳罰に処された。

この例を見るまでもなく、大名が吉原の遊女を身請けするというのは、それ自体がひとつの「事件」であり、幕府に処罰の口実を与えかねない不行跡でもあった。

「通春公ともあろうお方が、なぜ遊女などを……」

平八郎が釈然とせぬ顔で低くつぶやいた。

「男が女に惚《ほ》れるのに理屈もへったくれもあるまい。通春公は春日野に惚れたんじゃ。心底惚れなさった。それに……」

飲みかけの猪口《ちょこ》を卓の上におき、身を乗り出すように平八郎の耳元に口をよせて、小声でいった。

「春日野は身ごもっておる」

「ええっ」

平八郎は思わず目をむいた。

「今だからいうが、通春公が尾張にご帰国なされた目的の一つは、春日野の男児出産を祈願するためでもあったのじゃ」

尾張国葉栗《はぐり》郡（現・一宮市）には、古来より男児誕生に霊験あらたかな神社として伝えられる『若栗《わぐり》神社』があった。帰国のおり、通春はその神社に男児出産の祈願をして来たという。

（子が欲しかったのか……）

平八郎はそう思った。そう思えば春日野の身請け問題も理解できる。

「通春公には御子がいなかったのか？」

「いや、一人おる。今年お生まれになったばかりの姫君がな」

頼姫というその女児が通春の最初の子で、のちに尾張八代藩主・宗勝《むねかつ》の養女として京都の摂関筆頭・近衛内前《このえうちさき》の正室として嫁入りしている。

通春は生涯を通じて正室を持たなかった。『徳川諸家系譜』などで確認されている側室は、家臣山中清兵衛の娘・瑩光院民部《けいこういんみんぶ》、丹羽孫太夫の娘・銀昌院伊予《ぎんしょういんいよ》、それに宝泉院華子《ほうせんいんはなこ》の三人で、頼姫の生母は銀昌院とされている。子供は男子二人、女子六人をもうけたが、いずれも早世し、成人したのは頼姫ひとりだけだった。

「何はともあれ……」

藤馬は猪口の酒をぐいっと飲みほして、口の端に笑みをきざんだ。

「春日野がお世継ぎを産んでくれれば、尾張家にとって万々歳なのじゃ」

「で、身請けの手筈《てはず》はととのっているのか」

「うむ。『大浜屋』に身請け金も払った。あとは春日野を迎えに行くだけよ」

「それはいつなんだ?」

「今夜じゃ」

「えっ!」

呆気《あっけ》にとられる平八郎を尻目に、藤馬は酒代を卓の上においてさっさと出ていった。


身請けされた遊女が吉原を出てゆくときは、なじみの芸者や幇間《ほうかん》などに赤飯や祝儀などをくばり、妓楼で酒宴を開いて朋輩《ほうばい》の花魁全部に惣仕舞《そうじま》い(別れ)をし、「ごきげんよう」の言葉に送られて大門口《おおもんぐち》から駕籠《かご》に乗る。駕籠には女芸者二、三人と遣り手がつきそい、太鼓末社《たいこまつしゃ》(客と遊女の間を取りなす若い者。幇間ではない)が四、五人連れ立って、鉦《かね》太鼓の音頭をとりながら日本堤の終着、砂利場あたりまで見送る。これが身請けされた遊女を送り出す廓のならわしだったが、春日野の場合はいささかおもむきが違った。

妓楼『大浜屋』の大広間で惣仕舞いの酒宴を開いたあと、直接裏庭から駕籠に乗って大門口を出たのである。駕籠には十人の太鼓末社が付きそっただけである。「万事控えめに」との通春の意向を受けて、女芸者も遣り手もつかず、鉦太鼓の鳴り物もない地味な門出となった。

蛇足ながら……、
大門わきの高札には「医陰の外、乗物無用」とあり、医者以外の者が廓内で駕籠に乗ることは固く禁じられていた。藤馬はそこに目をつけ、春日野を医者と偽って駕籠で運びだしたのである。

大引け（午前二時）をすぎると、大門付近の人影もぱたりと途絶え、宵のぞよめきを忘れたように廓は静寂につつまれてゆく。大門口で客待ちをしている風鈴そば屋の寒々しい団扇《うちわ》の音に送られて、駕籠はひっそりと吉原をあとにした。

雲ひとつなく晴れ渡った夜空に、欠けほそった下弦の月が頼りなげに泛かんでいる。

春日野を乗せた駕籠は衣紋坂《えもんざか》をのぼり、日本堤を東に向かって進んでいた。

駕籠を先導しているのは藤馬と平八郎である。そのうしろに四人の太鼓末社が駕籠を警護するように付きそい、さらにその後方を六人が固めている。いずれも豆絞りの手拭《てぬぐ》いで頰かぶりをし、『大浜屋』の法被《はっぴ》をまとい、浅葱色《あさぎいろ》の股引きをはいた屈強な若い衆だが、中にひとりだけ小柄な男がいた。見習いの少年であろうか、躰つきも華奢《きゃしゃ》で弱々しい。

駕籠が砂利場にさしかかると、前方右手の闇に西方寺《さいほうじ》の甍《いらか》が見えた。『江戸砂子《えどすなご》』によれば、この寺は道哲なる僧の開基で「土手の道哲」とも呼ばれ、また吉原の遊女の死骸《しがい》を葬ったところから里俗に「投げ込み寺」とも呼ばれた。その西方寺の北側に山谷堀が流れている。一行はそこで船に乗り換える手筈になっていたのだが……。

先を行く藤馬の足がはたと止まった。

「どうした？」

平八郎がけげんそうに見ると、藤馬は編笠のふちを指で押し上げて闇にするどい眼を据えた。

「船提灯《ちょうちん》の明かりが見えぬ」

平八郎も眼をこらした。次の瞬間、

「藤馬！」

叫ぶと同時に、前方の闇に黒影がよぎった。土手の斜面に身をふせて待ち伏せしていたのだろう。闇の底からわき立つように一つ、二つ、三つと影の数が増えていく。

平八郎を驚かせたのはそれだけではなかった。駕籠に付きそっていた太鼓末社たちがいっせいに『大浜屋』の法被《はっぴ》を脱ぎ捨てたのである。いずれも下に鎖帷子《くさりかたびら》を着込み、背中に刀身の短い忍び刀を差している。

二人の駕籠かきの動きも俊敏だった。駕籠の前に立ちふさがるなり息杖《いきづえ》を水平に構えた。この息杖は仕込み刀である。彼らがただの吉原者でないことは明白だった。

「お、御土居下衆か……！」

「ああ、こんなこともあろうかと思ってな。事前に手を打っておいたのよ」

にやりと笑い、藤馬はおもむろに大刀を抜き放って背後をふり返った。退路も完全にふさがれていた。ざっと数えて十五、六。全身黒ずくめの男たちである。

しゃっ！

御土居下衆が背中の忍び刀をぬいた。平八郎も抜刀し、右足《うそく》を引いて車《しゃ》（斜）の構えに入った。藤馬が大刀を上段にふりかぶりながら、

「平八郎、おぬしは前のやつらだ」

「承知」

突如、前後の影たちが地を蹴《け》って高々と跳躍した。その高さが並ではなかった。ゆうに六尺は超えている。跳ぶというより飛翔といったほうが適当であろう。まるで夜《よ》鴉《がらす》の群れのように影たちは闇を飛び交った。

ぶんっ！

影が飛翔するたびに、頭上で鋼《はがね》のたわむ音がした。薄刃の直刀が鞭《むち》のようにしなり、凄《すさ》まじい唸《うな》りをあげて一行に襲いかかる。この特異な剣は、まぎれもなく平八郎が御土居下で見た柳生新陰流の秘伝『燕飛《えんぴ》之太刀』だった。

「おいとしぼうッ」

藤馬が大音声を発して、上段に構えた大刀を一気に振り下ろした。尾張柳生の秘太

刀「合撃打《がっし》ち」である。宙をよぎった影の一つがどさっと落下した。頭蓋《ずがい》が砕かれ、白い脳漿《のうしょう》が一面に飛び散った。その間に、平八郎は二人を斬り伏せている。神速の「まろばしの剣」だった。独楽《こま》のように回転した躰は寸分の狂いもなくもとの位置に戻っている。呼吸も乱れていない。剣尖《けんせん》をだらりと下げたまま、ふたたび「車」の構えに入っていた。

4

死闘寸刻……。

やや劣勢に立たされていた御土居下衆も、藤馬と平八郎の必殺剣に勢いをえて、ようやく攻勢に転じはじめていた。敵の数はすでに十を割っている。数の上ではほぼ互角といえた。後退する影たちを、御土居下衆がじりじりと追い込んでゆく。

「深追いするな！」

藤馬が叫んだ。

そのときである。夜気を引き裂いて一本の矢が飛来した。矢は藤馬の躰を大きくそれて背後の闇に消えた。これが敵の仕損じでないことは、矢が放たれると同時に影たちがいっせいに奔馳《ほんち》したことでも明らかだった。射手のねらいは春日野の駕籠だったのである。そして、放たれた矢は敵のねらい通り、的確に駕籠の垂れを射抜いていた。

「藤馬ッ」

叫びながら、平八郎が駕籠に駆けよった。矢を引き抜いて垂れをはね上げる。駕籠の中から紫ちりめんの頭巾の女がごろんと転がり出た。首すじから血が流れ出ている。倒れたままぴくりとも動かない。馳《は》せよった藤馬が女の躰を抱え起こし、悲痛な叫び声をあげた。その瞬間、平八郎はわが耳を疑った。藤馬の口から信じられぬ名が発せられたからである。

「美耶ッ、しっかりせい！　美耶」

「美耶……！」

平八郎は驚愕《きょうがく》した。

「藤馬、いったいどういうことだ！」

「………」

藤馬は無言で女の頭巾《ずきん》をほどいた。紫ちりめんの頭巾下から現れたのは、血がうせて白蠟《はくろう》のように透き通った美耶の顔だった。

（まさか……！）

平八郎の顔が凍りついた。にわかには信じられなかった。信じたくもなかった。この事態をどう理解すべきかもわからない。思考が完全に混乱していた。

そこへ太鼓末社の一人が小走りに駆けつけてきた。駕籠の後方についていた、あの華奢な躰つきの男である。男は豆絞りの頬かぶりをはらりと外すなり、美耶の亡骸《なきがら》に取りすがって泣哭《きゆうこく》した。その瞬間に平八郎はすべてを悟った。じつは、これが本物の春日野だったのである。

「……わしが殺したようなものじゃ」

四角ばった顔を菱形《ひしがた》にゆがめ、消え入りそうな声で藤馬がつぶやいた。これほどみじめに打ちひしがれた藤馬の顔を、平八郎はかつて一度も見たことがない。慰める言葉もなかった。

旧大久保邸内の侍屋敷の一室である。

敷きのべられた蒲団《ふとん》のうえに白無垢《しろむく》姿の美耶の亡骸がひっそりと横たわっている。小萩が枕辺に座って、冷たくなった美耶の頬を憑《つ》かれたように撫《な》でている。涙も涸《か》れ果てたのだろう。眼が赤く充血している。

「万一、駕籠が襲われたときの……備えにと思ってな」

藤馬が途切れとぎれにつぶやく。声がますます低い。

「美耶に身代わりを頼んだのだが……まさか飛び道具を使ってくるとは……」

「…………」

平八郎は相変わらず無言である。その脳裏に去来するのは、美耶の笑顔だった。わずか数刻前に見た、あの無邪気な笑顔である。大きな眸《め》をくるくる回しながら、日本橋と浅草が見たいと美耶はいっていた。連れていってやる、と約束すると美耶は平八郎の指に小指をからめて小躍りするように出ていった……。

その美耶が、変わり果てた姿で目の前に横たわっている。わずか十九歳。女としてこれから花を咲かせようという年ごろに、美耶はつぼみのまま散った。人の運命《さだめ》とはなんと残酷で哀しいものか。そう思うと不覚にも涙がこぼれ落ちた。

「平八郎」

藤馬が顔をあげた。

「間違いなく、あれは裏柳生の仕業だ」

「確かな証《あかし》でもあるのか」

「ある」

「義仙が江戸に来ているのです」

「まさか……柳生義仙は二十六年前に死んだはずだが……」

応えたのは、小萩だった。

「死んだ義仙の隠し子なのです」

「隠し子！」

「父親の名を勝手に名乗っておるんじゃ」

今度は藤馬が応えた。これは藤馬の配下が柳生の庄に飛んで調べた結果わかったことである。配下の報告によると、かつて柳生烈堂が率いていた裏柳生の後裔《こうえい》たちは、いまなお柳生谷で半農の暮らしをしながら脈々と生きつづけているという。それを束ねているのが烈堂の隠し子捨丸＝義仙だった。

「御土居下に夜襲をかけたのも義仙一味に相違ない。そして……」

ぷつりと言葉を切った。藤馬の顔に烈々たる怒りがたぎっている。

「今度は春日野の命を……いや、春日野の腹の子の命をねらってきた」

「しかし、なぜ裏柳生が……？」

「巨勢十左衛門と手を組んだのじゃ。尾張家の嫡脈を根絶やしにするためにな」

断定だった。だが、明らかに藤馬のこの読みは間違っていた。義仙が手を組んだのは老中・水野忠之である。むろんそのことは藤馬も平八郎も、そして当の巨勢十左衛門さえも知る由はなかった。


月が替わって神無月《かんなづき》（十月）。いよいよ季節は冬である。

昨夜は大風が吹き荒れた。そのせいで、この数日間、重く垂れ込めていた雲もすっかり吹き流され、朝から穏やかな陽差しがふりそそいでいる。

この日、日比谷御門外の桜田御用屋敷に、将軍一家のお成りがあった。随従は吉宗の側近中の側近・御側御用取次の加納近江守久通と、吉宗の叔父で御側衆首座の巨勢十左衛門である。

吉宗は紀州藩主時代、伏見宮《ふしみのみや》兵部卿《ひょうぶきょう》の三女・真宮理子《さなのみやまさこ》を正室に迎えたが、この姫は蒲柳のたちで、吉宗の将軍就任を見ることもなく早世した。それ以来、吉宗は生涯正室を持たなかったが、側室には三人の男児を得た。

お須磨の方の子・長福丸。

お古牟《こむ》の方の子・小次郎。

お梅の方の子・小五郎。

嫡男の長福丸は三年前（享保十年）に元服して名を家重《いえしげ》と改めている。次男の小次郎は十四歳。三男の小五郎は七歳である。

吉宗が三人の子を連れて桜田御用屋敷に出向いた目的は、外国から輸入した馬とオランダ人による西洋馬術を観るためだった。

吉宗は無類の乗馬好きである。将軍就任早々の享保二年に長崎出島のオランダ商館を通じて外国馬の輸入を命じ、希望通りの馬を連れてきた商人には、貿易定高のほかに八百貫目分の輸入枠を許可するという条件を提示している。そのとき吉宗が希望した馬とは、地面から鞍《くら》下まで五、六尺（約百五十〜百八十センチ）の大型の馬だったという。

さらに吉宗は、外国馬の輸入に先立って下総《しもうさ》に幕府経営の牧《まき》を二つ造った。一つは佐倉牧、もう一つは小金牧である。小金牧はもともと千葉氏一族の綿貫氏の支配下にあったのだが、享保七年（一七二二）、牧支配の改正により、小金五牧のうち中野牧と下野牧の二つを野馬代官の支配下におき、牧士十五名を配して輸入馬の養育と国産馬の品種改良を図った。

最初の洋馬の輸入が実現したのは二年前の享保十一年である。この年から元文二年（一七三七）までの十一年間に輸入された種牡馬は、唐筋《からすじ》、ジャカラタ筋、ハルシャ（ペルシャ）筋、在来筋《ありきたりすじ》の四種、二十七頭におよぶ。今日、将軍家に披露されるのは二頭のハルシャ馬だった。

一万二千坪の宏大な桜田御用屋敷の北西に将軍家の御厩《おうまや》と馬場がある。馬場の柵《さく》ぎわに緋毛氈《ひもうせん》の床几《しょうぎ》がしつらえられ、中央に吉宗、その両わきに三人の子供、さらにその左右に加納久通と巨勢十左衛門が控えている。近習衆《きんじゅう》の中には村田柳生の若き後継者・柳生久寿《ひさとし》の姿もあった。久寿は家重の剣術指南役をつとめている。

「おう、馬じゃ。馬じゃ！」

突然、次男の小次郎が歓声をあげた。

見事な栗毛のハルシャ馬が一同の前に曳《ひ》き出された。馬を曳いているのは、この年新たに「お庭番」に取り立てられた紀州藩口の者（轡《くつわ》取り）川村新六である。

三人の子供たちは、初めて見る大型の洋馬に興奮している。家重が顔を真っ赤にして、

「うっ、う、うま……、さ、ささ、さわり……みっ、み、たい……」

意味不明の言葉を口走った。幼少のころから病弱だった家重は、少年時代に中風をわずらったために言語障害となり、十八歳になる現在もひどい吃《ども》りが治らなかった。

巨勢十左衛門がすかさず背後の近習衆に声をかけた。

「忠光《ただみつ》、これへ」

「はっ」

と、歩み出たのは家重付きの小姓・大岡忠光である。南町奉行・大岡越前守忠相《ただすけ》を親戚に持つ忠光は、十六歳のときから家重に近侍しており、唯一家重の言葉を理解する能力を持っていた。後年、忠光は武蔵岩槻《むさしいわつき》二万石の城主となり、側用人に出世している。

「若君は何と申されておる？」

十左衛門が小声で訊いた。

「はっ。馬に触りたいとのおおせにございまする」

「そうか……久寿」

「ははっ」

柳生久寿が歩み出る。

「家重公が馬に触りたいと申されておる。そちが付き添ってやれ」

「承知つかまつりました」

一礼すると、久寿は家重の手をとって、馬場の柵まで連れていった。

「若君、これを馬に……」

川村新六が餌《えさ》の人参《にんじん》を家重に手渡す。家重は人参を馬に与えながら、恐る恐る馬の鼻面をなでた。

「う、ううま……た、たたべ……に、にんじ……たたっ、たべ……かっかかか」

馬が人参を食べるさまを見て、家重はまたもや意味不明の言葉を発し、けたたましく笑った。それを見て次男の小次郎と三男の小五郎も床几を飛び下り、馬のそばに走りよった。

「気性のよい馬じゃ……」

はしゃぎ回る子供たちを、目を細めて眺めながら吉宗が満足げにつぶやいた。このとき吉宗、齢《よわい》四十五をかぞえる。六尺あまりの頑健な躰はいささかも衰えを見せていないが、額に深くきざまれたしわや、鬢《びん》のあたりにちらほらと目立ちはじめた白髪が、四十五歳という年齢を如実に表していた。

「ところで、叔父御」

かたわらの十左衛門に声をかけた。

「あれはまだ着かぬのか？」

「何分にも馴《な》れさせるまで相当の時間がかかるそうで、まだ長崎に留めおかれておりまする」

十左衛門が申し訳なさそうに応えた。

吉宗のいう「あれ」とは、交趾《コーチン》（ベトナム）から輸入した象のことである。幼年時代、紀州の山野を遊び場として生い育った吉宗は、大の動物好きでもあった。そんな吉宗の目にとまったのが、五代将軍・綱吉に献上されて江戸城内でほこりをかぶったまま忘れられていたオランダの動物図鑑だった。この図鑑に関心をもった吉宗は、手当たりしだいに異国の奇鳥珍獣を輸入した。駱駝《らくだ》、麝香猫《じやこうねこ》、火食鳥《ひくいどり》、駝鳥《だちよう》、孔雀《くじやく》、九官鳥、そして象である。

二年前の享保十一年、吉宗の命をうけた貿易商・呉子明の手配によって、牡牝《おすめす》二頭の象が交趾から広南《こうなん》船で送られてきた。長崎に着いたのは今年の六月である。そのうち牝象が長崎で死んでしまったため、関係者たちは残る一頭の雄象を腫《は》れ物にさわるように長崎の唐人屋敷で飼育していた。

十左衛門がつづける。

「かような次第で、長崎を出立するのは、おそらく来年の三月ごろになりましょう」

「そうか。一日もはやく江戸に届くよう、長崎奉行にそう申し伝えてくれ」

「かしこまりました」

吉宗は、病気がちで言葉が不自由な家重を不憫《ふびん》に思い、ことのほか嫡男の家重を鍾愛《しょうあい》した。象の輸入も家重をよろこばせるための親心だったのである。

象の搬送には莫大《ばくだい》な経費がかかった。同行するのは象役人四人、広南船の船員二人、象奴とよばれる唐人の飼育担当者二人、通詞二人、象人夫四人、飼料運びの人足八人、馬九頭という大行列である。一日の飼料代も馬鹿にならなかった。新わら二百斤、笹《ささ》の葉百五十斤、草百斤、大唐米八升、湯水五斗、餡《あん》なし饅頭《まんじゅう》五十個、橙《だいだい》五十個などである。

飼料以上に各地に負担をかけたのは、道路の整備だった。大坂の見聞記録『至享文記』によれば、「道中砂の掃除、ことのほかなる事に候なり、象は小石にいたるまで石を嫌い申し候由にて、石を掘り、土をならし、橋の上には筵《むしろ》をしき、道中筋（の経費負担）大きなるもの」であったらしい。

翌年（享保十四年）の五月二十五日、予定より二カ月ほど遅れて、象は江戸に着いた。二日後の二十七日、吉宗と家重は江戸城本丸前庭で象を観覧したが、その怪異な姿に恐れをなしたのか、家重は一見するなり泣き出して奥へ引っ込んでしまった。莫大な経費と労力と時間を費やした吉宗の親心も、一瞬にして無に帰してしまったのである。緊縮政策とはおよそ裏腹の壮大な無駄遣いだった。

結局、幕府は象をもてあまし、中野村の源助なる男に払い下げてしまった。江戸に到着したとき八歳だった象は、その後十三年ほど生きたという。

5

吉宗と三人の子供たちは、オランダ人馬術師・ケイヅルの西洋流馬術を上覧したあと、桜田御用屋敷内の休息所で茶菓を喫し、未《ひつじ》の下刻（午後三時）に帰城した。

加納久通と巨勢十左衛門は、門前で一行を見送ると、屋敷内にある「お庭番」筆頭・宮地六右衛門の長屋に向かった。二年前の暮れ、お庭番十六家を束ねていた藪田定八が、刀弥平八郎に殺害されたため、第二家の宮地がその跡をついで筆頭格に昇格したのである。藪田家は定八亡きあと、嫡男の助八がついでいる。

「上様の子煩悩もけっこうなのだが……」

渋茶をすすりながら、加納久通が深々と嘆息した。

「何かまた面倒なことでも？」

十左衛門が臼《うす》のように大きな頭をぐりっとひねって訊きかえした。正直なところ、象の輸入の一件では、さすがの十左衛門もうんざりしていた。この上また何か無理難題を押しつけられたのではたまったものではない。

「家重公のことでござる。さきほど上様からご内意がござった」

「ご内意？」

「家重公を跡継ぎにする、と……」

「では、それで決定ということに？」

「うむ」

久通は苦渋の表情でうなずいた。久通と十左衛門は、家重の家督相続には、かねてから反対していた。病気がちで言語障害のある家重より、聡明で身体壮健な次男の小次郎が次期将軍にもっともふさわしい器である、というのが両者の一致した意見だった。だが、吉宗はこの意見を退け、あくまでも嫡男の家重を後継にしたいと主張する。

「上様直々の台命ゆえ、もはやこれをくつがえすことはでき申さぬ」

久通の声は苦い。十左衛門が眉をひそめていった。

「ご病弱の家重公では、先が思いやられる。万々が一、お世継ぎに恵まれぬまま薨《こう》じられるようなことがあれば、またぞろ尾張が横車を押してくるに相違ござらぬ」

「むろん上様もそれを案じておられる。そこで……」

久通は渋茶をごくりと喉に流し込み、

「ご次男の小次郎君とご三男の小五郎君を三家並みのあつかいに致したらどうかと、

上様からご提案がござったのだが……」

「三家並みのあつかい？」

十左衛門がおうむ返しに訊いた。

始祖・家康は、将軍家の血すじが絶えたときの備えとして、尾張・紀伊・水戸の、いわゆる徳川御三家を創設した。吉宗はそれに倣《なら》って『御三卿《ごさんきょう》』の創設を考えたのである。のちの田安家（小次郎）、一橋家（小五郎）、清水家（家重の次男・重好）がそれである。

「上様直系の血すじを『三卿』に配しておけば、この先尾張・紀伊・水戸の三家に将軍の座が渡ることはございますまい」

吉宗の躰には紀州忍者・巨勢一族の血が流れている。その血を一滴たりとも外に漏らすなといい遺したのは一族の長であり、十左衛門の父・巨勢八左衛門だった。吉宗が提案した『御三卿』の創設は、まさにその遺命に沿う、万全の血すじ継承体制といえた。もとより十左衛門も久通も、この対策案には異存がない。

「ときに十左衛門どの」

久通は湯飲みに残った最後の渋茶を飲みほすと、気を取り直すように話題を変えた。

「その後、お沢の件はいかが相成ったかな？」

「配下の調べによると、やはり……」

「事実でござったか？」

「十中八、九間違いござらぬ」

十左衛門が険しい顔でうなずいた。吉宗の落とし胤《だね》・半次郎のことである。二カ月ほど前、加納久通は吉宗に召されて、江戸城中奥で酒を酌み交わす機会を得た。その席で吉宗の口から唐突に半次郎の生母・沢の井の話が出たのである。もともと沢の井は久通の父・加納平治右衛門の腰元をしていた女で、久通もよく知っていた。

「あのころは、おれも若かった。それに紀州藩主という立場もあったからのう」

大酒飲みの吉宗がめずらしく目のまわりをほんのり朱に染めて、しみじみと語った。

「沢の井には可哀相なことをしてしまった」

「と申されますと？」

「加納家から暇を出されたとき、沢の井はおれの子を身ごもっていたのだ」

「ええっ」

久通は仰天した。まさに寝耳に水の話である。

「沢の井は実家《さと》に帰って子を産み、数日して他界したと聞いたが……歳のせいか、近ごろその子のことが気になってのう。無事に育っていればちょうど家重と同じ年ごろになる」

「そ、その御子は男児でございますか」

「わからぬ」

と首をふったきり、吉宗は黙ってしまい、それきり沢の井の話題を口にすることはなかった。

翌日、久通からこの話を聞いた十左衛門は、すぐさま日比谷の桜田御用屋敷におもむき、お庭番筆頭の宮地六右衛門に探索を命じた。紀州名草郡の産婆・お米を殺害した行商人ふうの男たち、そして尾張近くの佐屋街道でおるいを襲った四人の山伏はいずれも宮地の配下の忍びだったのである。

「落とし胤の名は半次郎。歳は十八。身内はおるいと申す姉がひとり。ここまでは突きとめたのでござるが……」

臼《うす》のような頭を重たそうに左右にふりながら、十左衛門は深くため息をついた。

「居所がつかめぬ、と？」

「数日前、半次郎は江戸にいるとの情報が入り申した。目下宮地の配下が手をつくして探しているところでござる。いましばらくのご猶予を……」

「いずれにせよ、見つけしだい始末していただきたい」

「心得てござる」

十左衛門は二年前にも吉宗の生母・浄円院の不義の子、つまりは吉宗の異父弟・風間新之助を「巨勢一族の血は一滴たりとも外に漏らしてはならぬ」という巨勢八左衛門の遺命によって闇《やみ》に葬っている。だが、半次郎とおるいの場合は、これにもう一つ「将軍家の威信を保持する」という理由が付け加えられた。

紀州藩主・吉宗が、御三家筆頭の尾張をさしおいて八代将軍に就任した経緯には、いくつかの謎と疑惑がつきまとっていた。それを誰よりも敏感に感じとっていたのは、名もなき衆庶民草である。

「公方（将軍）は棄て子だったらしい」

「湯殿掛かりの婢女《はしため》の子という噂《うわさ》もあるぜ」

「しょせん吉宗公は権現さま（家康）のお血すじを引かない田舎公方よ」

巷《ちまた》でそんな噂がささやかれたのも、吉宗の出生の謎、出自の不明瞭《ふめいりよう》さが世間一般の不審を買ったからであろう。

衆口《しゆうこう》金を鑠《とか》す。まさに将軍家の威信は地に墜《お》ちたのである。それを象徴するような事件が享保三年に起きた。中川正軒なる者が、吉宗の父・光貞の御落胤を詐称して捕らえられ、死罪に処せられたのである。また享保七年には山名左内と名乗る浪人が葵《あおい》の紋を衣服につけて庶民を騙《だま》し、金品を詐取するという事件も起きている。この男も即座に捕らえられて死罪となった。

事件直後、幕府はあわてて次のような禁令を発布した。

『さればこれまで、いと卑賤《ひせん》の男女心得違いて、御紋をつけし衣服を着せし者もあり。

さるまじき事なれば、今よりのち、恩賜こうぶる者の妻子の外は、かたく着すべからず』

半次郎という若者が吉宗の御落胤《ごらくいん》であろうとなかろうと、将軍家にとって不都合な存在であることは確かだった。もし本物であれば、吉宗の過去の不行跡が白日のもとにさらされることになり、偽者であれば中川正軒や山名左内の事件のように世間の嘲笑《ちょうしょう》をあびて、ますます将軍家の威信は失墜する。そう考えれば打つ手は一つしかなかった。抹殺である。

「ことは御落胤の真偽ではござらぬ。半次郎の存在そのものが将軍家にとって禍いの芽。早めに……、とにかく早めに摘み取るのが最善の策と存じる」

押しつぶしたような声でそういうと、加納久通はゆっくりと腰をあげた。

第七章　裏切り

1

加納久通が去ってから半刻（一時間）ほどたっていた。

西側の障子窓に赤々と残照が映えている。ほの暗い板敷きの広間で、巨勢十左衛門は、お庭番筆頭の宮地六右衛門と膝《ひざ》をつき合わせて、今後の対策を協議していた。

十左衛門が抱えている問題は、御落胤の一件だけではなかった。肝心の『天一《あまくに》』の行方もまだわかっていない。藪田定八の死後、まずこの問題の早期決着を図るために、お庭番第二家の宮地を筆頭格に据えて『天一』の探索要員を増強した。第二家の川村弥五左衛門、第三家の明楽樫右衛門《あけらかしえもん》、第四家の西村庄左衛門の三家を『天一』探索に投入したのである。三家合わせて配下の忍びの数は、じつに百五十名におよぶ。その成果が徐々に表れはじめていた。刀弥平八郎に関するいくつかの有力情報が入ってきたのである。

「どうやら刀弥平八郎と申す浪人者と『天一』をつなぐ糸は切れたようでございます」

宮地がいった。顔に似合わず声が若い。前任の藪田定八とは対照的に風貌《ふうぼう》も物言いも穏やかだが、それでいてどこか怜悧《れいり》な冷たさを感じさせるのは、顔に表情がないからだろう。

「糸が切れた？」

十左衛門がいぶかる目で訊《き》きかえした。

「尾張の密偵は、目下別の男を追っています」

「ほう。何者じゃ、その男は」

「残念ながら、そこまでは……」

「わからぬか」

宮地は無言でうなずいた。相変わらず表情のない顔である。

「ま、それはそれとして……そちに、もう一つ頼みたいことがある」

「何なりと」

「これは、つい先日廻国者《かいこもの》から届いた情報なのだが……」

といって、十左衛門は臼《うす》のように大きな頭をぐりっとひねって一呼吸いれた。

「廻国者」とは、諸藩の動静を探索する隠密のことをいい、お庭番第八家の村垣吉平配下の忍びがこの任に当たっていた。

　幕府から隠密御用を仰せつかった廻国者は、勘定所に出頭して旅銀を受けとり、ひそかに変装して目的地に向かう。変装は百姓、行商人、僧侶、売卜者《ばいぼくしゃ》、乞食、鋳物師《いもの》、高野聖《こうやひじり》などさまざまで、一度任務をおびて旅に出ると、半年から一年、ときには三年も帰って来ない場合があった。もちろん命の保証は何もない。任務なかばで素性が発覚して、旅先で非業の死をとげる者もあった。

　十左衛門に情報をもたらした廻国者は、駿府・三河・尾張など東海諸藩の政情を探らせるために半年前に放った隠密だった。

「それによると、二カ月ほど前に尾張藩で何やら不穏な騒動があったようじゃ」

「一揆《いっき》でございますか？」

「いや」

　十左衛門は、またぐりっと首をひとひねりして、ふところから一通の書状を取り出し、宮地の膝前に突き出した。書状の上書きには「尾張国風聞書」とある。

　廻国者から届けられる情報の大半は、その地の住民や小役人から聞き込んだ風聞であり、みずからの目で確かめたものではない。したがって情報そのものがきわめて雑駁《ざっぱく》で不正確なものだった。たとえば寛政八年の廻国者の「道中筋風聞書」を見ると、『近江国・膳所《ぜぜ》本多隠岐守《おきのかみ》儀、とかく勝手向き宜しからず。折々領内へ用金等申しつけ候《そうろう》につき、一統難儀に存じ候由に御座候。博奕《ばくち》等の儀は随分吟味もこれ有り候え共、右領内は格別相慎み候と申すほどの儀はこれなく、外々城下よりはゆるかせ成る趣に御座候。それ故所の役人等も、博奕の儀ばかり吟味届きかね候事と心得おり候趣に御座候』

　膳所藩の財政が窮乏していること、博奕などの取締りもうまくいってないことなどを、大づかみに指摘しているだけである。十左衛門にもたらされた情報も、ほとんどこれと変わらなかった。

『名古屋城曲輪《くるわ》内に賊徒十数名が侵入致し、狼藉《ろうぜき》を働き候え共、尾張藩此《こ》の曲事《くせごと》を固く秘匿致せし候由、領分内の者共、松平主計頭《かずえのかみ》殿（通春）の御命を狙いし所業に相違無き候事と専ら風聞これ有り候』

と、事件の大筋がしたためられているだけである。

　宮地が書状からゆっくり目を離し、

「十数名の賊が松平通春公のお命を……」

　独語するようにつぶやいた。

「当時、通春公が尾張に帰国していたのは事実。まんざら根も葉もない話ではあるまい」

「しかし、いったい何者が……？」

「この泰平の世に、武功で身を立てんとする跋折羅《ばさら》ごときがいるとは思えぬが……」

十左衛門が苦笑を浮かべた。これは否定ではなく、逆説的な意味での肯定だった。

宮地はその言葉の裏を読み取っている。

「つまり、手柄功名をねらった者の仕業……？」

「そうとしか考えられぬ」

「とすれば……厄介なことですな」

「尾張方に痛くもない腹を探られるのが関の山。わしらにとっては何の利もない。迷惑千万な話じゃ」

「何よりわれら『お庭番』が動きにくくなります」

ふむ。

と、うなずいて十左衛門は二度ばかり首をひねった。ひねるたびに頸骨《けいこつ》がぐりぐりっと音を立てる。これは不快感をもよおしたときの癖である。

「……敵の敵は味方と申すが、そやつらは味方にあらず。ただの邪魔者じゃ。このまま捨ておくわけにはいくまい」

「では……？」

宮地の目がきらりと光った。十左衛門が深くうなずく。

「頼みの筋と申すのはそれよ」

「承知つかまつりました。調べてみましょう」

鉛《なまり》色の分厚い雲がどんよりと垂れ込めている。

川風が肌を刺すように冷たい。

寒風に吹きさらされながら、刀弥平八郎は永代橋をわたっていた。ひと月前、茶褐色の濁流が逆巻いていた大川も、いまではすっかり水が引けて、もとの穏やかな流れにもどっている。

八月三十日の夜から九月三日にかけて降りつづいた甚雨《じんう》で、上流の新大橋や両国橋は壊滅的な被害を受けたが、なぜか下流の永代橋だけは無事だった。『武江年表』によれば、ちょうど普請中だったために古い橋の杭だけが流されたらしい。

この日の昼下がり、平八郎は思い立って浅草聖天下の砂利場に足を向けた。二年前に赤川大膳が住んでいた貸家の家主に聞き込みをするためである。

一つ収穫があった。大膳と同居していたお勢という女の居所がわかったのである。

その足ですぐ、お勢が勤めている深川門前仲町の『千鳥』という小料理屋をたずねた。一ノ鳥居の手前で小ぢんまりとした店である。薄暗い店の片隅で、お勢は料理の仕込みをしていた。歳のころは二十七、八。肉感的で派手な顔立ちをしている。

「さあ、どこに消えちまったのか、あたしにもさっぱり……もっとも、どこに消えようが、知りたいとも思いませんがね」

　魚のすり身をせっせと丸めながら、顔も向けずにお勢はにべもなく応えた。突然たずねてきた平八郎を怪しむふうもなく、名を訊こうともしない。正直知らないのだろう。

「邪魔したな」

　お勢の背に一言投げかけて、平八郎は店を出た。

　永代橋をわたり、日本橋川沿いの道を西に向かった。日本橋から神田、市谷をへて、四谷の旧大久保邸にもどるつもりである。この道は日本橋からまっすぐ永代橋に通じているので、深川八幡に参詣《さんけい》する人々や門前仲町に遊びに行く者などで、常に混雑している。

　鎧《よろい》の渡しにさしかかったところで、平八郎の足がふいに止まった。雑踏の中に一人の浪人の姿を見とめたのである。すれ違いざまに声をかけた。

「安之助……！」

　浪人がけげんそうに歩をとめた。堀部安之助である。

「どなたかな？」

　安之助はまだ気づかない。もっとも平八郎は塗笠をかぶっている。気づかなくて当然だろう。

「おれだ」

平八郎が塗笠を押し上げた。

「刀弥どの！」

「久しぶりだな」

「いつ江戸に戻ってきたのですか」

安之助が懐かしそうに目を細めた。

「先月だ」

短く応えると、平八郎は往来の人波を気にするように、

「腰を落ちつけてゆっくり話そう」

あごをしゃくって安之助をうながした。

鎧の渡しから一丁ほど先の小網町の老舗《しにせ》のそば屋に入った。小座敷に上がり、平八郎はそば切りと酒を二本、安之助は盛りそばを注文した。

「まずは一献」

運ばれてきた酒を猪口《ちょこ》につぎながら、平八郎が口を切った。

「江戸に戻ってきて、真っ先におぬしの家をたずねたのだが、驚いたことに『清浄庵』は影も形も消え失せていた」

「………」

安之助が辛そうに目を伏せた。以前よりやや頬がこけて、どことなくすさんだ感じがする。

「じつは……」

いいかけた安之助を、さえぎるように平八郎が言葉をかぶせた。

「話は室先生から聞いたよ」

「ご存じでしたか」

「あの話は真実だ。先生は嘘をいうお人ではない」

「わかっています」

昂《たかぶ》る気持ちを抑えるように、安之助は猪口の酒を一気にあおった。

「母を憎みました。心底憎みました。……母が遺してくれた物、母の面影が残っている物、母の匂いがしみついている物。何もかもが憎く、何もかも棄ててしまいたかった……それで『清浄庵』を手放したのです」

肺腑《はいふ》をしぼるような声である。

「で、その後は……？」

一拍の間があった。

「酒と女……悪所通いの毎日でした」

安之助は、赤穂義士・堀部安兵衛の遺児であることを唯一の矜持《きようじ》として生きてきた男である。心の支え、あるいは生きるよすがといっていい。それを室鳩巣に否定された。むろん鳩巣を恨むつもりは毛頭なかった。恨むべきは、死ぬまで自分を騙《だま》しつづけた母の順である。

なぜ母は真実を打ち明けてくれなかったのか？　自分はいつどこで、どんな男との間に生まれたのか？　順が死んだ今となっては、その答えは永遠に返ってこない。

おのれ自身に激しい嫌忌をおぼえながら、安之助は『清浄庵』を売り払った金でただひたすら酒を浴び、女を抱いた。いつかその金もつきる日がくる。金がつきたら死のうと思っていた。

ところが……。

「ある人と出会って、気が変わったんです」

「ある人？」

平八郎が訊きかえす。安之助は箸《はし》を持つ手をとめて虚《うつ》ろな眼を宙にすえた。

「あれは二月《ふたつき》ほど前のことでした……」

2

いつになく蒸し暑い夜だった。

淫靡《いんび》な灯りにいろどられた陋巷《ろうこう》のすみずみに、安物の脂粉の香りや焙《あぶ》り酒の匂い、男たちの体臭などが入り交じった空気がどろんと淀《よど》んでいる。

観音の見世物奥の山で出し
奥山に遣り手の付いた放し鳥

浅草寺観音堂裏手には、見世物や揚弓場、料理屋、水茶屋、淫売宿《いんばい》などが軒をつらねる盛り場があった。この界隈《かいわい》を里俗に「奥山」という。府内屈指の遊所である。

遊客の群れの中でとりわけ目立つのは、浪人の姿だった。彼らのほとんどは、昼間、浅草寺の境内で居合抜きや独楽《こま》廻し、軍書講釈などの大道芸で口すぎをしている浪人たちである。その日稼いだわずかな金で、酒と女を求めて奥山にくり出してきたのである。

人波の中に安之助の姿もあった。念仏堂裏の淫売宿で女を抱いたあとである。行きつけの煮売り屋『駒六』に向かうところだった。そこで浴びるように酒を飲んで雷門前の安宿に泊まる。そんな野良犬のような暮らしを、安之助はもう二月あまりもつづけていた。

「もし」

人込みの中でふいに声をかけられた。ふり向くと、三十二、三の身なりのきちんとした浪人者が背後に立っていた。どこかで見たような顔である。

「例の煮売り屋に行かれるのか？」

浪人がいった。その瞬間思い出した。『駒六』で何度か見かけた顔である。言葉をかわしたことはなかったが、面体だけは見知っている。浪人はいつも店の片隅でひとり静かに猪口をかたむけていた。

「拙者は遠州浪人・矢島主計《かずえ》と申す」

浪人はそう名乗ると、

「『駒六』の酒はまずい。あれは水で割った酒だ。もっともそのぶん酒代はほかの店より安いが」

並んで歩きながら、ひとりごちるようにしゃべりつづけた。その風貌《ふうぼう》にも物言いにも厭味《いやみ》がなく、どちらかといえば安之助の目には好もしく映った。

「たまには旨い酒が飲みたい。よかったら一緒にいかがかな？　拙者が案内する」

「近くですか」

「ああ、すぐこの先だ」

「では」

と、さそわれるままに安之助は矢島のあとに従《つ》いた。

奥山からほど近い田原町三丁目の路地角にその店はあった。軒行燈《のきあんどん》に『梅林』とある。間口二間ほどの小さな料理屋だが、店の造作も雰囲気も悪くない。婀娜《あだ》っぽい年増の女将《おかみ》が愛想よくふたりを迎え入れた。

たしかにこの店の酒は旨かった。灘《なだ》の下《くだ》り酒である。こくのある味と芳醇《ほうじゅん》な薫りが心地よい酔いをさそう。酒を酌みかわしながらしばらく雑談したあと、

「ところで」

と、矢島が真顔で安之助を見た。

「おぬし、仕官する気はないか」

「仕官?」

「仕官先はどこですか」

「といっても、今すぐというわけではないが……」

「くわしいことは申せぬが、一万石や二万石の小大名ではない」

「しかし、なぜ貴殿がそのようなことを……?」

当然の疑問である。浪人が浪人に仕官を斡旋《あっせん》するというのも奇態な話だ。

「じつは、拙者もあるご仁にさそわれたのだ。すでに先方から内意も得ている……。しかし、おぬしにその気がなければ、無理にはすすめぬ」

「………」

「浪人には二通りの生き方がある。あるじを持たずに気楽に生きるか、仕官の道を得て安泰に生きるか。最悪なのは、いずれの生き方もできずに腐れ果てていくやつらだ。余計な世話かもしれぬが、おぬしにはそうなって欲しくないと思ってな」

「………」

安之助は、矢島と名乗るこの浪人を信じようと思った。仮に騙されたとしても、いまの安之助に喪《うしな》うものは何もない。『清浄庵』を売った金もほとんど底をつき、手元に残っているのはわずか七、八両。それもいずれは酒と女に消えていく金である。矢島に騙し取られたとしても悔いはない。生まれ変わったつもりでこの男に賭《か》けてみよう、と安之助は肚《はら》を決めた。


その話を聞いて平八郎は不審を覚えた。

「口利き料でも巻き上げられたのではないのか」

「いえ」

安之助が首を横にふった。

「口利き料というより、仕官するまでの準備金として五両払いました。でも、衣食の面倒をみてくれるものですから、五両は安いものです。おかげでわたしも立ち直ることができました」

安之助の顔に笑みが泛《う》かんだ。つい数瞬前の深刻な顔とは打って変わって晴れやかな笑顔である。だが、平八郎は釈然としない。

「安之助」

「はい」

「その話、何か裏がありそうな気がしてならぬ。もう少し詳しい話を聞かせてもらえぬか？」

「生憎《あいにく》ですが……」

安之助は戸惑うようにいい淀んだ。

「口止めされているのか」

「武士の信義に関わることですから」

〝武士〟という言葉に、平八郎は安之助の心の変化を感じ取った。なんとも胡散《うさん》臭い話だが、安之助はその話を信じ切っている。結果はどうあれ、信じた道を歩くことによって、安之助が立ち直ってくれれば、せめてもの救いになる。

「ま、いいだろう。おれはいま、四谷の旧大久保邸に寄食している。困ったことがあったらいつでも訪ねてきてくれ」

「仕官が叶《かな》った暁《あかつき》には必ずご報告に上がります」

そういうと、安之助は差料《さしりょう》をとって腰をあげた。その差料は以前持っていた堀部

安兵衛の形見の刀ではなかった。新品である。平八郎が目ざとくそれを見て、

「刀を替えたのか？」

「あれも棄てました。どうせ偽物にきまっています」

「そうか……」

「所用があるので、わたしはこれで失礼させていただきます」

一揖《いちゆう》して、安之助は出ていった。

銚子に残った最後の酒を猪口に満たしながら、平八郎は安之助から聞いた話を肚の中で反芻《はんすう》していた。やはり気になる。矢島と名乗る浪人者のねらいは那辺《どこ》にあるのか？　仕官先とはいったいどこの家中なのか？　なぜそのことを口止めしなければならないのか？

考えれば考えるほど謎は深まる。

上空をおおっていた灰色の雲が、先刻よりさらに厚く、低く垂れ込めている。

時刻はまだ八ツ（午後二時）をすぎたばかりだというのに四辺は夕暮れのように昏《くら》い。

視界に広がるのは、ここが江戸かと目を疑わせるほどの自然ゆたかな田園風景である。

――根岸の里。

人はこの地をそう呼んでいる。暗翳《あんえい》の空ににじみ立つ上野山、銀色のすすきの穂が波うつ枯野、音無川《おとなしがわ》の清流。春は鶯《うぐいす》、夏は藤の花に蛍《ほたる》、秋は月、冬は白雪。四季の雅趣《がしゅ》に富んだ根岸の里には、著名の士や豪商たちの別荘が点在している。

山内伊兵衛が「時雨《しぐれ》の館」と名付けた廃屋寸前の寮は、その名の由来となった「時雨の丘」のふもとにあった。杉木立につつみ込まれるように立っている。

その「時雨の館」の朽ちかけた網代門《あじろもん》を足早にくぐって行く男がいた。堀部安之助である。踏み石をつたって小径《こみち》をゆくと広い前庭に出た。

四、五人の浪人者が庭のあちこちで黙々と立ち働いている。薪木《まき》を割る者、崩れた土壁を塗り替えている者、井戸端で米を研ぐ者……。さながら野武士の野営を彷彿《ほうふつ》とさせる光景である。

安之助が玄関に入ろうとすると、

「おう」

奥から矢島主計が出てきて、

「ちょうどよい。付き合ってくれ」

目顔で安之助をうながした。

矢島が向かったのは、母屋の裏手にある土蔵だった。頑丈な錠前を外し、分厚い扉を引き開けて中に入る。奥の畳の上に女が座っていた。おるいである。この土蔵に軟禁されてから、すでにひと月あまりがたっていた。心なしかやつれた感じはするが、顔色はさほど悪くない。

「半次郎どのが逢《あ》いたいと申されている。母屋までお運び願いたい」

戸口に立ったまま矢島が声をかけた。おるいは無言。むろんこれは拒絶の意思である。引きむすんだ口元にかたくなな意思が感じられた。

「ぜひ……」

「逢いたくありません」

目を伏せたまま、おるいがきっぱり拒否した。

「折り入って話したいことがあると」

「こちらから話すことはもう何もありません」

「では、致し方ない。安之助」

「はい」

「半次郎どのをここへお連れしろ」

「かしこまりました」

踵《きびす》を返して、安之助は出ていった。

このひと月の間に、おるいは三度、半次郎と対面している。しかし、結果は三度ともおるいを失望させた。大膳一味に洗脳されたためか、それとも一味の脅迫に屈したのか、半次郎はまるで人変わりしたように冷徹で野心的な男に変貌《へんぼう》していたからである。

（あの子は、もう昔の半次郎ではない）

それがおるいの悲しい結論だった。

3

「お連れいたしました」

声とともに安之助が入ってきた。背後に山内伊兵衛に付き添われた半次郎が立っている。伸ばした髪をうしろで束ね、濃紺の袷《あわせ》に銀鼠《ぎんねず》色の羽織をはおっている。見違えるような凜々《りり》しさだ。

「姉さん」

半次郎がつかつかと歩みよった。その声をはね返すように、おるいはくるっと背を向けた。

「姉さん」

おるいの背後に跪座《きざ》して、半次郎は哀訴するように頭を下げた。

「お願いやし。おれの話を聞いてくれ」

「…………」

「おれは大名になる。立派な大名になって世の中を少しでも良うひたい。そして姉さんを楽にしてやりたいんや。そやさかい、この人たちと手を組んだんや。この人たちが助けてくれはるら。おれの力になってくれはるんや」

紀州弁でまくしたてた。

「半次郎」

おるいが悲しげにふり向いた。

「あんた、江戸でこんな暮らしがひとうて村を出たんかのし？」

これも紀州弁である。

「違うやろ。あんたにはもっと大きな、もっと気高い志があった。夢があった。あんた、村を出るとき言うとったやないの。いつか必ず立派なお坊さんになって帰って来るって。あて、それを信じとったよし」

「姉さん」

「あんた、この人たちに騙されとるんよ。まだそれがわからんのかいし」

伊兵衛がさえぎるようにずいと歩み出て、

「おるいどの、それはちと違うぞ」

「…………」

「われらは半次郎どのを騙してはいないし、騙すつもりも毛頭ない。そなたも承知のように、半次郎どのはれっきとした将軍家の御落胤《ごらくいん》。ご生母の沢の井さまがお亡くなりになり、吉宗公との約定も果たされぬまま十数年の星霜をへてきたが、本来、半次郎どのは将軍家のお血すじとして大名におわすべきお方なのだ」

伊兵衛の言葉の端々には韓人《からびと》特有の訛《なま》りがある。

「半次郎どのを主君に推戴《すいたい》して一家を興し、巷《ちまた》にあふれる浪人たちを家臣に召し抱える。それがわれらの宿年の大望。決して私利私欲のためではない。浪人救済のための施策なのだ」

熱のこもったその語り口には、ねじ伏せるがごとき説得力がある。

堀部安之助が一党に加わることを決意したのも、伊兵衛の熱弁に心を動かされたためだった。現在、この屋敷に衣食している十七人の浪人たちも、矢島主計や本多源左衛門らによって一本釣りされ、伊兵衛の説得を受けて仲間に加わった男たちである。

「おるいどの……」

おるいの背中に、伊兵衛がやさしく語りかけた。

「御当代将軍・吉宗公も、その出生をただせばお湯殿掛かりという賤《いや》しい女の腹に生まれたお人なのだ。世が世なら紀州家の部屋住みで生涯をおえていたその吉宗公が、いまや天下を統《す》べる武家の棟梁《とうりょう》。それを思えば、御落胤の半次郎どのが御連枝《ごれんし》、御家門《ごかもん》並みの万石大名になられても不思議ではない」

「…………」

「いずれにせよ、大望成就の暁には、御主君の姉君として、おるいどのにも家政の重責を担ってもらわなければならぬ。どうかそのことを胸に留めおかれ、これから先も半次郎どのの心の支えとなっていただきたい」

「…………」

おるいの細い肩がかすかに顫《ふる》えている。

数日後。

江戸の街に初雪が降った。それも、この時季にはめずらしい大雪である。

夜になって雪は小やみになったが、すでに七、八寸積もっていた。日中、雪の重みでよしず掛けの茶屋がつぶれたり、家の板庇《びさし》が崩落したり、大八車が立ち往生したりと、あちこちで事故や怪我人が続出した。この日ばかりは商売人も職人も上がったりである。陽が落ちると同時に、どの家も早ばやと戸じまりをして、寝支度にとりかかっていた。

こんな日は火事が多い。人々が家に閉じこもって灯りや暖房を使うからである。そのことを誰よりも知っているのが、頻発する火事に苦しめられてきた江戸の庶民であり、だから大雪や強風の日には灯りを消し、火鉢や炬燵《こたつ》の火の始末をして早々と寝床につくのが習慣になっていた。

初更――戌《いぬ》の上刻（午後七時）。

いつもなら、どこの町筋にも煌々《こうこう》と灯がともっている時刻である。だが、この夜は一穂《いっすい》の明かりも見えない。家並みは死んだように白い闇《やみ》の底に沈んでいる。

京橋木挽町《こびきちょう》の柳生上屋敷も例外ではなかった。厨《くりや》や風呂の火を早めに落とし、屋敷内の明かりも極力ひかえ、家士たちは早々に自室に引きこもった。

柳生俊方は寝間の蒲団《ふとん》に横たわり、近習《きんじゅう》に足を揉《も》ませていた。六年前にわずらった通風が、この日の冷え込みで再発したのである。

「いかがでございますか？」

足を揉みながら近習が訊いた。

「うむ。だいぶ楽になった。雪はまだ降っているのか」

「小やみになりました」

「そうか――」

雪は、俊方にとって凶兆だった。折角迎え入れた養子の宗重が突然病気で倒れたのも、二十数年前の暮れの大雪の日だった。それ以来、柳生家の家運は衰微の一途をたどっている。

(悪いことが起きなければよいが……)

そう思った瞬間、

「殿」

廊下で用人の声がして、招かれざる客の来訪を告げた。

義仙だった。

「わしは病で臥《ふ》せっているといえ」

「火急の用事だそうでございまする」

「火急？」

さすがに不安になった。すぐさま小書院の火鉢に火をおこさせ、部屋が暖まったところで、義仙を通させた。痛む足を引きずりながらその前に腰をおろすと、俊方は不機嫌な顔で訊いた。

「用向きと申すのは？」

「悪い報せでござる」

義仙が押しつぶしたような声でいった。

「今夕、ご老中・水野和泉守どのが大目付・有馬出羽守の査問にかけられ申した」

「そ、それはまことか！」

俊方の顔からさっと血の気がうせた。

大目付は大名旗本を監察する役職である。職掌上、大名並みの待遇を与えられ、将軍に直訴できるほど強い権限を持っている。従って老中の支配下にありながら、老中を監察する立場にもあった。大目付が創設されたのは寛永九年（一六三二）である。初めは惣目付《そうめつけ》・大監察とよばれ、初代惣目付には柳生家の始祖・柳生但馬守宗矩、井上政重、水野守信、秋山正重の四人が任命された。

巨勢十左衛門の下知を受けて、大目付・有馬出羽守が松平通春暗殺未遂事件の調査に着手したのは、六日前だった。すでに「お庭番」の探索で水野忠之の関与は明らかになっていたが、それを裏付ける証拠はなかった。結局、水野は知らぬ存ぜぬで押し通したという。

「では……？」

「いっさい御沙汰《ごさた》なし」

俊方がほっと安堵《あんど》の吐息をついた。

「それはよかった。水野どのも胸をなでおろされたであろう」

「それがよくない」

義仙が苦々しく吐き捨てた。

「見かけ倒しでござったよ。水野どの」

「見かけ倒し？」

「『鬼監物』と徒名された御仁にしては、肝魂が小さすぎる。これに懲りて、手を引く と申された」

義仙がぎりっと歯噛《が》みするようにいった。

（そういうことか……）

俊方は内心ほくそ笑んだ。老中・水野忠之が手を引けば、義仙は強力なうしろ楯《だて》を失うことになる。いかな裏柳生といえども岡崎五万石の人的・経済的支援がなければ、御三家筆頭の尾張藩に単独で立ち向かうことはできまい。

それに……、
そもそも松平通春暗殺という企て自体が無謀にすぎた。大目付の査問を受けて、水野もようやくそのことに気づいたのであろう。これで暗殺計画は頓挫《とんざ》すると俊方は思った。

「ついては……」

義仙が急に声の調子を変えた。

「願いの儀がござる。当屋敷内に、われらの住まいを用意していただきたい」

「住まいを！」

いきなり水を浴びせられたような戦慄《せんりつ》が俊方の背筋に奔《はし》った。

義仙が柳生谷から引き連れてきた十数名の裏柳生は、芝切通《しばきりとおし》、西久保《にしくぼ》の岡崎藩下屋敷内に寄宿していた。義仙が要求したのではなく、岡崎藩が積極的に提供してくれたのである。だが、ここに至って事態は一変した。水野が一件から手を引いたことで、屋敷からの撤退を余儀なくされたのである。

「義仙どの」

俊方が常になく厳しい眼で義仙を射すくめた。

「この際はっきりいわせてもらおう」

「…………」

「例の企ては取りやめにして、そこもとも早々に柳生谷に帰られたほうがよい」

「ふっふふ……」

義仙の顔に軽侮の笑みが泛かんだ。

「おのれの手も汚さずに、ぬくぬくと高みの見物を決め込んでおきながら、よう申されるな」

「こ、言葉がすぎるぞ！　義仙どの！」

「われらは血を流している！」

平手打ちのような一言だった。

「尾張で二十名、吉原の日本堤で五名、すでに二十五名の手勢を、貴殿のために、そして柳生宗家のために失ったのだ！」

「……！」

虚をつかれたように、俊方はぽかんと義仙の顔を見た。

「日本堤で？　……それは何の話だ？」

「吉原の花魁《おいらん》が通春の子を宿した。行きがけの駄賃に、その腹の子の命も頂戴《ちょうだい》するつもりだった」

「な、なんということを……！」

狂気の沙汰としかいいようがなかった。女の腹の子の命をねらうなどとは、断じて常人の発想ではない。悪魔に魅入られたか、それとも柳生烈堂の邪悪な血がなせるわざか……。この男は狂っている。そう思った瞬間、俊方は義仙の脅迫に屈したおのれを恥じた。

「われら裏柳生は、最後の一滴の血を流すまで、闘いをつづける」

「…………」

俊方はほとんど放心状態である。

「では、三日後の夜亥《い》の刻に――」

期限を切った。それまでに住まいを用意しておけ、という意味である。

「ごめん」

立ち上がると、義仙は廊下側の襖《ふすま》のほうにではなく、庭に面した障子に向かって歩を踏み出していた。俊方がようやくわれに返って、

「玄関は逆だぞ」

声をかけると、

「門番を起こすのも気の毒だ。庭から出てゆく」

からりと障子を開け放った。その瞬間、俊方は危うく気を失いかけた。降り積もった雪の上に石灯籠《どうろう》のように五つの人影が立っていた。いずれも黒塗りの笠、黒ずくめの男たちである。

（い、いつの間に……！）

瞠目《どうもく》する俊方に冷ややかな一瞥《いちべつ》をくれて、義仙は庭におり立った。すかさず男たちが義仙のまわりを固め、音を消して風のように雪明かりの彼方へ消えていった。

開け放たれた障子の間から、凍てつくような夜気がしのび入ってくる。部屋の中は身のすくむような寒さだが、俊方の顔は汗でびっしょり濡《ぬ》れていた。

（わしを殺すつもりだったか……）

そうとしか思えなかった。

いま思えば、義仙は無腰だった。俊方に警戒心を抱かせないための方策だったのだろう。もし俊方が義仙の要求を断っていたら、その瞬間に五人の裏柳生が踏み込んで

来て、俊方を膾《なます》のように斬りきざんでいたに違いない。義仙はそういう男なのだ。

「あやつは狂っている――」

うめくようにいって、俊方はよろよろと立ち上がった。

4

この三日間、爽《さわ》やかな晴天がつづいている。

路上に積もった雪もすっかり溶け消えていた。

昼餉《ひるげ》のあと、平八郎と藤馬は旧大久保邸内の主殿の居間で、将棋をさしていた。

藤馬は腕組みをしたまま、渋い顔で盤面を見つめている。

「……手詰まりだのう」

ぽつりといった。

「まだ打つ手はいくらでもある。飛車を戻したらどうだ？」

「違う」

「では、王の上に金を打て」

「将棋のことではない」

藤馬がほろ苦い笑みを泛かべた。

「仕事のことか」

「うむ。何もかもが手詰まりじゃ」

「いま動いているのは何人だ？」

「三十……」

　これは密偵の数である。三十名の密偵のうち、二十名が赤川大膳の探索にあたり、十名が柳生義仙の行方を追っていた。彼らは御土居下衆とは別系の御側組同心で、隠密とはいわずに「廻り御役儀」と称していた。

　尾張藩の隠密組織が強化されたのは、四代藩主・吉通のときである。八代将軍の最有力候補と目されていた吉通は、宿敵・紀州藩との諜報《ちょうほう》戦に備えて、積極的に忍びの育成を行った。

『円覚院様（吉通）御伝十五箇条』にも、忍法に関するくだりが出てくる。

「主将たる人も、忍之正伝なる大要をば識得すべし。これを識《し》らずしては、忍之者を遣うことならず。また敵方よりいれる忍を防ぐことならず。（中略）主将たらん人、壁をのり、垣をこゆる術のごとき瑣砕《ささい》なる術は習うにおよばず。ただその大旨を習うべし」

　吉通の死後、その遺志をついでさらに忍びの強化育成を図ったのが松平通春である。御土居下衆の増強、町廻り隠密「膝白《ひざしろ》」の創設、「廻り御役儀」の新設など、すべ

て通春の手に成るものだったが……、

「――いかんせん、にわか作りの隠密集団だからのう。まだまだ物の役に立たぬ」

藤馬が嘆かわしそうにいう。たしかに公儀隠密「お庭番」の組織力と較べると、尾張のそれは見劣りがする。常に後手後手にまわっているのが実情である。赤川大膳、柳生義仙の探索も遅々として進まない。それが藤馬の悩みの種でもあった。

「動きが遅いのじゃ。とにかく遅い」

苛立《いらだ》つように手持ちの駒をバラバラと盤上に投げ出して立ち上がった。

「藤馬、まだ勝負は終わってないぞ」

「あと八手で詰む。わしの負けじゃ。……憂さ晴らしに酒でも飲みに行くか」

「昼間からか……」

「酒と女は時を選ばずだ。さ、行こう」

と立ち上がったところへ、からりと襖が開いて、小萩が入ってきた。

「お客さまがお見えです」

「わしにか？」

「いえ、通春さまに御意を得たいと……御用件をうかがってもおっしゃらないので、念のために織部（藤馬）さまにお知らせに上がりました」

「何者じゃ」

「柳生備前守さまです」

「や、柳生……！」

藤馬と平八郎は思わず顔を見交わした。

「表書院にお通ししておきましたが」

「よし……平八郎、おぬしも一緒にきてくれ」

「おれも？」

「柳生但馬守の曽孫《ひまご》だぞ。一見の価値がある。後学のために見ておいたらどうじゃ」

「うむ」

すすめられるまま、平八郎も腰をあげた。


柳生俊方は、平八郎が想像していた以上に小柄で貧相な老人だった。正直なところ、ひどくがっかりした。見かけはともかく、柳生宗家の当主としての覇気がまったく感じられない。兵法家というより、薄禄の小役人といった感じである。

「小姓《こしょう》惣役《そうやく》の星野織部にござる。こちらは手前の友人・刀弥平八郎と申す者」

藤馬が神妙な顔で挨拶《あいさつ》した。

「初めてお目もじつかまつります。柳生俊方にございまする」

両手をついて深々と低頭すると、

「まずは御当家に衷心よりお詫《わ》びを申し上げまする」

沈痛な面持ちで二人の顔を見た。

「詫び？」

「過日、尾張領内にて狼藉を働きしもの、当家の縁戚・柳生義仙こと、捨丸にございます」

「やはり……」

「え」と、俊方が意外そうな顔で藤馬を見た。

「ご存じでござったか」

「薄々は――」

「しかし、義仙は何ゆえに通春公のお命を……？」

訊いたのは平八郎だった。一瞬、俊方はためらうように視線を泳がせ、応えた。

「狂気、ゆえ……」

「狂気！」

ほとんど同時に、藤馬と平八郎が声を発した。

「としか申しようがござらぬ。……あの男は、正しく狂人にございまする」

暗澹《あんたん》たる声でそういうと、俊方はやおら腰を引いてがばっと平伏し、

「何とぞ！　……、何とぞ義仙をお斬り捨てくだされ！」

額をこすりつけんばかりに懇願した。

藤馬と平八郎は度肝をぬかれた。「義仙を斬ってくれ」といった言葉にではなく、俊方の態度に、である。これは柳生宗家のとるべき態度ではなかった。本来なら俊方自身が義仙を斬り捨てて、尾張家に詫びにくるのが筋であろう。身内の不祥事を自力で処理出来ぬほど柳生家の力は衰えたかと思うと、愕《おどろ》きを越えて憐《あわ》れみさえ覚える。

もっとも俊方の祖父・柳生宗冬も、末弟の柳生烈堂の暴虐非道にはかなり手を焼いた。宗冬の遺言状ともいうべき『申置書』には、「手にあまれば押し込めるなり、斬り捨てるなりいたせ」と記されている。つまり、最後は他人任せにしたのだ。それと同じことを俊方もしているのである。

「何とぞ！」

俊方がまた頭を下げた。悲痛ともいえる声だった。藤馬がうなずく。

「話は承り申した。義仙の命は当方がお預かりいたそう」

「かたじけのうございます。つきましては、もう一つお願いの儀が……」

両手を畳についたまま、弱々しい声でいった。

「このこと、いっさいご内聞に……」

「承知つかまつった」

柳生俊方が退邸したあと、藤馬は小萩に命じて侍屋敷の自室に酒の支度をさせた。

「話がおもしろうなって来たな」

酒を飲みながら、藤馬がふくみ笑いを泛かべた。

「おぬしから話は聞いていたが、それにしても、あれほどの体たらくとは……」

平八郎が嘆息をもらす。

「江戸柳生はもうおしまいじゃ。……いや、すでに終わっておる。あの歳では子も作れんだろう。柳生但馬守の血すじは俊方どのの代で絶える。それでおしまいじゃ」

「養子の件はどうなったのだ？」

「落ち目の柳生家に養子の来手がいると思うか？」

平八郎は無言で首をふった。

「結局、最後まで生き残るのは尾張柳生。江戸柳生とたもとを分かって百余年たつが、これでようやく決着がつく。尾張柳生の勝ちじゃ」

「藤馬」

ことり。盃を膳において、

「この仕事、おれにもやらせてくれ」

平八郎が卒然といった。

「それはかまわぬが……しかし、なぜじゃ？」

「この手で美耶の恨みを晴らしたい。義仙はおれに斬らせてくれ」

「美耶の恨み、か……」

藤馬がしんみりとつぶやいた。盃に酒を満たし、平八郎の顔を見た。

「いまだからいうが……、美耶は、おぬしに娶《めと》ってもらいたかった……そのつもりで江戸に連れてきたのじゃ」

「………」

「いいだろう。義仙はおぬしが斬ってくれ。美耶もよろこぶ。何よりの供養になるだろう」

5

芝切通「西久保」は愛宕山の「西の窪地《くぼち》」という意味の俗称で、その名のとおり愛宕山と麻布の高台にはさまれた深い谷地帯になっている。

この地域の大半は大名旗本の屋敷と大小の寺院でしめられ、町家はほとんど見当たらない。

数ある寺院のなかで、ひときわ宏大《こうだい》な寺域を有しているのは『光明山天徳寺』である。知恩院末寺で浄家江戸四カの一、紫衣免許の寺、支院十七寺がある。

その『天徳寺』の東裏手に、岡崎藩の下屋敷はあった。

時刻は戌《いぬ》の下刻（午後九時）ごろ。屋敷の裏門が音もなく開き、六人の男たちが足早に飛び出してきた。頬かぶりをした者や菅笠《すげがさ》をかぶった者、行商人ふうもいれば職人ふうもいる。まちまちに姿を変えた裏柳生だった。ただ一人、黒塗笠に黒革の袖《そで》なし羽織、黒の軽衫《かるさん》を着した男がいた。義仙である。下屋敷の用人に「くれぐれも人目につかぬように」と釘を刺された義仙は、配下の忍びに変装させ、五人ずつ二組に分けて屋敷を出ることにしたのである。いま裏門から飛び出してきたのは先発組だった。

冷え冷えと降りそそぐ星明かりの中を、義仙が先頭に立ち、五人が縦隊になってその後につづく。

薬師小路をぬけて、愛宕下の大名小路に出た。道の両側には秋田安房守《あわのかみ》、田村右京《う》《きょう》太夫《だゆう》、井上遠江守《とおとうみ》、毛利隠岐《おき》守などの上屋敷がずらりと甍《いらか》をつらねている。武家屋敷の門限（午後八時）は、とうにすぎていた。どの屋敷も門扉を固く閉ざして、ひっそりと寝静まっている。

大名小路を横切って東に歩をすすめると、東海道に出る。後発組の五人とは、東海道の芝口橋（新橋）で合流することになっていた。

かつて芝口橋には、枡形《ますがた》石垣渡り櫓《やぐら》形式の廓門《くるわもん》があったが、四年前の享保九年、火事で焼失し、二年後にただ濠《ほり》をわたすだけの橋が架けられた。長さ十間（約十八メートル）、幅四間二尺（約八メートル）の橋である。

橋の南詰にさしかかったときである。

先を行く義仙がふいに足をとめた。

橋を渡ってくる二つの影が、星明かりの中にはっきりと目睹《もくと》できた。ひとりは身の丈六尺あまりの武士、もうひとりはそれよりやや背の低い浪人者である。藤馬と平八郎だった。この瞬間、義仙の動物的な勘がただならぬ気配を看取していた。右手をさっと上げた。同時に五人の裏柳生が背中に隠し持った刀を抜き放った。例の薄刃の直刀である。

しゃっ。

藤馬と平八郎も抜いた。橋の上である。藤馬は上段に、平八郎は剣尖《けんせん》を下げて「車《しゃ》」の構えに入った。二人とも一歩も動こうとしない。橋の上で迎え討てば、背後に回られる恐れがないからである。義仙たちがゆっくり前進してくる。橋のたもとで歩をとめると、

「うぬら、何者だ?」

義仙が闇をすかし見た。

「尾張藩士・星野織部。貴様の命をもらいにきた」

「なぜここを通ることがわかった?」

「木挽町に行く近道は、ここしかあるまい」

「木挽町……？」

義仙の眼がぎらりと光った。

「そうか！　俊方どのが……、あの腑抜《ふぬ》けが裏切ったか！」

藤馬は応えない。刀は上段にふりかぶったままである。代わりに義仙が奇声を発した。野獣の咆哮《ほうこう》にも似た声である。それを合図に背後の五人がいっせいに地を蹴《け》った。

薄刃の直刀がぶんぶん唸《うな》りを上げて二人に襲いかかる。

「おいとしぼうッ」

大音声とともに藤馬が刀を振り下ろした。真っ向竹割りの一刀である。きーん！　鋭い金属音がひびき、薄刃の直刀が両断されて宙に舞った。次の瞬間、橋板の上に頬かぶりの男の首がごろんと転がった。まったく同時に橋の下で水しぶきが上がり、血染めの波紋がひろがった。その波紋の中に菅笠の男の死体がぽっかりと浮いている。

これは平八郎が斬った男である。

乱闘は寸刻つづいた。

さすがの藤馬も息が上がりはじめた。尾張柳生秘伝「合撃《がっし》打ち」は、敵の仕掛けに乗じて「先《せん》の先《せん》」をとる一刀両断の力技である。先制攻撃に出たときの破壊力はすさまじいが、持久戦には弱い。闘いが長引けばそれだけ体力が消耗するからだ。まして相手は『燕飛《えんぴ》之太刀』の使い手である。文字どおり燕《つばくろ》のごとく動きが迅《はや》い。逆に藤馬の動きはかなり鈍くなっている。

「大丈夫か、藤馬」

斬りむすびながら、平八郎がにじり寄った。

「なんの、これしきのことでへたばってたまるか」

口とは裏腹に肩が大きく揺れている。

「残りはあと二人じゃ。わしは雑魚《ざこ》をやる。おぬしは義仙《ぎせん》を追え」

「うむ」

うなずくと同時に一間ほど後ろに跳んだ。義仙が橋の欄干を使って背後に飛んだからである。

ふり向きざま平八郎は刀を正眼につけた。義仙は薄刃の直刀を逆手に持ち、両腕を翼のように大きく広げている。これは『燕飛之太刀』の飛翔の構えである。おそらく、また橋の欄干を使って飛ぶつもりだろう。問題は右に飛ぶか、左に飛ぶか……。半身に構えた場合、その逆を突かれる恐れがある。だから左右どちらの攻撃にも対応できるように正眼につけたのである。

義仙が挑発するように肩のあたりで直刀をくるくると回した。回すたびに薄刃の直刀が鞭《むち》のようにしなり、不気味な音を発した。だが、一向に仕掛けてくる気配はない。平八郎は地ずりの正眼に構えなおして、じりじりと間合いをつめていった。ふいに義仙の顔に不敵な笑みが泛かんだ。

（来る）

と思った瞬間、

「平八郎！」

藤馬の声に、思わず振り返った。瞬時に義仙の笑みを理解した。闇をついて五人の男たちがまっしぐらに走ってくる。後発組の裏柳生だった。

「くそッ、また増えやがった！」

いまいましげに吐き棄てると、藤馬は刀を左手に持ち替えた。疲れた右手をかばったのだ。後発組の五人が高々と跳躍した。

「おいとしぼうッ」

気力を振りしぼって刀を叩きつけた。左腕一本の片手斬りである。恐るべき膂力《りょりょく》であり、迅さだった。平八郎の頭上を丸太のような物が唸りを上げてかすめていった。切断された男の足だった。

裏柳生たちの波状攻撃を右に左にかわしながら、平八郎は義仙を追った。首領の義仙を斃《たお》せば裏柳生たちも戦意を喪失し、闘いは終息する。そう思ったからである。

だが、さすがに義仙はしたたかだった。乱刃の中をめまぐるしく動き回り、まともに立ち向かおうとはしなかった。それでも平八郎は執拗《しつよう》に追いつづけた。

　横合いから不意の斬撃がきた。とっさに峰ではじき返し、袈裟《けさ》がけに斬り捨てた。そのとき、義仙が橋の欄干に跳び乗ったのを平八郎は眼のすみに見ている。すかさず片膝をついて身を沈め、膝の屈伸力で高々と跳び上がった。

　欄干から宙に身を躍らせた義仙が、直刀を振りかざして舞い降りてくるのと、平八郎が跳躍するのと、ほとんど同時だった。二人の躰が宙で交叉《こうさ》した瞬間、平八郎は左手で脇差を抜いて、義仙の直刀をはね返し、右手の大刀で逆袈裟に義仙の胸を引き裂いていた。おびただしい血潮をまき散らして、義仙の躰が橋板の上にどさっと落下した。

「しまった！」

　小さく叫んだのは平八郎だった。切っ先がわずかに急所を外れたのを、柄をにぎった手が感じ取っている。義仙の反撃がくる！　着地と同時に素早く翻身して身構えた。だが、そこに見たのは信じられぬ光景だった。血まみれの義仙が大声で泣きわめきながら橋の上をのたうち回っている。それを見て配下の裏柳生たちは算を乱して逃げ散った。

「た、頼む！　助けてくれ！　……こ、この血を何とかしてくれ！」

　泉水のように血を奔出させ、大声で泣き叫びながら義仙は橋の上を転げ回っている。平八郎が抜き身を引っ下げて歩みよった。藤馬もゆっくり近づいてくる。

「い、医者を……、医者を呼んできてくれ！」

義仙の血まみれの手が平八郎の裁着袴《たつつけばかま》の裾《すそ》をつかんでいる。

「……おれが楽にしてやる」

いうなり、平八郎は刀を振りあげ、垂直に振りおろした。切っ先が深々と義仙の咽《のど》を刺しつらぬいた。裁着袴の裾をつかんでいた義仙の手がことりと橋板の上に転がった。

藤馬が冷ややかに見下ろしながら、ぼそりといった。

「柳生俊方どのがいったとおり……、こいつは狂人じゃ」

「行こう」

刀の血ぶりをすると、錚然《そうぜん》と鍔《つば》を鳴らして納刀し、平八郎はゆっくり背を返した。

柳生義仙こと捨丸の死によって、松平通春暗殺未遂事件の真相は闇に葬られた。事件に関与した岡崎藩主・水野忠之と柳生俊方の罪も不問に付されたが、奇妙なことにその後、両者は期を同じくして不運に見舞われている。

二年後の享保十五年、柳生家は伊勢桑名藩十一万石・松平定重の十一男・俊平を養子に迎え入れた。その直後に柳生俊方が急死したのである。行年五十八歳。柳生但馬守宗矩の血統は俊方の代で絶えた。

一方の水野忠之は、同じ年の六月、突然老中を罷免された。その理由はまったく明らかにされていないが、辞職のあと水野は、不本意な退任を嘆く詩を書いている。

茲日辞官卜兎裘
柴門静鎖世情休
人間栄辱渾如夢
明月清風景転幽

（この日官を辞して兎裘《ときゆう》を卜《ぼく》す。柴門《さいもん》静かに鎖《とざ》し世情休む。人間栄辱すべて夢の如し。明月清風景うたた幽なり）

第八章　朝鮮通信使

1

天窓から残照が差し込んでいる。

土蔵の壁にもたれて、おるいはうつろな目を宙にすえていた。

（刀弥さまはどうしているかしら？）

さっきからそのことばかりを考えていた。突然姿を消してしまった自分を、平八郎はさぞ不実な女だと思っているだろう。

（逢《あ》いたい）

逢って事情を説明したい……。現実には不可能なことだとわかっていながら、おるいは心底そう思い、そう願った。あれからひと月以上がたっている。平八郎はもう江戸にはいないかもしれないし、もし、いたとしてもこの広い江戸で出会うことは二度となしいだろう。

そう思うと胸が張り裂けそうに辛く、悲しい。

がらり。

戸を引き開ける音で、おるいはわれに返った。夕食の膳を持って、そろりと入ってきたのは堀部安之助である。味噌汁の香ばしい匂いがする。

三度の食事を運んでくるのは、それぞれ別の男だった。夕食は安之助の担当である。

おるいの前に静かに膳をおくと、

「昏《くら》いな」

つぶやいて、安之助は行燈《あんどん》に灯を入れた。その様子をおるいはぼんやり見ている。

「寒くないか？」

「いえ……」

おるいがかぶりを振った。軟禁されているとはいえ、待遇は決して悪くなかった。手焙《てあぶ》りもあるし、炬燵《こたつ》も据えられている。浪人たちの物腰も丁重である。

「さ、冷めないうちに」

「いただきます」

素直にうなずいて箸《はし》をとった。

安之助が炭櫃《すびつ》の炭を手焙りにくべながら、

「赤川大膳どのはちょっと癖のある人だが、山内さんはいい人だ。あの人の話は信用できる」

問わず語りにそういった。おるいは黙って箸を運んでいる。安之助がふり向いた。

「まだ、あの人を疑っているのか」

「いえ、疑ってはいませんけど……、話があまりにも大きすぎて……」

「しかし、事実は事実だ」

御落胤《ごらくいん》の話である。

「おれは半次郎どのがうらやましい」

「うらやましい？」

おるいが箸を持つ手をとめて、けげんそうに安之助の顔を見た。

「半次郎どのには実の父親がいる。それだけで、うらやましい」

「堀部さまは……？」

「いない」

「亡くなられたのですか」

「生まれたときからいないのだ」

おるいは、はっと声をのんだ。

「おれはこの歳になるまで紛《まが》いものの人生を歩いてきた――」

自嘲《じちょう》の笑みをきざんで、安之助はそういった。もちろん、おるいにはその言葉の意味がわからない。安之助は実の父親の顔さえ知らずに生い育ってきた。一方の半次郎は正真正銘の将軍家の御落胤である。ふたりの境涯には天と地ほどの差があった。

安之助はいま、その半次郎を主君にいただいて新たな人生を踏み出そうとしている。

「おれにとって、半次郎どのは心の支えなのだ。生きるよすがといっていい」

「………………」

「おるいどの」

「はい」

「わかってやってくれ。半次郎どのの気持ちを……」

「公方《くぼう》（将軍）さまは、本当に半次郎を御落胤とお認めになられるでしょうか」

おるいが不安そうにいった。

「確かな証《あかし》がある。それに先日山内さんがいわれたように、吉宗公は婢女《はしため》の子から将軍になられたお方だ。きっと認めてくださる」

一瞬の沈黙があった。天窓から差し込んでいた残照は、もう消えている。ややあって、

「で……、わたしは何をすればいいんですか？」

おるいが細い声で訊《き》いた。

「半次郎どののそばについていてくれればいい。半次郎どのも不安なのだ。そなたがそばにいてくれれば、心強いだろう」

ほんの一瞬だったが、おるいはちらっと恥じらうような微笑を見せて、小さくうなずいた。

その笑みを見て、おるいの心を閉ざしていた氷塊がようやく溶けたと安之助は思った。


夕闇《ゆうやみ》がにじんでいる。

竹の折戸を押して、母屋に通じる小径《こみち》に出たとき、ふと足をとめて前方に目をやった。裏庭の石灯籠《どうろう》のかたわらに佇《たたず》む人影があった。山内伊兵衛である。歩みよって背中に声をかけた。

「何をなさっているのですか」

伊兵衛がゆっくりふり向いた。

「月を観ている」

ほの暗い東の空に、手鞠《てまり》のように小さな白い月がぼんやりと泛《う》かんでいる。

「月の満ち欠けはおもしろい。人の運命《さだめ》にも似てな」

抑揚のない、低い声でつぶやいた。安之助にはその声がよく聴こえなかった。つかつかと歩みよると、やや昂《たかぶ》った調子でいった。

「おるいどのがようやく承知してくれました」

「そうか」

「あとは半次郎どのが御落胤の名乗りを上げるだけですね」

「うむ」

「いつごろのおつもりですか」

「それなりの体裁をととのえてからだ」

「体裁、と申しますと？」

「まず頭数をそろえる。四十は欲しい」

「四十！」

安之助は瞠目《どうもく》した。現在、この屋敷には二十人近い浪人が衣食している。それでもかなりな大所帯なのに、さらに二十人を増やすとなると、これはもう五、六千石の旗本並みの数である。

「――安之助」

「はい」

「おぬし、博奕《ばくち》をしたことはあるか」

「ええ、何度か……」

「勝ったことはあるか」

「いえ」

「けちな博奕を打つやつは、必ず負ける」

「…………」

「博奕は大きく打つものだ。大きく打って大きく勝つ。今度の仕事もそれと同じことよ。われらは半次郎という勝ち札を手に入れた。この勝ち札で大博奕を打つ」

「大博奕……！」

「そう、これは将軍家相手の大博奕なのだ。そのためには半次郎を大きく見せなければならぬ。……わかるか？　家来の数は多いに越したことはないのだ」

安之助は感嘆した。赤川大膳や南部権太夫と違って、伊兵衛には底知れぬふところの深さがある。

（この人はいったい何者なのだろう）

改めてそう思った。じつのところ、安之助は伊兵衛の過去については何も知らなかったのである。矢島主計《かずえ》からも何も聞かされていない。ただ「あの人についていけば間違いない」と、そういわれただけである。

「安之助」

伊兵衛が穏やかな笑みを泛かべていった。

「明日から、おるいを半次郎の部屋に移してやってくれ」

「かしこまりました」

半刻後。

下谷黒門町の染物屋『丸菱屋』の座敷に、伊兵衛の姿があった。

染め物の見本の確認と、代金の交渉をするために足を運んだのである。あるじの嘉次郎が染め上がった反物を手ぎわよく伊兵衛の前にひろげた。「徳川葵《あおい》」の紋所を染めぬいた紅白の幔幕《まんまく》や旗幟《きし》などである。その丁寧な仕事ぶりと廉価な代金に満足した伊兵衛は、

「では、本染めのほうをよろしくお願い申す」

と嘉次郎に丁重に礼をいって『丸菱屋』を出た。

ついで伊兵衛が訪れたのは、日本橋堀江町の指物師・喜七の家だった。これは具足《ぐそく》櫃《びつ》や調度品などの注文である。

図面をわたし、値段の交渉をして喜七の家を辞すると、伊兵衛はさらにその足で神田塗師町の塗師・長五郎の家に向かった。喜七が作った具足櫃や調度類に葵の紋を入れさせるためである。

いうまでもなく、幕府の許可なしに「徳川葵」の定紋を使用するのは、御定法できびしく禁じられている。こうした仕事を、名の通った染め物屋や塗師が引き受けるは

ずはなかった。だが、いつの時代にも表と裏を使い分けて、したたかに生きている人間はいる。『丸菱屋』の嘉次郎、指物師の喜七、塗師の長五郎もそのたぐいの職人だった。

つぎに伊兵衛が向かったのは、日本橋駿河《するが》町だった。将軍家御落胤の体裁をととのえるためには、ほかにもまだやらなければならぬことが山ほどある。鎧甲冑《よろいかっちゅう》、刀剣槍《やり》、衣服、什器《じゅうき》類の調達。そして、何よりも伊兵衛を悩ませていたのが、莫大《ばくだい》な資金の調達だった。すべての準備をととのえるには、少なく見積もっても三百両はかかる。四十人の浪人から五両の支度金を徴収したとしても総額二百両にしかならない。残りの百両をどこから集めるか。

そのために伊兵衛は、毎夜のごとく金策に奔走していた。ねらいは日本橋や神田界《かい》隈《わい》の新興の商人たちである。成り上がりの彼らにとって、大名旗本の御用達看板は垂《すい》涎《ぜん》の的だった。その金看板をちらつかせて、なにがしかの金を出させようというのである。現代ふうにいえば、これから事業を立ち上げるベンチャービジネスが、中小企業の経営者から投資を募るといったところであろう。

この夜、伊兵衛は五軒の商家を訪ね歩いたが、成果はまったくなかった。

2

同じころ。

刀弥平八郎は、深川門前仲町の小料理屋『千鳥』で酒を飲んでいた。お勢に聞き忘れていたことがあったので、あらためて出直してきたのである。

店は客で満杯だった。お勢がひとりで客の注文をさばいていた。てんてこ舞いの忙しさである。平八郎は酒を飲みながら客が引けるのを待った。五ツ（午後八時）ごろになって、客がちらほらと引けていった。いま店内にいるのは、平八郎と職人体の男が二人だけである。

卓の上の徳利や猪口、皿小鉢などを片付けおえて、ほっと一息ついているお勢に、

「姐《ねえ》さん」

平八郎が声をかけた。

「お酒ですか」

「いや、ちょっと訊きたいことがあるんだが……」

「ああ、この間のご浪人さん」

お勢は憶えていた。先日とは打って変わって愛想のいい笑みを浮かべている。

「申し訳ありませんけどね。あたし、本当に知らないんですよ」

「いや、そのことではない。赤川大膳が短刀を持っていたのを憶えているか？　拵《こしら》えの立派な短刀だ」

『天一《あまくに》』のことである。その売り渡し先がわかれば、大膳を探す手掛かりになる。

「憶えてます。日本橋の小道具屋で大枚はたいて買ったっていってましたよ」

「誰かに売り渡したという話は聞いているか」

「いいえ、そんな話は聞いてません。この短刀だけは絶対に手放せないって、最後まで後生大事に持ってましたよ」

「最後まで？」

「つまり、あたしが家を出てきたときまで……。あれを売ってお金に換えていれば、もうちょっとは長続きしたのかもしれませんけどね。金の切れ目が縁の切れ目ってわけですよ」

そういって、お勢は厚化粧の顔に皮肉な笑みをきざみ、そそくさと奥へ去った。

——とするなら……。

宮の宿で大膳に会ったとき、金に困って『天一』を手放したと大膳はいっていたが、あの話は嘘だったのか。嘘だとすれば、その理由はともかくとして、大膳がいまも『天一』を持っている可能性はある。

『千鳥』を出ると、先日とは別の道すじをたどって、平八郎は帰途についた。永代橋をわたって西詰をすぐ右に折れ、大川端を北上して両国に向かった。柳橋から猪牙船《ちょきぶね》に乗るつもりだったのである。

夜空が澄んでいる。

白い大きな月が真上にあった。その月明かりを頼りに、平八郎は黙々と歩きつづけた。

しばらくして、前方に新大橋が見えた。大洪水から一カ月半をへたいまも、長さ百十六間（約二百十メートル）の橋は、西のたもとから四十間（約七十メートル）ほどが崩落したまま、巨獣の屍《しかばね》のように無残な姿を、白い月明かりにさらしていた。

新大橋の西詰の広場には、橋の修築普請に使われる丸太や角材が、小山のように積み上げられていた。その山の間を通りぬけた瞬間だった。

キーン！

闇《やみ》の奥で鋭い金属音がひびいた。平八郎は反射的に数歩跳びさがり、木材の陰に身をひそめて、闇に目をこらした。四、五人の人影が入り乱れて斬り合っている。よく見ると、四人の侍が野犬の群れのように、ひとりの浪人に牙《きば》を向けていた。浪人は防戦一方である。すでにかなりの傷を負っているらしく、足がもつれ、躰《からだ》が泳いでいる。

次の瞬間、平八郎は無意識裡《り》に材木の陰から飛び出していた。

「な、なにやつ！」

侍のひとりが叫んだときには、もう平八郎は乱刃の輪の中にいて、抜きざまに放った一刀がひとりひとりの胴を薙《な》いでいた。すかさず三方から斬撃がきた。左からきた剣尖《けんせん》を峰ではね返すと、躰を独楽《こま》のように回転させて、背後の侍の腕を斬り飛ばし、右のひとりを逆袈裟《けさ》に斬り上げた。瞬息の二人斬りである。刀をはね返された侍が、すぐさま体勢を立て直して渾身《こんしん》の一刀を送ってきた。横に跳んでそれをかわすと、そのまま侍の背後に廻り、肩口に叩きつけるような一撃を浴びせた。侍の肩がざっくり割れて血潮が噴き出し、砕けた肩胛骨が小石のように飛び散った。

平八郎は、その侍が地に伏せるのを待たず、血塗りの刀をそのまま鞘《さや》に納め、枯れ草の上にうずくまっている浪人のもとに走りよった。浪人は肩で荒い息づかいをしている。全身朱泥をあびたように血にまみれていた。助け起こそうとして屈《かが》み込んだ瞬間、平八郎は思わず息をのんだ。

「山内どの……！」

浪人は山内伊兵衛だった。血まみれの顔をあげて、焦点の定まらぬ眼で平八郎の顔を見ると、

「と、刀弥どの、か……」

かすかにそういって、がっくりと首を折り、そのまま意識を失った。

（早く手当てをしなければ）

伊兵衛の躰を背負って立ち上がったものの、この界隈に医者の心当たりはない。探すにしても、新大橋の西詰周辺は武家屋敷ばかりで、門限もとっくにすぎている。

（そうか！）

そのとき平八郎の脳裏にひらめいたのは、蔵前の札差『上総屋』の蔵法師の家だった。室鳩巣が執筆をしている部屋の棚に、薬箱がおいてあったのを、平八郎は思い出した。

なまこ壁の米蔵が立ち並ぶ路地に、伊兵衛を背負った平八郎が重い足取りでやって来たのは、それから四半刻後だった。路地の奥の蔵法師の家の窓にほんのりと明かりがにじんでいる。

（先生は、まだいたか……）

がらりと引き戸を開けた。奥の畳部屋で文机に向かっていた鳩巣が、驚いて顔をあげたが、すぐに平八郎と気づいて、にっこり微笑《わら》った。

「なんだ、平八郎か――」

「夜分すみません。怪我人を連れて来ました」

「怪我人？」

平八郎はずかずか土間に踏み込んで、上がり框《かまち》に腰を落とし、背中の伊兵衛を静かに畳に横たわらせた。鳩巣が心配そうにのぞき込む。

「ひどい傷だな。どこで拾って来た？」

「新大橋です。四人の侍にめった斬りにされていました」

「そうか……おおっ、この男は……」

突然、鳩巣が驚声を発して、しわのように細い眼を一杯に見開いた。

「尹明彦《ユンミヨンオン》ではないか！」

「えっ」

平八郎は一瞬けげんな表情を示し、

「この男は山内伊兵衛という浪人者です」

「それは和名であろう。間違いない。この男は尹明彦じゃ」

「唐人ですか」

「いや、韓人《からびと》じゃ。……それより平八郎、手当てが先じゃ。急げ」

「はい」

平八郎は部屋のすみの蒲団《ふとん》を引き出して敷きのべると、その上に伊兵衛の躰を横たわらせて、ずたずたに裂けた衣服を脱がせた。肩から胸、背中にかけて、無数の切り傷が走っている。

鳩巣が勝手から焼酎《しょうちゅう》の徳利を持ってきた。

「これで傷口を拭《ふ》いてくれ」

「はい」

受け取って手拭《てぬぐ》いに焼酎をしみ込ませ、伊兵衛の傷口の血を拭きとる。その間に鳩巣が薬箱と白木綿のさらしを用意した。焼酎で躰の血をきれいに拭いとると、傷口に血止めの塗り薬を塗り、その上から白木綿のさらしを巻いた。伊兵衛は死んだように昏々《こんこん》と眠りつづけている。多量の出血のためか、顔は紙のように白い。

「もう少し手当てが遅れていたら、死んでいただろう。よかった、よかった……」

鳩巣が安堵《あんど》の吐息をついた。

「ところで先生、尹明彦とは何者なのですか」

「朝鮮通信使の通詞《つうじ》じゃよ」

鳩巣がぽつりと応えた。

朝鮮通信使とは、李氏《りし》朝鮮王国が正式に外国に派遣する外交使節団のことである。「お代替わり信使」の別称もある通り、徳川幕府の将軍が代わるたびに「将軍襲職祝賀」のために来聘《らいへい》するのが恒例となっていた。

八代将軍・吉宗の将軍襲職を賀して、第九次朝鮮通信使が来聘したのは、九年前の享保四年（一七一九）である。六月二十七日に対馬に着いた一行は、船で壱岐《いき》を経由して筑前にわたり、筑前から陸路で江戸に向かった。

正使・洪致中《ホンチヂュン》以下、副使、従事官、上判官、軍官、医官、書記などから成る総員四百七十九名の大行列である。江戸に着いたのは九月二十八日、一行の江戸での客館は浅草の本願寺だった。

江戸城内で国書の奉呈式が行われる前日、室鳩巣は吉宗の侍講、大学頭《だいがくのかみ》・林鳳岡《ほうこう》や幕府の儒官らと、本願寺をおとずれ、正使の洪致中と会談した。その会談の場に同席していたのが、通詞（通訳）の尹明彦（山内伊兵衛）だった。

「……当時二十七歳。若年ながらなかなかの切れ者じゃったよ」

しわのように細い眼をまたたかせて、室鳩巣はしみじみと述懐した。

「しかし、九年前に来聘した男が、なぜ、いま江戸に……？」

「わからぬ。わしも驚いた。どう考えてもわからぬ」

情報通の鳩巣にしては、めずらしいことである。いい換えれば、鳩巣でさえ知りえない深い秘密を、山内伊兵衛（尹明彦）は持っている、ということでもある。

「帰国の途中に一行から脱走者が出たという話も聞いておらんしのう」

「もし、そんな事件が起きていたら、大騒ぎになっていたでしょう」

「ふむ」とうなずいて、ゆっくり腰をあげ、

「わしはそろそろ自宅に帰らねばならん。すまんが平八郎、この男のことは頼んだぞ」

「とんだご迷惑をおかけして申し訳ございませぬ。お気をつけてお帰りください」

「では……」

文机の上の風呂敷包みを小脇にかかえ、鳩巣は飄然《ひょうぜん》と出ていった。

3

——ゴーン、ゴーン……。

浅草弁天山の鐘が鳴りはじめた。

明け六ツ（午前六時）の鐘である。

その鐘の音ではなく、底冷えのするような朝の冷気で、平八郎は目が覚めた。伊兵衛は蒲団の中でまだ昏々と眠りつづけている。

火鉢の火が消えかかっていた。あわてて炭を足して、鉄瓶に水瓶の水を満たして、火鉢にかけた。

鉄瓶の湯が沸いたころである。

ふうっ、と大きく息をついて、伊兵衛が寝返りを打った。平八郎が枕辺に近づいてのぞき込むと、伊兵衛はぽっかり眼をあけて、不審そうに部屋の中を見まわした。

「ここは……?」

「気づかれたか」

「おぬしは……？」

まだ事態が理解できていないらしい。

「刀弥平八郎」

「とね？　……あっ！」

小さな声を発して、伊兵衛が起き上がろうとすると、
平八郎が制して、

「無理をなさるな」

「怪我の具合はいかがかな」

と訊いた。

「おかげで血はとまったようでござる。痛みもだいぶやわらいだ。ご心配にはおよばぬ」

そういって、伊兵衛はゆっくり上体を起こし、蒲団の上に胡座《こざ》した。

「茶でもいれよう」

棚の茶筒をとって急須に茶をいれ、鉄瓶の湯をそそいだ。

「さ、茶を飲んで躰を温めなされ」

「かたじけのうござる」

「ところで山内どの、昨夜の四人の侍は何者ですか？」

「あの侍は……」

伊兵衛は一瞬ためらうようにくちごもりながら、

「対馬《つしま》藩の目付衆でござる」

「対馬藩！」

「じつは、わたしは……」

「昨夜、室先生から聞きました」

「室先生？　……室鳩巣先生ですか！」

今度は伊兵衛が驚いた。

「先生は城づとめのかたわら、札差《ふださし》の蔵法師をなさっている。ここは蔵前の蔵法師の家です」

「そうですか……、室先生とは浅草の本願寺で一度だけお目にかかりました。よく憶えていますよ。居並ぶ幕府儒官の中でも、先生は別して碩学《せきがく》、弁舌もさわやかでした」

伊兵衛は懐かしそうに目を細めた。

「差し支えなければ、詳しいわけを……」

平八郎が話をうながすと、

「ありていに申し上げよう」

伊兵衛は淡々と語りはじめた。

厳しい鎖国令がしかれる中、八代将軍・吉宗が、第九次朝鮮通信使一行を最大級の礼をもって迎えたのは、おのれの将軍襲職を賀するために来日した大がかりな使節団を、幕威高揚の宣伝に利用しようとしたからである。

これより二十余年前、六代将軍・家宣が将軍職を襲位したさい、側近の新井白石は幕府の財政窮乏を理由に、通信使迎接の旧例をことごとく改変した。経費節減のために食事の膳の数をへらし、料理の中身を変え、煙草盆の質まで落としたのである。当然のことながら、第八次通信使一行は、幕府につよい不満と不信感をいだいて帰国した。

吉宗は、将軍襲位と同時に新井白石を幕閣から追放し、朝鮮通信使来聘のさいの礼式をすべて旧例にもどした。そうすることによって朝鮮王国の信頼を回復し、ひいては将軍たるおのれの威望を高めようと図ったのである。

享保四年十月朔日《ついたち》。

江戸城内・白木書院で国書の奉呈と進献品の披露がおわると、松の間で通信使接待の大饗宴《きょうえん》がひらかれた。朝鮮側の参席者は正使・副使・従事官のいわゆる「三使《サムサ》」である。日本側は将軍吉宗以下、紀伊中納言・徳川宗直《むねなお》、水戸中将・徳川宗尭《むねたか》、四老中、幕府高官らが相伴した。ちなみに御三家筆頭、尾張継友《つぐとも》は病気のために参席していない。

同じころ。通信使一行の客館・本願寺では、一つの事件が起きていた。上判官のひとりに日本人と思われる男から密告書が届けられたのである。密告の内容は、通信使一行の中にひそかに朝鮮人参《にんじん》を隠し持ち、それを密売して不当な利益を得ている者がいるという、驚愕《きょうがく》すべき事実だった。

当時、朝鮮人参を国外に無断で持ち出すことは国禁とされ、禁を犯して十両以上の利益を得た者は、死罪に処された。驚いた上判官は、朋輩《ほうばい》と相談してすぐさま全員の荷物を検《あらた》めた。

その結果、三人の使臣の行李《こうり》の中から、合わせて二十斤（十二キロ）の朝鮮人参と銀子千百五十両、黄金二十四両が発見された。これは間違いなく死罪に相当する量である。

だが、即刻三人を処断するわけにはいかなかった。ここは日本国内である。自国の犯罪人のために、将軍襲位という慶事を血で汚すわけにはいかなかった。

上司の従事官と協議した末、三人の犯罪者を重病人と偽って駕籠《かご》に押し込め、朝鮮に連れ帰ってから処罰することに決まった……。

「その三人の罪人のひとりが……」

茶をすすりながら、伊兵衛が淡々と語をつぐ。

「わたしなのです」

「！」

平八郎は驚愕した。

「し、しかし、なぜ通詞の貴殿がそんな大それたことを……！」

「頼まれたのです。あるご仁から」

「そのご仁とは……？」

「吉宗公です」

ためらいもなく伊兵衛が応えた。平八郎は飛び上がらんばかりに驚いた。いや、実際に尻が二、三寸浮いたかもしれない。それほど驚愕は大きかった。

「直接、依頼してきたのは、御側御用取次の加納近江守どのでした」

伊兵衛の声はあいかわらず淡々としている。

「われわれが漢城《ハンソン》を発つ三日前に、近江守どのからわたしのもとに依頼の書簡が届いたのです」

朝鮮王国の王都・漢城は、いまの韓国の首都ソウルである。

「吉宗公がぜひ日本国内で朝鮮人参を栽培したいとおおせられているので、朝鮮人参三十斤と種十斤をひそかに運び込んではもらえないか、と……」

吉宗は異国の動物だけでなく、植物、とくに薬草類にも強い関心を持っていた。小石川御薬園では馬銭子《まちんし》やトリカブト、芥子《けし》などの毒草や、忍者の携行薬である水渇丸《すいかつがん》、飢渇丸《きかつがん》の原料となる蕎麦《そば》、山芋、ハトムギなども栽培されていた。

馬銭子はフジウツギ科の常緑喬木《きようぼく》で、種子から猛毒のストリキニーネなどのアルカロイドが抽出される。紀州忍びはこの猛毒を、おもに「逢犬術《おうけんじゆつ》」に使った。「逢犬術」とは、犬のいる家に侵入するさいの犬殺しの術のことをいう。

朝鮮人参に関しては『有徳院殿（吉宗）御実紀』にも、密輸を匂わせるわずかな記述がある。

「いづれの年にかありけん。朝鮮より林駝童といへるもの、人参二本をたづさえ来りて献じれば、駝童には白銀を賜り。人参は吹上の園中に植られる」

「駝童」という名前もどこか怪しげだが、たった二本の人参を「たずさえ来たり」という表現もうさんくさい。しかもこの記述には日時、場所、「駝童」以外の幕府側の人物の名はいっさい記されていないのである。

「で、取り引きの首尾は？」

平八郎が訊いた。

「浅草寺の境内で、藪田《やぶた》定八という男に渡しました」

藪田は、二年前に平八郎が斬殺した「お庭番」の領袖《りようしゆう》である。その代価として伊兵衛は銀千百五十両、黄金二十四両を藪田から受け取った。

「わたしの行李《こうり》の中から見つかったのは、その金なのです」

「密告者に心あたりは？」

「対馬藩の密偵でしょう」

伊兵衛があっさりと応えた。

対馬藩は、対馬国（長崎）を領有した外様中藩で、肥前・筑前・下野国《しもつけ》の一部にも飛び地を有していた。肥前佐賀で生まれ育った平八郎には、なじみ深い藩である。

初代藩主・宗義智《そうよしとし》は、豊臣秀吉の朝鮮出兵後断絶していた朝鮮との修好回復につとめ、その努力を買われて朝鮮通信使を護行する役割と、貿易船派遣の特典をあたえられたが、義智の跡をついだ義成《よしなり》のときに「国書改竄《かいざん》事件」が発覚し、それを契機に幕府は、朝鮮国からの公式文書を検閲するために、「以酊庵《いていあん》輪番」という監察制度を対馬藩に設置した。いわば目付役のようなものである。以来、幕府と対馬藩の関係はぎくしゃくしたものになっていた。

対馬は古来より「対馬に良田なし、海物を獲ってくらす」といわれるように、主食となる米穀の生産が少なく、生活の資のほとんどを朝鮮との貿易に頼らなければならなかった。わけても藩の財政を大きく支えたのは朝鮮人参だった。対馬藩は釜山に薬種方をおいて朝鮮人参の輸入に力をそそぎ、藩の専売品として一般の販売を厳しく禁じていた。

その朝鮮人参を、あろうことか、通信使の使臣たちがひそかに日本国内に持ち込み、幕府に売り渡そうとしていたのである。対馬藩が黙ってこれを見過ごすわけはなかった。

伊兵衛が語をつぐ。

「とはいえ、将軍職襲位という慶事のさなかに、表立って通信使に抗議することは、さすがにはばかられたのでしょう」

対馬藩が打った手は「密告」という陰湿な手段だった。

「対馬藩の密告で事件が発覚したことを、幕府は知らなかったのですか」

訊いたあとで、平八郎は愚問だったことに気づいた。仮に知っていたとしても幕府は無視したに違いない。なぜなら伊兵衛（尹明彦）に密輸をそそのかしたのは、幕府自身なのだから……。

すぐに質問を変えた。

「朝鮮に連れ戻されたはずの貴殿が、いまここにいるというのは……?」

「自分でも不思議ですよ。運がよかったとしかいいようがありません」

そういって、伊兵衛はほろ苦く微笑った。

4

享保四年十月十五日。

江戸でのすべての式典を終えた朝鮮通信使一行は、往路と同じ行程をたどって帰途についた。

東海道をゆったりと西上して、翌十一月一日、京都に到着した。一行を出迎えたのは、京都所司代の松平伊賀守忠周《ただちか》である。伊兵衛（尹明彦）にとって「僥倖《ぎようこう》」ともいうべき事件が起きたのは、正使・洪致中と副使、従事官の「三使《サムサ》」が京都所司代の表書院で休息しているときだった。幕府の命令を受けた松平忠周が、その夜の一行の宿泊先が方広寺であることを「三使」に告げると、

「何かの間違いではござらぬか！」

突然、正使の洪致中が声を荒らげて噛《か》みついた。

「方広寺は豊臣秀吉が建てた祈願寺でござる。ご承知のとおり、秀吉はわが国百年の仇《かたき》、不倶戴天《ふぐたいてん》の敵にござる。そのような場所に止宿することは断じて出来申さぬ！」

松平忠周は、いささか面食らいながらも、

「それは異なことを申される。方広寺が秀吉の祈願寺とは、われら日本人も知らざる

ところ。思い違いは御正使のほうではございませぬか?」

やんわりとかわしたが、内心穏やかではなかった。もし通信使一行に宿泊を断られたら、京都所司代としての面子《メンツ》は丸つぶれになり、下手をすれば責任問題にも発展しかねない。

(さて、どうしたものか?)

松平忠周は、このとき弱冠二十五歳である。洪致中の気迫に押された忠周は、いったん座を退がり、所司代の重職たちと善後策を協議した。

問題は、方広寺が秀吉ゆかりの祈願寺であるか否か、の一点にかかっていた。

結論からいえば、洪致中が主張したとおり、方広寺は豊臣家の祈願寺として、秀吉の時代に創建されたものである。だが、その後地震や火災で寺院は崩落焼失し、再建を見ぬまま秀吉はこの世を去った。

のちに秀吉の第二子・豊臣秀頼が方広寺を再建したが、その鐘楼の梵鐘《ぼんしょう》に「国家安康・君臣豊楽」の銘文がきざまれていたことから、

「余の名が『安』の字で二分されている。これは余を亡き者にせんとする証にほかならぬ」

と徳川家康が難癖をつけた。世に有名な「鐘銘事件」である。これをきっかけに家康は、大坂冬の陣、夏の陣をひき起こし、豊臣家を滅亡させて天下の覇権をにぎった。

秀頼が再建した方広寺は、寛文二年（一六六二）の地震でふたたび焼失したが、三代将軍家光の時代に再建され、本尊の観音像も復旧された……。という記述を、京都所司代の書物方が家蔵本『日本年代記』のなかに見つけて、松平忠周に報告した。

「うむ、これで論破できる」

と、よろこび勇んだものの、すでに通信使一行は所司代を退出して、分宿の準備にとりかかっていた。忠周はすぐに正使・洪致中を呼びもどし、『日本年代記』の「方広寺は家光の代に再建された」という記述だけを示して、必死に説得をつづけた。明らかにこれはまやかしだったが、異国の人間にわが国の史書を覧《み》せるのは、国禁を犯すことになる、それを覚悟でお覧せしているのだ、という忠周の言葉に打たれた洪致中は、

「われらは方広寺が秀吉の祈願寺だという伝聞を信じて宿泊の儀をお断り申したが、この史書によれば、徳川氏の建立であることは明白。無礼の段、平にご容赦くだされ」

素直に謝罪すると、即座に伝令を飛ばして京都各所の寺院に散った一行に、東山阿《あ》弥《み》陀《だ》ガ峰山麓《さんろく》の方広寺に集合するよう命じた。

だが、各所に分散した四百七十九名の使臣たちを、再度一カ所にまとめるのは容易なことではない。しかも、所司代との「方広寺論争」が長引いたために、伝令の通達が行きわたったときには、すでに陽が没していた。あわてて荷物をまとめたり、駕籠

や荷車の手配をしたり、外出した者を探しに行ったりと、あちこちの分宿先で大混乱が生じていた。

伊兵衛（尹明彦）は、その混乱に乗じて逃亡したのである。二人の仲間はすぐに捕らえられたが、運よく追捕《ついぶ》を逃れた伊兵衛は、夕闇にまぎれて京都を脱出、琵琶湖畔《びわこはん》の道をたどって近江国野洲守山《やすもりやま》へと夜旅をつづけた。

野洲から東に下る主要街道は二つあった。東海道と中山道である。

やや迷った末に、伊兵衛は往路で通った東海道を選んだが、結果的にこの選択はまちがいだった。このときすでに、通信使を護行してきた対馬藩の藩士が、東海道に追捕の網を張っていたのである。が、もとより伊兵衛は知る由もない。人目を避けるために昼間は水車小屋や野小屋で仮眠をとり、陽が落ちるのを待ってふたたび夜旅をつづけた。二日目の夜、俗に「鈴鹿の嶮《けん》」といわれる近江《おうみ》・伊勢の国境の峠道にさしかかった。そのときである。

降るような星明かりの中に、忽然《こつぜん》と三つの黒影が立ちふさがった。

「尹明彦《ユンミヨンオン》だな」

ひとりが野太い声で誰何《すいか》した。対馬藩の藩士たちである。伊兵衛の背筋に電撃のような戦慄《せんりつ》が奔《はし》った。背後は切り立った岸壁である。三人の侍がじりじりと迫ってくる。

伊兵衛は無腰だった。分宿先の寺から逃亡するとき、二十斤の朝鮮人参を風呂敷につつんで持ち出すのがやっとで、刀や脇差《わきざし》を探す余裕はなかった。

三人の武士がやおら抜刀した。洪致中から斬り捨てるように命じられたのであろう。三人の切っ先には殺気がみなぎっていた。ひとりが刀を振りあげて地を蹴《け》った……、と見た瞬間、信じられぬ光景が伊兵衛の目にとび込んできた。

「わッ」

悲鳴をあげてのけぞったのは、斬りかかってきた侍だった。盆の窪《くぼ》から喉元に小柄《こづか》が貫通している。ほとんど同時に、ほかの二人も悲鳴を発して峠道に転がった。倒れた三人の死骸《しがい》のかたわらに男が立っていた。黒々と髯《ひげ》をたくわえた凶悍《きょうかん》な面貌《めんぼう》、垢《こう》衣蓬髪《いほうはつ》、乞食のように薄汚い身なりの浪人者である。

「ふふふ、久しぶりに人を斬った。気分がいい」

浪人は残忍な笑みを泛かべながら、刀の血ぶりをして鞘に納めると、

「恩を着せるつもりはないが、拙者、いささか手元不如意。今夜の宿代を恵んではもらえぬか」

ぬっと手を差し出した。

「生憎《あいにく》、金子の持ち合わせはございませんが……」

と背中に背負った風呂敷包みを差し出した。包みの中身を見た浪人はにんまりとほくそ笑んだ。

「ほう、朝鮮人参か……、これは高く売れる。よし、わしが売ってやろう。名古屋まで同道せぬか」

さそわれるまま、伊兵衛は浪人と一緒に名古屋に向かった。この浪人が、じつは赤川大膳だったのである。名古屋の城下で何軒かの薬種問屋をたずね歩き、一番高い値をつけた店に朝鮮人参を売った。一斤十七両、総額三百四十両の大金が手に入ったのである。

「ところで、おぬしはこれからどうするつもりだ?」

大膳が訊いた。

「小田原という町が気に入りました。できれば小田原で何か仕事でも見つけて、ひっそりと暮らしたいと……」

「そうか。では小田原まで一緒に行こう」

ふたりはまた旅をつづけた。

小田原で別れるとき、伊兵衛は命を助けてもらった礼として、惜しげもなく三百両の大金を大膳に渡した。大膳が江戸に着いたとき所持していた三百両は、その金だったのである。

「それから九年の歳月をへた今年の八月……」

言葉を切って、伊兵衛は冷めた茶で喉をうるおした。

窓の障子が白々と明るんでいる。

「突然、大膳が小田原の拙宅を訪ねて来たのです」

そこまで聞けば、平八郎にも察しがついた。

「御落胤の一件……、ですね？」

伊兵衛が無言でうなずく。

「なぜ断らなかったのですか」

「わたしは追われ者です。断ればどうなるか……、おわかりでしょう」

大膳は伊兵衛の素性を知っている。断れば対馬藩に密告するだろう。大膳のことだから金で売るかもしれない。伊兵衛が何よりも恐れたのはそのことだった。

「それに――」

伊兵衛の表情に、初めてためらいの色がにじんだ。

「……わたしにも野心があった」

「野心？」

「半次郎が大名に取り立てられた暁には、わたしもそれなりの処遇を受けたいと
……」

「…………」

平八郎はその言葉の裏に、伊兵衛の本心を見抜いていた。立身出世だけが目的ではなく、身分の安堵が欲しかったに違いない。大名家の、それも将軍家の血すじを引く大名家の臣下となれば、対馬藩も二度と手を出すことはできないだろう。つまり、半次郎を主君に推戴することによって、伊兵衛は命の保障を得ようとしたのである。

「さて、そろそろわたしは……」

傷ついた躰をかばいながら、伊兵衛がよろよろと立ち上がった。

「その躰では無理だ。拙者がお送りいたそう」

「ご厚情はありがたいが……」

「伊兵衛どの」

「――――」

「おるいは無事ですか」

「……むろん」

伊兵衛が短く応えた。

「逢わせてもらえませんか？　一目だけでも」

真率な声だった。平八郎がおるいの安否を気づかうのは当然のことである。伊兵衛は平八郎の気持ちを一瞬に理解した。おるいを拉致《らち》したことへの後ろめたさもある。誤解を避けるためにも一度逢わせておいたほうがよいだろう。そう思ってうなずいた。

「では、お言葉に甘えて送っていただこう」

平八郎は手早く火鉢の火を始末すると、

「どうぞ、拙者の肩に……」

伊兵衛の腕をとって自分の肩にかけ、ゆっくり土間に下りた。

5

蔵法師の家を出て一丁も歩かぬうちに、伊兵衛が傷の痛みを訴え出した。蔵前から目と鼻の先の諏訪町《すわちょう》である。家並みはまだ固く戸を閉ざしている。人の往来もほとんどない。

「駕籠を探して来ます。ここで待っててください」

いいおいて、平八郎は走り去った。駒形の町木戸を出たところで、客待ちをしている町駕籠を見つけてすぐに引きもどり、伊兵衛を駕籠に乗せて根岸に向かった。

浅草寺の裏手から吉原田圃《たんぼ》に出る。

見渡すかぎり荒涼とした冬枯れの田畑である。白い朝もやの彼方に、吉原遊廓《ゆうかく》を囲《い》繞《にょう》する黒板塀と妓楼《ぎろう》の屋根が、まるで砦《とりで》のように黒々と浮かび立っていた。朝帰りの遊び人が田圃の真ん中で立ち小便をしている。根岸に着くまで人の姿を見かけたのは、その男だけだった。

五ツ（午前八時）ごろ、「時雨の館」に着いた。伊兵衛を駕籠から下ろすと、抱きかかえるようにして網代門《あじろもん》をくぐった。浪人たちが朝食の支度をしているらしく、「館」の奥からあわただしい物音が聞こえてくる。

「左に……」

伊兵衛が小声でいった。玄関の前から竹垣で仕切られた小径が左方につづいている。その径を行くと、灌木《かんぼく》で囲まれた小さな離れ家が見えた。以前はこの寮の下働きの者の住まいだったのだろう。柿葺《こけらぶ》きの屋根の粗末な家である。戸口の前に張り番の若い浪人が所在なげに立っていた。

気配に気づいて、その浪人が顔をふり向けた瞬間、

（あっ）

思わず平八郎は息をのんだ。浪人は堀部安之助だった。安之助もすぐ平八郎に気づいて、

「刀弥どの！」

と駆け寄ってきたが、平八郎の肩によりかかっている伊兵衛を見て、さらに驚愕した。

「いかがなされたのですか！」

「事情はあとで話す。おるいはいるか？」

「はい」

安之助はすかさず踵を返して、離れ家の戸を引き開けた。戸口に立ったまま、伊兵衛が小声で平八郎にいった。

「ひとりで逢われたほうがよい。さ……」

うながされるまま、平八郎は三和土《たたき》に足を踏みいれた。

おるいと半次郎は、奥の六畳間で茶を飲んでいた。

「ごめん」

破れ襖《やぶすま》を引き開けて、突然入ってきた平八郎を見て、おるいは金縛りにあったように躰を硬直させた。何か言おうとしているのだが、驚愕のあまり声が出ない。半次郎も狐《きつね》につままれたような顔でぽかんと平八郎を見た。

「……話は山内どのから聞いた」

胸の昂りをおさえるように低い声でそういうと、平八郎はおるいの前に静かに腰をおろした。おるいは戸惑いながら、ちらりと半次郎に目をやって、小さくいった。

「ちょっと外してくれる？」

「うん」

半次郎は素直にうなずいて出ていった。

裏の雑木林から野鳥のさえずりが聞こえてくる。

「山内さまとは、お知り合いでしたか」

伏目がちに、おるいがいった。

「うむ。妙な縁があってな……。少しやつれたようだが、具合でも悪いのか」

「いえ……、ただ、このことを刀弥さまにお知らせすることが出来ず……、それだけが心苦しくて……」

「大膳一味にかどわかされたことは知っていた。ひどい目にあわされているのではないかと案じていたが、無事でなによりだった」

「もう二度と、刀弥さまにはお逢い出来ないのではないか、と……」

そういって、おるいは声を詰まらせた。瞬時の沈黙があった。ややあって、

「これからどうするつもりだ?」

平八郎がぽつりと訊いた。

「しばらく半次郎のそばにいてやりたいと思います」

「しばらく?」

「将軍さまにお目通りが叶《かな》うまでです。それを見届けたら、わたしの役目もおわります」

「そのあとは……?」

平八郎が矢継ぎ早に訊く。

「紀州へ帰ります」

「江戸にとどまる気はないのか？」

その言葉の意味が理解できず、おるいはいぶかしげに平八郎の顔を見た。

「おれと一緒に江戸で暮らす気はないか」

「刀弥さま……」

にじり寄るなり、おるいは物狂おしげに平八郎の胸に顔をうずめた。その細い肩を抱いて、平八郎はそっと唇を吸った。甘い、馥郁《ふくいく》たる香りが口中にひろがった。おるいの肩がかすかに顫《ふる》えている。

できればこのまますぐにでも、おるいを連れ出したかった。むろん不可能なことはわかっている。おるいの身の安全を考えると、大膳一味と事を構えるわけにもいかなかった。

「おるい――」

ゆっくり躰を離した。

「半次郎と吉宗公の対面が叶った暁には……、必ず迎えにくる」

おるいは応えなかった。ただ黙ってうなずいただけである。膝の上にぽとりとひとしずく涙が落ちた。平八郎は指先でおるいの目尻の涙をぬぐうと、未練をふり切るように足早に部屋を出て行った。

戸口に安之助が立っていた。山内伊兵衛の姿はなかった。

「もう、よろしいんですか」

安之助がふり返って言った。

「うむ」

「上野の山下までお送りしろと申しつかりました」

「そうか」

「裏口から出ましょう」

安之助は背を返して、離れ家の裏手に向かって歩き出した。

雑木林をぬけると、前方に木戸門が見えた。いまにもひしげそうな古びた門である。

その門をくぐり、藪《やぶ》におおわれた細い道を行く。やがて音無川のほとりに出た。

灰色の雲におおわれた空から、ほのかに薄陽が差している。

「昨夜、何かあったのですか?」

時雨の丘のふもとにさしかかったとき、先を行く安之助が突然ふり返って訊いた。

「山内どのから聞いていないのか?」

「いえ、何も」

とすれば、伊兵衛は意識的に隠しているのかもしれぬ。そう思ってとっさに嘘をついた。

「酔っぱらいにからまれたそうだ」

「驚かれたでしょう?」

安之助が照れるように笑った。昨夜の事件のことではなく、「時雨の館」で再会したことをいっているのである。

「おぬしがいっていた『仕官』とは、あれだったのか」

平八郎の声には軽侮のひびきがこもっていた。安之助はそれを敏感に感じとっている。

「自分は仕官したつもりでいます。いずれ半次郎どのは大名に取り立てられるのですから」

「吉宗公とは、いつ対面させるつもりなのだ?」

「山内さんは、来年になるだろうと」

「来年か……」

ふと遠くに目をやった。

音無川の川辺で水鶏《くいな》の群れが餌《え》をついばんでいる。

「おるいどのとは、どこで知り合ったのですか」

安之助が卒然と訊いた。

「佐屋街道だ……。山伏に追われていたところを、おれが助けてやった」

「そうですか」

「安之助」

「はい」

「おれの本心を正直にいおう」

「…………」

「おるいだけは……、御落胤騒ぎに巻き込ませたくないのだ」

「騒ぎ？　……騒ぎですか、あれは」

安之助が不服そうにいった。

「半次郎が御落胤の名乗りをあげたら間違いなく騒ぎになる。天下の大騒動だ」

「…………」

「赤川大膳のねらいもそこにある。世間が騒いでくれれば、幕府も無視できなくなるからな」

平八郎の指摘は正しかった。山内伊兵衛はまさにその「騒ぎ」を起こすために巷《ちまた》の浪人をかき集め、旗幟《きし》をあげる日の準備をしているのである。

「たしかに、その意味では騒ぎになるかもしれません。しかし……」

「わかっている。おれはそれが悪いとはいってない。ただ、その騒ぎにおるいを巻き込ませたくないだけだ」

「なぜですか？」

「惚《ほ》れているからだ」

照れも衒《てら》いもなく、ずばりと応えた。安之助は虚をつかれたような顔で足をとめた。

「大膳という男は信用できぬ。おるいに何かあったら、おぬしが力になってやってくれ」

「刀弥どの……」

「頼む」

軽く頭を下げて、平八郎は歩度を速めた。

信じられぬ顔で安之助は、そのうしろ姿を見つめている。

第九章　天一坊

1

ばしゃっ。

水音とともに、二尺はあろうかと思われる見事な錦鯉がはね上がった。

四谷の旧大久保邸の池である。池のほとりに立って鯉に餌《えさ》を与えているのは、松平通春と側室の春日野。その二人を見守るように星野織部《おりべ》（藤馬）が背後に跪座《きざ》している。

師走《しわす》とは思えぬ穏やかな日和《ひより》である。陽差しの強さは、むしろ異常といっていい。

享保十三年という年は、何かの凶兆のように天象異変がつづいた年だった。正月十六日の夜には江戸の上空に光り物が飛び、三月は広島で大火災が発生、七、八月は諸国で水害、九月には江戸が大風水害に見舞われ、十月には浅間山が噴火。そして、師走のこの異常な暖かさである。

池の鯉に無心に餌を投げ与えていた通春が、ふとふり返って藤馬を見た。

「織部、餌はもうないのか？」

「はあ、生憎《あいにく》……」

「では致し方ない。春日、これでしまいにしよう」

通春が子供をあやすような口調でいった。

「はい」

と、春日野が微笑でうなずいた。大輪の花のように華やかで美しい笑顔である。吉原では「小式部」の源氏名で呼ばれていたこの女に、自分の「春」の一字をとって「春日野」と名づけたほど、通春はこの女をこよなく愛していた。もちろん春日野を身請けしてからは吉原通いもやめている。

「では、わたくしはこれで……」

一礼すると、春日野は打ち掛けの裾《すそ》を華麗にさばきながら去っていった。

通春が目を細めて見送り、ひとりごちるようにつぶやいた。

「腹の赤子《やや》はすこやかに育っているようだ……」

「それは祝着に存じまする」

「春日野は気性のさっぱりした女だ。男の子を産んでくれそうな気がする」

「とあらば、ますます祝着にございまする」

通春がゆっくり歩を踏み出した。藤馬も立ち上がってあとに従《つ》く。

「ときに織部」

「はあ？」

「吉宗公が嫡男の家重公に跡をゆずる決意をなされたという話は聞いておるか」

唐突に訊《き》いた。

「いえ、初耳でございます。意外でございますな」

藤馬がそう思ったのも無理はなかった。病弱で言語障害のある家重が将軍職につくことはまずあり得ない、というのが一般的な見方だったからである。家重よりも、心身ともに壮健で、才気煥発《かんぱつ》な次男の小次郎が後継の有力候補と目されていたのだが……。

「次男の小次郎君、三男の小五郎君にはそれぞれ別家を与え、いずれは神君（家康）の御三家に倣《なら》って『御三卿《ごさんきょう》』を立てる心づもりらしい」

「御三卿を……？」

「将軍家の血すじが絶えたときの備えにな。いい換えれば……」

言葉を切って、通春はふっと冷笑を泛《う》かべた。

「尾張・紀州・水戸の三家に将軍の座を渡さぬための備えでもある」

「し、しかし、神君・家康公が御三家を立ておかれたのは……」

いいおわらぬうちに、通春が言葉をかぶせた。

「それを言うても始まるまい。神君直系のお血すじは四代・家綱公で絶えたのだ。そのときに三家の役割もおわっている」

始祖・徳川家康のあと、二代・秀忠、三代・家光、四代・家綱と受け継がれてきた家康の血すじが傍系に流れたのは、五代将軍・綱吉のときだった。四代・家綱に世継ぎの嫡子がなかったために、ここでぷっつりと直系の血脈が途切れたのである。

四代・家綱の跡目相続は、家綱の長弟・綱重《つなしげ》の嫡男・綱豊《つなとよ》（甲府二十万石）と、末弟・綱吉（館林《たてばやし》二十五万石）の間で争われた。つまり、叔父（綱吉）と甥《おい》（綱豊）による分家同士の争いに発展したのである。泥沼の政争の果てに、結局、五代将軍は館林藩主の綱吉に決まったのだが、幕府内部には、兄・綱重の子をさしおいて将軍の座を奪取した綱吉への反発が少なくなかった。

通春がつづける。

「常憲院《じょうけんいん》（綱吉）さまは、甲府宰相・綱豊公の巻き返しを恐れていた。それゆえ一日もはやく嫡子をもうけ、わが子に将軍職を継承させようと焦っておられたのが……」

綱吉の期待を一身に担った嫡男・徳松が夭折《ようせつ》したあと、子にめぐまれなかったために邪教にすがり、天下の悪法「生類憐《あわ》れみの令」を布告して子宝祈願をした。

一方で綱吉は、ひとり娘の鶴姫を紀州家の長男・綱教《つなのり》（吉宗の長兄）に嫁がせて、鶴姫の腹に生まれた子を後継にしようという策も講じていた。

「だが、その鶴姫君も子を生《な》さぬまま他界し、万策尽きた常憲院さまは、やむなく後継の座を甥の綱豊公に明け渡された……」

その綱豊が六代将軍・家宣《いえのぶ》である。

家宣の綱吉に対する怨念《おんねん》の凄《すさ》まじさは、「余が亡きあとも百年つづけよ」と綱吉が言い遺した「生類憐れみの令」を、将軍襲職と同時に撤廃したことや、側近の柳沢《やなぎさわ》吉保《よしやす》を政権の座から追いやったことにも如実にあらわれている。

さらに家宣は、綱吉がひいきにしていた紀伊徳川家に対しても根深い恨みをもち、

「紀州は敵である」

とまでいった。坊主憎けりゃ袈裟《けさ》まで憎しである。家宣が遺言書に「七代・家継のあとは尾張どのに」としたためたのは、継承の順位を重んじただけではなく、紀伊徳川家に対する反感があったからであろう。

「だが、吉宗公は……」

いいかけて、通春はふと足をとめた。楓《かえで》の枝からすっと蜘蛛《くも》の糸がたれて、豆粒ほどの蜘蛛が鼻面に下りてきたのである。通春はそれを片手で払い落とすなり、無造作

に踏みつぶした。

「文昭院（家宣）さまのそのご遺志を……吉宗公は踏みにじった。踏みにじって将軍の座を簒奪《さんだつ》した……」

通春は白皙《はくせき》の端整な顔に、軽侮の笑みをにじませた。

「その挙げ句、ぬけぬけとこんなことをのたもうた。『何事も権現様（家康）の成しおかれたる通りこそ然るべけれ』とな」

それは神祖・家康の武断政治への回帰でも踏襲でもなく、「余こそ神祖以来の大統をつぐ本流である」と宣言したようなものだった。つまり、吉宗は第二の家康になろうとしたのである。その意味で「中興の祖」という史家の評価は正鵠《せいこく》を射ている。

「これまでの将軍家の争いは、世子断絶によって血脈が絶えたときに起きた、いわば『血の争い』であった。吉宗公はそのことをよく知っている。御三卿の創設は、まさに吉宗公の血を絶やさぬための備えなのだ」

藤馬は黙っている。黙って聞きながら別のことを考えていた。館林徳川（綱吉）から甲府徳川（家宣）、そして紀州徳川（吉宗）とたらい回しにされてきた権力の座を、御三家筆頭の尾張徳川に引きもどす手だては一つだけあった。

（『天一《あまくに》』だ。『天一』さえ手に入れば……）

吉宗を将軍の座から引きずりおろすことができる。藤馬の喫緊《きっきん》の要事はそれだった。

「わしも早く世継ぎが欲しい」

通春がぽつりといった。

「何としても春日野には、男児を産んでもらわなければ――」

「殿……」

「尾張の血を絶やさぬためにもな」

そういうと、通春はくるっと背を返して足早に立ち去った。

通春の異腹の兄、尾張六代藩主の継友には嫡子がいない。しかも明日をも知れぬ重病の身である。継友に万一があれば、異母弟の通春に七代藩主の座がまわってくる。

だが、その通春にもまだ世継ぎとなる嫡男がいなかった。今年、通春は三十三歳。

(殿も、もうお若くはない……)

藤馬には通春の焦りが痛いほどわかるのである。


侍屋敷にもどると、奥から小萩が出てきて、

「平八郎さまがお見えです」

と告げた。

「居間におるのか?」

「いえ、縁側でお待ちです」

「そうか」

藤馬はそのまま踵《きびす》をめぐらせて玄関を出、庭に回った。縁側の日溜《だ》まりで、平八郎が黙然と茶を喫している。かたわらにどかりと腰を据えると、

「わしに何か用か？」

いきなり訊いた。

「長いあいだ世話になったが……、そろそろ屋敷を出たいと思ってな」

「ここの暮らしに飽《あ》いたか？」

「……やはり、おれには浮き草暮らしが性に合っているようだ」

「江戸を出るつもりか？」

「いや、町家住まいをしようと思っている」

「そうか、あえて引き留めはせんが……」

と、いいつつ肩衣《かたぎぬ》を脱いで、

「今年の冬は馬鹿陽気だな。ここは暑い。部屋に上がらんか」

と、縁側に上がりかけるのへ、

「赤川大膳の行方がわかったぞ」

思わぬ言葉が返ってきた。縁側に足をかけたまま、藤馬がゆっくり振り向いた。

「大膳の行方が……？」

「根岸に住んでいる。『時雨の丘』のふもとの荒れ屋敷だ。これがおれの置き土産だと思ってくれ」

「それは何よりの土産だが……、おぬしに去られるのは、やはり寂しい。もう一度考え直してはもらえんか」

「今度こそおれは本気で侍を棄てるつもりだ。髷《まげ》も切る。刀も棄てる。何もかも棄てて一から出直すつもりだ」

藤馬が悲しげな目で平八郎を見た。

「そうか、そこまで腹を決めたか――」

「おぬしには本当に世話になった。この恩は生涯忘れぬ。ごめん」

「平八郎」

「…………」

「達者でな」

「おぬしも――」

淡泊な別れである。一揖《いちゆう》して、平八郎は背を返した。その姿が枝折戸《しおりど》の向こうに消えるのを見計らったように、背後の襖《ふすま》がからりと開いて、小萩が入ってきた。

「跟《つ》けさせましょうか」

「いや、ほっておけ」

「…………」

「あの男はしょせん群れからはぐれた一匹狼《おおかみ》、野に放っておくのが一番じゃ。それより小萩……」

「わかっております」

間髪をいれず、小萩が応えた。

「赤川大膳の居所ですね？」

「うむ」

「すぐ調べさせましょう」

2

日本橋通りの室町三丁目から東に入る路地を、俚俗《りぞく》に「浮世小路」と呼んだ。江戸切絵図には「ウキヨコウジ」と記されているが、正しくは「ウキヨショウジ」という。家康入国直後、加賀出身の江戸町年寄・喜多村氏がこの地に住んだところから、当時は加賀の者がこのあたりに多く住んでいて、小路を「ショウジ」と加賀の方言で呼んだのが、その由来だという。

平八郎が新たに居を構えた「浮世長屋」は、その路地の東外れにあった。路地の突きあたりは伊勢町堀の掘留めで、南側には小さな稲荷社があった。江戸の中心街にしては閑静な場所である。

家主の新兵衛は、今川橋で口入れ屋を営む義侠心《ぎきょうしん》の厚い男で、どことなく死んだ徳次郎に似ていた。因みに「口入れ屋」とは、私設職業斡旋所《あっせんじょ》のことをいい、人宿《ひとやど》、肝煎《きもいり》、桂庵《けいあん》ともいった。

面倒見のいい新兵衛が、夜具や簡単な家財道具まで用意してくれたので、平八郎は身ひとつで越してくることができた。長屋の建物はかなり古いが、部屋の中は手入れが行き届いていて、住み心地は悪くなかった。問題はこれからの生活《たつき》である。四谷の旧大久保邸に寄食していた二カ月半、藤馬から月五両の捨て扶持《ぶち》をもらっていた。その蓄えが六両ほどあった。長屋を借りるのに二両ほど使い、残金は四両あまり。当面の暮らしには困らないが、先行きはかなり心細い。

(ま、一、二カ月の辛抱だ……)

堀部安之助の話によると、赤川大膳一味が将軍家御落胤《ごらくいん》の旗幟《きし》をあげるのは来春だという。おるいはそれを見届けて半次郎のもとを去るといった。その日に備えて、平八郎はこの長屋を借りたのである。おるいをここに迎え入れたら、即座に髷を落とし、刀を棄てようと本気で考えていた。

この二年あまりの間に平八郎が見てきたものは、汚濁にまみれた武家社会の不毛な抗争であり、無益な殺し合いだけだった。さながら吹き荒れる野分けのような、そのどす黒い政争の渦に平八郎は巻き込まれ、翻弄《ほんろう》されてきた。

（あれはいったい何だったのだろう）

いま思うと何もかもが絵空事だったような気がする。正直なところ、『天一《あまくに》』が誰の手に渡ろうが、もはや平八郎の知ったことではなかった。将軍家と尾張家の政争も、別世界の出来事にすぎない。それより気がかりなのは、おるいのことである。

赤川大膳の企みが思惑どおりに運ぶとは思えなかった。むしろ失敗する可能性がつよい。吉宗が半次郎をわが子と認めたところで、巨勢一族が承知しないだろう。彼らは吉宗の異父弟・風間新之助を闇《やみ》に葬っている。半次郎が新之助の二の舞いにならないという保証は何もない。

大膳の企みが失敗したとき、おるいはどうなるか？　それを考えると不安でならなかったが、ただ一つだけ、心に期することがあった。

藤馬である。このあと藤馬がどんな手に打って出るか。成り行きしだいでは、『天一』の行方をめぐって藤馬と赤川大膳の間で一悶着《もんちやく》起こるかもしれぬ。むしろ起きてくれることを、平八郎は期待していた。それによって大膳の企てが頓挫《とんざ》すれば、おるいも一味から解放される、と思ったからである。藤馬に赤川大膳の居所を知らせた裏には、じつはそうした計算もあったのだ。

九月二日、三日の大雨で流失した両国橋の修築工事は、三カ月たったいまも、遅々として進まなかった。おかげで両国広小路は、かつての賑わいが嘘のように閑散と静まり返っている。それに引き換え、一歩裏に入った米沢町三丁目の薬研堀界隈《やげんぼりかいわい》は、以前にも増して繁盛していた。広小路の遊客の大半がここに流れてきたからである。

薬研堀の堀端の沸くような賑わいの中に、ほろ酔い機嫌で歩いている髯《ひげ》面の浪人者がいた。赤川大膳である。この夜、大膳は山内伊兵衛と南部権太夫をさそって、久しぶりに外で酒を飲んだ。伊兵衛と権太夫は半刻（一時間）ほど前に先に帰ったが、大膳は米沢町二丁目の曖昧宿《あいまいやど》に立ち寄って女を抱いた。酒を飲むと女を抱きたくなるのが、大膳の癖である。

薬研堀の雑踏を避けて、大膳は横山町に足を向けた。表通りで駕籠《かご》を拾おうと思ったのである。人けのない薄暗い路地を夜風が吹き抜けていく。

「赤川大膳どの、か」

暗がりでいきなり声をかけられた。立ち止まって声のほうを見ると、黒塗りの笠をかぶった黒ずくめの侍が二人、つかつかと歩み寄ってきて、大膳の左右にぴたりとついた。

「おぬしたちは……？」

太い眉をよせて、大膳が誰何《すいか》した。

「話がある。同道願いたい」

左の侍がいった。低い声だが、声の底に有無をいわせぬ高圧的なひびきがあった。

右の侍の手は刀の柄頭にかかっている。かすかに鍔《つば》が鳴った。

「用があるなら、まず名乗るのが礼儀であろう」

憮然《ぶぜん》といい棄てて、歩を踏み出そうとした瞬間、前方の路地から二人の侍がぬっと姿をあらわし、大膳の行く手に立ちふさがった。これも黒塗りの笠、黒ずくめの侍である。

「う、うぬら、いったい何者だ！」

大膳の顔から血の気がひいた。酔いも醒めている。

「さ、まいろう」

左右の侍が大膳の腕をとった。前方の二人が踵を返して、後方の三人を先導するように歩き出した。大膳は抵抗をあきらめた。抵抗しても勝てるような相手ではないことを瞬時に悟ったからである。

ほどなく神田川の土手に出た。

闇の奥にちらほらと揺れている火影は、柳橋の船宿の明かりであろう。四人の侍は土手の斜面を下り、川原の枯れ草を踏みわけて川岸に向かって歩いていく。

「あれにお乗りくだされ」

前を歩いていた侍が足をとめて、前方を指さした。桟橋に屋形船がもやっている。

「船……？」

大膳がけげんそうに見た。左右の侍が大膳の腕を放し「早く行け」といわんばかりに背中を押した。恐る恐る川岸から桟橋に下りた。屋形船の障子に船行燈《あんどん》の明かりがほのかににじんでいる。

頰かぶりの船頭が障子を引き開けて、大膳をうながした。ためらいながら、大膳は船に乗り込んだ。船頭がぴしゃりと障子を閉める。胴の間にしつらえられた膳部の前で、肩幅の広い、大柄な武士が静かに盃をかたむけていた。星野藤馬である。

「ご無礼つかまつった。ま、一盞《いっさん》」

飄然《ひょうぜん》と藤馬が盃を突き出した。

「貴殿は……？」

大膳は達磨《だるま》のような眼で藤馬の顔を探り見た。

「尾張藩小姓《こしょう》惣役《そうやく》・星野織部」

「尾張？　……で、用件とは」

「ずばりうかがい申す。貴殿、『天一』を所持しておられるか？」

「あまくに？」

「志津三郎兼氏の名刀でござる」

「しかし、なぜそれを？」

「拙者の問いに応えていただきたい」

「あれは……、とうに手放し申した」

「手放した？」

藤馬の顔がゆがんだ。失望の色がありありとにじみ出ている。この瞬間に二人の立場は逆転したといっていい。大膳の顔には余裕の笑みすら泛かび、逆に藤馬の声の調子は極端に沈んだ。

「売り渡し先を教えてはもらえまいか」

「生憎だが……、いまは申し上げられぬ」

「それは困ったことじゃ」

一転して、藤馬は開き直ったように声を高めた。

「拙者ではなく、おぬしにとってな」

「と申されると？」

「ここから無事には出られまい」

脅迫だった。いや、大膳の出方いかんによっては本気で斬るつもりだった。桟橋で待機している四人の御土居下衆にも、事前にそのことは申し渡している。

「ふっふ」

大膳がしたたかな笑みを泛かべた。

「いまは申し上げられぬ、と申したはずだが……」

「では、いつなら話してもらえるのだ？」

「星野どの」

と、大膳が膝《ひざ》を乗り出して、

「手前と取り引きをするつもりはござらぬか」

「取り引き？」

「じつは……」

盃を口に運びながら「御落胤」のあらましを語り、大膳は最後にこういった。

「年明け早々には『御落胤』の名乗りを上げて、吉宗公との対面を図りたいのだが、何分にも資金不足で準備が遅滞しておる」

「つまり、その金を出せと？」

「二百両。『天一』の所在は、ことが成った暁にお教え申す」

「なるほど……」

藤馬は腕組みをして沈思した。

（話としてはおもしろい）

吉宗は嫡男の家重を後継に据え、次男の小次郎、三男の小五郎に別家を立て、いずれはその二家に一家を加えて「御三卿」を創設するつもりである。それには何としても、もうひとり男児が必要だった。半次郎が正真正銘の「御落胤」であれば、その一人になり得る可能性はある。

ここで大膳と手を組んでおけば、将来、「御三卿」の中に尾張と息の通じた一卿が誕生する、という仮想はともかくとして、半次郎の出現で世間は大騒ぎになり、吉宗政権が大きく揺れるであろうことは想像にかたくなかった。『天一』探索はそれを見届けてからでも遅くはない。

「おもしろい。その取り引きに乗ろう」

「ふふふ、尾張藩が後ろ楯《だて》になってくれれば、われらとしても心強うござる」

大膳が満足げに嗤《わら》った。

明けて、享保十四年（一七二九）己酉《つちのととり》、正月十日。

師走の異常な暖かさも、年明けと同時に一変した。例年どおり厳しい寒気が江戸の街をつつみ込み、家の屋根も地面も霜で白一色に染められている。

その朝、浮世小路でぼや騒ぎが起きた。小路の東外れの稲荷社から火が出たのである。発見が早かったせいか、さいわい火は祠《ほこら》の板壁を焦がした程度で消しとめられた。

昨夜の寒さをしのぐために乞食が侵入して、祠の中で煙草を吸ったのが出火原因らしい。

平八郎は何となく不吉な予感を覚えた。

（おるいの身に何かあったのでは……）

そう思うと、悪いことばかりが頭の中を駆けめぐる。不安に駆られて平八郎は長屋をとび出した。行き先は根岸、「時雨の館」である。早足で歩いているつもりだったが、いつの間にか無意識に走っていた。頰に当たる空気が冷たい。というより、皮膚を切り裂くように痛い。だが、その痛さも上野の山下にさしかかったころには感じなくなった。

しばらくして前方に時雨の丘が見えた。

異変を看取したのは、丘のふもとを通過したときである。

雑木林の向こうから、何やらけたたましい物音がひびいてくる。大木が倒れるような音や、何かが崩落する音に混じって、荒々しい男たちの喚声が聞こえてくる。

「時雨の館」の網代門を走り抜けた瞬間、いきなり顔面を殴りつけられたような衝撃を受けて、平八郎は立ちすくんだ。塵《ちり》と埃《ほこり》がもうもうと立ち込める中で、十数人の鳶《とび》職人が手に手に掛矢《かけや》や鳶口《とびぐち》、手斧《ておの》などを持って「時雨の館」を取り壊している。離れ家や土蔵は跡形もなく消えていた。母屋もほとんど原型をとどめていない。

立ち働いている鳶のひとりを捕まえて、

「おい、これはどういうことなのだ！」

急《せ》き込むように訊いた。

「見たとおり、取り壊してるんでさ」

鳶がにべもなく応えた。

「誰に頼まれた？」

「家主さんで」

「ここに住んでいた浪人たちはどこに移った？」

「品川の常楽院って寺だそうで」

面倒くさそうに応えて鳶が背を返したときには、もう平八郎は走り出していた。

3

江戸の「喉口」といわれる品川宿は、海に沿って南北二十町（約二キロ）に延びる細長い宿場で、目黒川を境に北品川と南品川に分かれている。享保七年（一七二二）、この二宿に茶屋町とよばれていた地域が歩行新宿《かちしんしゅく》と名称を変えて加えられ、三宿併せて「品川宿」とよばれるようになった。

平八郎は、目黒川にかかる中之橋をわたって南品川宿に向かっていた。

南品川宿の周辺には寺が多い。

三世伊藤一刀斎の墓がある妙国寺、太田道灌《おおたどうかん》の持仏が祀られている品川寺、『広重絵日記』で有名な常行寺、紅葉の名所として知られる海晏寺《かいあんじ》など、数えあげれば枚挙にいとまがない。

中之橋をわたって、東海道をしばらく南下すると、右に折れる細い道があった。これは徳川氏入府以前の東海道の古道で、俚俗に「池上道《いけがみみち》」とよばれ、池上を経由して中原街道に通じる道である。

葉を落とした木々の梢の間から、弱々しい冬の陽光が差し込んでいる。

池上道を半丁も行くと、やがて前方の木立の中に古色蒼然《そうぜん》とした山門が見えた。扁《へん》額《がく》に『秋葉山・常楽院』とある。宿場の人の話によると、この寺はもともとが修験道当山派の古刹《こさつ》で、住職が病没したあと十年ばかり廃寺になっていたという。

修験道とは、日本古来の山岳信仰が密教や道教の影響のもとに、平安時代の中ごろに一つの宗教体系として確立されたもので、天台宗寺門派の聖護院《しょうごいん》を本寺とする勢力を「本山派」といい、真言宗系の醍醐《だいご》の三宝院《さんぼういん》を本寺とする勢力を「当山派」といった。

山門をくぐって参道に足を向けた瞬間、

「何用だ」

ふいに野太い声がした。見ると、門の右手に箱番所が立っている。その番所から二人の浪人者が出てきて、うろんな目で平八郎を見た。

「山内伊兵衛どのに御意を願いたい」

「そこもとは……?」

「刀弥平八郎と申す」

「しばし待たれよ」

と、ひとりが小走りに去った。参道の奥に茅葺《かやぶ》き屋根の本堂が見える。浪人は本堂の左奥の方丈に駆け込んでいったが、すぐに若い浪人を伴ってもどってきた。堀部安之助である。

「おう、安之助……」

「お久しぶりです」

「根岸の屋敷を訪ねたら、品川に移ったと聞いたのでな。気になって様子を見にきた。伊兵衛どのはおられるか?」

「はい。ご案内いたします」

安之助が先に立って歩き出した。

方丈の玄関の前にも、見張りらしき浪人が二人、手槍《やり》を持って立っていた。何やら妙に物々しい感じだ。玄関を上がると、右手に広い板敷きの部屋があり、襖が開け放たれたままになっていた。数人の浪人が碁を打ったり、書見をしたり、刀の手入れをしたり、思い思いにくつろいでいる。部屋のすみには刀や槍、小具足《こぐそく》、鎧櫃《よろいびつ》などが乱雑に積み重ねてある。

突き当たりの部屋の前で、安之助が足をとめ、

「どうぞ」

と襖を引き開けた。一歩部屋に足を踏み入れたとたん、平八郎は思わず瞠目《どうもく》した。修験寺の方丈とは思えぬほど立派な造作の部屋である。

唐紙《からかみ》は金銀の箔《はく》付け、朱塗りの燭台が二基、床の間には三幅対の掛け軸と青磁の香炉。上座に繧繝縁《うんげんべり》の二畳台がしつらえられ、その上に総髪を左右の肩に流し、紫の衣に古金襴《こきんらん》の袈裟がけの男が端座している。かたわらに控えているのは、羽織袴《はかま》姿の山内伊兵衛である。

「いつぞやはお世話になり申した。ささ、どうぞ」

伊兵衛が穏やかな笑みを泛かべて座蒲団《ざぶとん》をすすめた。平八郎は着座するなり、

「このお方は……？」

二畳台の上の男にけげんな目を向けた。

「住持の常楽院大膳でござる」

応えたのは二畳台の男である。声に聞き覚えがあった。平八郎は改めて男の顔を見直した。

「ふふふ、刀弥どの、一別以来だのう」

あっ、と息をのんだ。顎《あご》の髯《ひげ》はきれいに剃《そ》っているが、太い眉と達磨のように大きな眼は、まぎれもなく赤川大膳だった。

「こ、これは一体……」

「大膳どのは、もともとが美濃百八十寺を管轄する常楽院のご養子……、これが本来のお姿なのでござる」

抑揚のない、吏僚のような口調で伊兵衛がいった。

「驚かれたか、はっははは」

大膳は口をあけて高笑いし、

「これで準備万端ととのった」

くだけた調子でそういうと、二畳台から下りて、平八郎の前にどかりと腰を下ろした。

「わしは家老職、山内どのは側用人、ほかの者たちにもそれぞれ役職を与えた。あとは公儀の使者を待つだけよ」

「幕府から使者が……？」

平八郎が疑わしげに訊きかえすと、

「来るはずでござる」

伊兵衛が言下に応えた。

「われらの噂《うわさ》は宿場のすみずみに行きわたっておるゆえ、いずれは――」

南品川宿は関東郡代・伊奈氏の支配地である。伊兵衛のいうとおり、「御落胤」の噂は宿場雀のもっぱらの話柄となっていた。その噂が郡代・伊奈半左衛門の耳に届かぬわけはない。が、ことは将軍家に関わる重大事である。関東郡代が独断で処理できるような問題ではなかった。当然、郡代屋敷から幕府に報告がなされるはずである。とすれば……、

「早晩、公儀から検分の使者が差遣されるに相違ない。われらはそれを待っているのでござる。十日、いや早ければ一両日中に、郡代からその旨通達がござろう」

「ま、しかし、ここまで来れば焦ることもあるまい。果報は寝て待てだ。それより……」

大膳がなれなれしげに平八郎の肩に手をかけた。

「刀弥どの、いまからでも遅くはないぞ。われらの仲間に加わらんか。役職はまだある。禄高もおぬしの望みどおりつかわそう」

「ご厚志かたじけのうござるが……、お断り申す」

きっぱり拒否すると、伊兵衛に向き直り、

「半次郎どのはいずれに？」

「奥の部屋におられます」

「では、一言ご挨拶《あいさつ》を……」

と、腰をあげると、

「刀弥どの」

大膳が呼び止めた。

「半次郎どのは名を改められた。源氏天一坊改行《かいぎょう》とな」

「源氏天一坊！」

「そのこと、承知おかれよ」

物言いも態度も、すっかり家老になり切っている。

「安之助、刀弥どのをご案内いたせ」

伊兵衛がうながした。

安之助の案内で、奥の部屋に向かった。

半次郎とおるいは茶を飲んでいた。大膳と同じように半次郎も総髪の髪を肩に垂らしている。平八郎を瞠目させたのは、半次郎が身につけている衣裳だった。葵《あおい》の紋を織り出した白綾《しらあや》の小袖の下に柿色綾《かきいろあや》の小袖をかさね、紫の丸帯、古金襴《こきんらん》の法眼袴《ほうげんばかま》、顕紋紗《けんもんしゃ》の十徳《じっとく》という善美をつくした身なりである。おるいは艶《あで》やかな打ち掛けをまとい、まるで女雛《めびな》のように半次郎に寄りそっている。

「刀弥さま……！」

おるいが虚をつかれたような顔で平八郎を見た。

「その後、変わりはないか」

「はい。おかげさまで」

平八郎は二人の前に腰をおろし、まじまじと半次郎の顔を見た。

「半次郎どの……、いや天一坊どの、立派になられたな。見違えるほど立派になられた」

「ありがとう存じます」

半次郎が頭を下げた。

「これも偏《ひとえ》に赤川大膳どののおかげでございます」

言葉つきも変わっている。

「父上にお目にかかれる日が待ち遠しゅうございます」

これは半次郎の素直な気持ちである。だが、平八郎の心にその言葉は虚《むな》しくひびいた。果たして吉宗は、半次郎を自分の落とし胤《だね》と認知するだろうか。仮に吉宗が認めたとしても、巨勢十左衛門が承知するかどうか、それが問題だった。風間新之助の無残な死を思うと、懐疑的にならざるを得ない。もっとも新之助は吉宗の異父弟だったが、半次郎は自分の血を分けた実の子である。いかな十左衛門といえども、将軍の実子を手にかけるようなことはすまい、という一縷《いちる》の期待も心のすみにあった。

安之助をまじえて、しばらく四人で歓談したあと、

「おぬしたちの元気な姿を見て安心した。次に逢《あ》うのは祝いの席になるだろう」

といって平八郎は立ち上がった。廊下に出るとおるいが小走りに追ってきて、

「ご門までお送りします」

ささやくような声でいった。

「……間もなく公儀の使者が検分にくる」

参道を歩きながら、平八郎がいった。

「ご公儀の御使者が？」

「と、伊兵衛どのが申していた。ご対面の日もそう遠くはあるまい」

「わたし、何だか怖いような気がします」

「怖い？」

「公方さまが……、もし、お認めになられなかったら、半次郎はどうなるのでしょうか？」

つらい問いかけだった。平八郎も内心それを危惧《きぐ》している。

「悪いようには考えないほうがいい」

そうとしか応えようがなかった。歩をとめて、おるいの顔を見た。

「日本橋の浮世小路に住まいを構えた。おまえと一緒に暮らすための住まいだ」

「刀弥さま……」

「半次郎と吉宗公のご対面の日が決まったら、おまえを迎えにくる。必ずくる」

「………」

おるいの唇が顫《ふる》えている。

平八郎は背を向けて、歩き出した。

4

数日後。

江戸城中奥の長廊下を、初老の武士がすべるような足取りでやってくる。

南町奉行・大岡越前守忠相《ただすけ》である。

吉宗より七つ年長の五十三歳。鬢髪《びんぱつ》に白いものが交じっているが、眉毛は黒々と濃く、実年齢より二つ三つ若く見える。鼻梁《びりょう》が高く、口許がきりっと引き締まり、歌舞伎役者のような端整な面立ちをしている。

御座の間の入側《いりがわ》にひざまずくと、

「お呼びでございますか」

閉ざされた襖に向かって叩頭《こうとう》した。

「越前か、入れ」

吉宗の甲高い声がした。

神妙な面持ちで襖を引きあけて中に入り、襖を閉めて、つつっと膝行《しっこう》する。上段の間の御簾《みす》の奥に大柄な吉宗の姿が透けて見えた。人払いをしたらしく、小姓や侍臣の姿はない。

「ちこう寄れ」

「はっ」

さらに膝行して、平伏する。吉宗が下げ紐《ひも》を引いて御簾《みす》をあげた。

「先刻、関東郡代・伊奈半左衛門より気になる知らせが入った」

「と申されますと？」

「南品川宿の常楽院と申す修験寺に、余の落胤を名乗る若者がいるという話じゃ」

「う、上様の御落胤……！」

越前守の顔が凍りついた。

「それがまことであれば、捨ておけぬ……越前」

　ゆったりと腰をあげ、六尺ゆたかな巨軀《きょく》を揺すりながら下段の間に下りて、越前守の前にずしりと腰をおろした。将軍が臣下に対してこれほど心やすい態度を示すのは、異例というより、ほとんど希有《けう》のことである。

「あのころは、おれも若かった……」

　吉宗が昔を懐かしむように目を細めた。口調も変わっている。

「上様は二十九歳であらせられました」

　越前守は紀州藩主時代の吉宗をよく知っている。そのころ、越前守忠相は三十六歳、伊勢山田奉行をつとめていた。

　当時、幕府の支配地である山田領と、紀州家の領地・松阪との間で、長年にわたって境界線争いがつづいていた。山田の領民たちは松阪の領民が山田領を侵犯したとして、以前から奉行所に訴えを出していたが、歴代の奉行は紀州家の威光を恐れて、この問題を不問に付してきた。

　ところが、忠相は赴任早々に領民の訴えを取り上げ、断乎《だんこ》として山田側を理とし、松阪の農民三名を処罰した。これを聞いた紀州藩主の吉宗は、忠相の職務に対する愚直なまでの律儀さにいたく感心した。これがのちに吉宗が忠相を重用する原因になったという。

つまり、吉宗と大岡越前守はそれ以来の関係なのである。

「おれには思い当たるふしがあるのだ」

吉宗が声を低めていった。「御落胤」のことである。吉宗の放埒《ほうらつ》な女性関係は、越前守も知っている。さもありなんと思いながら複雑な表情でうなずいた。

「これは、そちにしか頼めぬ仕事だ。聞いてくれるか」

吉宗がすがるような目でいった。

「もとより……」

「御落胤と名乗る若者の素性を、そちの目で確かめてきてもらいたい」

「で、まことの御落胤であれば……？」

「おれが直々に逢う。逢ってこれまでの薄情を詫《わ》び、その子の辛苦をねぎろうてやりたい」

めずらしく声に感情が洩《も》れている。

「かしこまりました。早速午後にも……」

「よいな、これは内々の頼みだ。構えて他言はならぬぞ」

吉宗が釘を刺した。

「ははっ」

越前守はすぐさま城を下がり、数寄屋橋御門内の南町奉行所役宅にもどると急いで身支度をととのえ、内与力の池田大助と筆頭与力・吉田三五郎、そして二名の同心を従えて品川に向かった。駕籠は使わず、徒士《かち》の微行《しのび》である。

およそ半刻後……。

品川常楽院の方丈の一室に、大岡越前守と四人の従者の姿があった。

上段には御簾が垂らされ、二畳の畳台の上には錦の褥《しとね》がしかれている。畳台の左右に継裃《つぎかみしも》の赤川大膳と山内伊兵衛が常になく硬い表情で控えていた。

ややあって、安之助に付き添われた半次郎が粛然と立ちあらわれ、粛然と二畳台に着座した。鼠琥珀《ねずみこはく》に紅裏《もみうら》のついた袷小袖《あわせこそで》、下に白無垢《しろむく》、山吹色の素絹《そけん》を着込み、腰に金造りの太刀を佩《は》し、手に金地の中啓《ちゅうけい》を持っている。

半次郎が着座すると同時に、大膳が越前守の前に両手をついて慇懃《いんぎん》に頭を下げた。

「それがし、源氏天一坊改行さまの家老・赤川大膳と申すもの。本日のお役儀ご苦労にございまする」

「うむ」

越前守は威儀をつくろって軽くうなずき、

「役儀につき言葉を改める。天一坊どの、ご出生ならびにご成長の地はいずれか」

「おそれながら……」

学両院別当《がくりょういんべっとう》・源氏長者の宣旨をうけ、牛車《ぎっしゃ》、兵仗《へいじょう》を許されている。

「つまり、天一坊どのは将軍家のご嫡流であると申されるのか」

「御意にございまする」

「それを証すものは？」

「ございまする」

ちらりと大膳を見た。うなずいて、大膳がかたわらの長持から白木の箱と黒漆金蒔《まき》絵《え》の箱を取り出し、三方にのせてうやうやしく差し出した。

「上様御真筆の由緒書と、駿府久能山にて神君・家康公が紀州家に賜りし、御短刀にございまする」

「拝見いたす」

越前守は、まず白木の箱を開けて中から書状を取り出し、すばやく目を走らせた。

《沢の井へ。其方、懐妊の由。余の血筋に相違これなし。もし男子出生においては、時節をもって呼出すべし。女子たらば、其方の勝手たるべし。吉宗（花押）》

その一字一字を指でなぞるようにして確かめると、ついで黒漆金蒔絵の箱をあけて中を検《あらた》めた。一振りの短刀が入っている。縁頭は赤銅斜子《なし》に金葵《あおい》の紋散らし、目貫は金無垢の三頭の狂い獅子《じし》、金の食出《はみだ》しの鍔に金梨子地《なしじ》の鞘《さや》、刀身一尺五寸。見るからに由緒ありげな短刀である。

「これは……！」

短刀を一目見るなり、越前守は思わず声をのんだ。『天一《あまくに》』である。御側衆首座・巨勢十左衛門がこの名刀の行方を血まなこになって探していることは、越前守も知っていた。だが、この短刀に天下がくつがえるほどの重大な秘密が匿されているとは、露ほども思わなかった。

大膳がしたり顔でいう。

「志津三郎兼氏の『天一』、天下三品《てんかさんぼん》といわれる名刀にございまする。天一坊さまの天一とは、すなわちこの名刀にちなんだ僧号にございまする」

「………………」

越前守は無言。由緒書と短刀を丁重に箱にもどして三方にのせると、わずかに膝退《しったい》して二畳台の半次郎に頭を下げ、おもむろに大膳に顔をむけた。一瞬の沈黙があった。

「……かくのごとく確かなる御証拠ある上は、何をか疑い申そう。上《かみ》の御血筋に相違なく存じる」

感情のない、事務的な口調である。

「では……」

大膳の眼がきらりと炯《ひか》った。越前守の紋切り型の声がつづく。

「上聞に達せしところ、上にも御覚えあらせられ、速やかに逢いたしとの上意でござれば、いずれ近く吉日を選んで御対顔の儀取り計らいたく、ついては御日限の儀、追って御沙汰《ごさた》申し上げる」

「恐悦しごくに存じ奉りまする」

大膳と伊兵衛は口をそろえて礼をいい、深々と低頭した。そのとき二人の耳に、二畳台の上の半次郎の小さな吐息が聞こえたような気がした。


大岡越前守と四人の供が南品川宿をあとにして、高輪の大木戸にさしかかったころには、すでに陽は西の空に没していて、あたりは淡い夕闇に領されていた。

越前守の胸中には、御落胤「天一坊」に対する特別な感情はなかった。ただ吉宗に命じられた大役を無事にこなしたという安堵《あんど》感だけである。

「大助」

大木戸の柵門《さく》をくぐったところで、越前守が内与力の池田大助に声をかけた。

「はい」

「飯でも食って行こうか」

「はい」

大木戸の北側、つまり江戸側には、道をはさんで旅客の休息のための茶屋がずらりと軒をつらねている。古くは七軒あったので俚名を「七軒茶屋」ともいった。

「茶屋」といってもよしず掛けの小茶屋ではなく、いずれも壁付きの「大茶屋」ばかりで、中には二階建ての宏壮《こうそう》な茶屋もあった。

軒行燈や提灯にちらほらと灯がともり、東海道を上り下りする旅人や、これから品川宿にくり出そうという遊客で、茶屋通りはひとしきりの賑わいを見せている。

越前守一行が、とある茶屋に足を踏みいれようとしたときだった。

「越前どの」

ふいに呼び止められて、ふり向いた。背後に深編笠の武士が三人、うっそりと立っている。ひとりが顎紐《あごひも》を解いて、編笠を押し上げた。声をかけてきた武士である。その顔を見た瞬間、越前守は声も出ないほど驚愕《きょうがく》した。巨勢十左衛門だった。左右の武士は、お庭番筆頭の宮地六右衛門と第二家の川村弥五左衛門である。

「貴殿に折り入って話がござる。中へ」

低い声で十左衛門がうながした。

茶屋に上がると、十左衛門と越前守は二階座敷に、ほかの者は一階の座敷に分かれた。

「貴殿が上様から内々のご用命を賜ったことは存じておる」

着座するなり十左衛門がいった。もはや越前守は驚かなかった。その情報の通告者がお庭番の宮地と川村であることを、瞬時に悟ったからである。

「ご検分の結果を教えていただきたい」

十左衛門が訊ねると、

「上様のお血筋に相違ござりませぬ」

越前守はためらいもなく応え、検分経緯や証拠の二品のことなどを、巨細もれなく打ち明けた。吉宗に固く口止めされたにもかかわらず、である。

「越前どの、いま『天一《あまくに》』と申されたな？」

十左衛門が訊き返した。

「はい。証拠の御短刀は、まぎれもなく志津三郎兼氏の『天一』でございました」

「そうか……」

十左衛門の眼の奥に狷介《けんかい》な光がよぎった。

「だが、それだけで御落胤と認めるわけにはまいらぬ」

「は？」

「源氏天一坊、御落胤を名乗る騙《かた》りものに相違ない」

「な、なんと申される！」

「上様にはかように御返答なされよ」

「し、しかし」

「天一坊は偽者でござる！」

びしっと叩きつけるようにいった。一言の反論も許さぬ厳しい口調である。

「…………」

越前守は色を失った。憤怒に肩を顫わせながら、しかし必死にそれを耐えて頭を下げた。

5

——近々、御落胤の天一坊さまと公方さまのご対面の儀がとり行われる。

刀弥平八郎がそんな噂を耳にしたのは、一月もなかばをすぎたころだった。ふと足を踏み入れた居酒屋で、行商人ふうの男たちが声高に話しているのを聞きつけたのである。

「すまんが……」

平八郎は男たちの会話に割って入った。

「その話、間違いないか」

「へい。品川宿じゃもっぱらの噂で」

応えたのは、小肥りの気の好さそうな中年男である。

「ご対面の日はいつなのだ？」

「三日後だそうです」

「場所は？」

「八つ山御殿だと聞きやした」

八つ山は、谷山とも書く。高輪南町の南端に位置する丘陵のことで、『江戸名所図会』には、「今云ふ所は品川の入口にありて、海に臨む丘をさして、しかよべり。昔は大日山となづけるとぞ」とあり、古くは、この山に大日如来の石像が立っていたことから、大日山の異称もあった。

その小高い丘に将軍家の休息所があった。三代将軍・家光が鷹《たか》狩りのために建てさせた別墅《べっしょ》で、品川の海を一望する数寄屋造りの豪壮な殿舎である。俗に「八つ山御殿」とよばれていた。

三日後の夕刻……。

平八郎は身支度をととのえて、八つ山に向かった。高輪の大木戸をすぎたあたりから、急に人の数が増えて、八つ山のふもとに着いたときには、もう錐《きり》の立つ余地もないほどの雑踏になっていた。沿道にはよしず掛けの茶屋や屋台、床店などがひしめくように立ち並んでいる。

一方、南品川の常楽院の門前にも、黒山の人だかりが出来ていた。山門には木綿地に白と紺の三筋を染め抜いた幕が張りめぐらされ、門の左右に設置された箱番所の前では、麻裃《あさかみしも》の番士と黒羽織の下役人が見物人の人波に警備の眼を光らせている。

やがて参道の奥から、天一坊の行列が威風堂々と姿をあらわした。先供は赤川大膳と山内伊兵衛、その供方に徒士《かち》役の浪人四人、さらに番頭《ばんがしら》・南部権太夫、近習頭・本多源左衛門、大目付・矢島主計などが付き、後箱が二人、葵の紋の油箪《ゆたん》をかけた長持一棹《さお》、宰領《さいりよう》二人、徒士四人、そのうしろに天一坊をのせた栗色網代《くりいろあじろ》の乗り物がつづき、熨斗目麻裃《のしめあさかみしも》に股立《ももだ》ちをとった駕籠脇が四人、後箱二人を従えた堂々たる行列である。その行列に堀部安之助の姿はなかった。

「さすが公方さまの御落胤だ」

「立派な行列じゃねえか」

見物人たちの感嘆の声に送られて、天一坊の行列は南品川から北品川、歩行新宿《かちしんじゆく》を経由して、申《さる》の上刻（午後四時）、八つ山御殿に到着した。奇妙なことに玄関前で一行を出迎えたのは、わずか四人の侍だった。それも黒の巻羽織に着流し姿の町奉行所同心である。

一行は御殿の広書院に通された。

天一坊をはさんで左右に赤川大膳と山内伊兵衛が侍座し、その背後に南部権太夫、本多源左衛門、矢島主計など、おもだった〝家臣〟十五名が控える。

三十畳の広書院は、左右を金泥の絵襖で仕切られ、正面に上段の間がある。列座する一行の前には朱塗りの燭台が四基、背後に四基、合計八基の燭台に百目蠟燭《ろうそく》が灯されている。

このとき、山内伊兵衛の胸に不審な思いがよぎった。将軍謁見の場にしては、何もかもが簡素すぎるのである。不審な目で部屋の中を見まわしている伊兵衛に、かたわらの大膳が小声で話しかけた。

「どうした?」

「いや、別に……」

そのとき、前方の襖ががらりと引き開けられ、裃姿の大岡越前守と巨勢十左衛門が入ってきた。上段の間には座らず、大膳と伊兵衛の前にすべるように進み、腰をおろした。

「御側衆首座・巨勢十左衛門さまにござる」

越前守が伊兵衛に向かっていった。かたわらの大膳には目もくれない。大膳が不満そうな面持ちで膝をすすめると、

「山内伊賀亮どの」

十左衛門が、これもまったく大膳を無視して伊兵衛に話しかけた。

「上様ご対面の前に、証拠の二品を拝見したい」

「承知つかまつりました」

おもむろに立ち上がり、長持の中から白木の箱と黒漆の蒔絵の箱を取り出すと、三方にのせてうやうやしく十左衛門の前に差し出した。意外にも、十左衛門が先に開けたのは、蒔絵の箱だった。中から『天一』を取り出して、しばらくその外装（拵《こしら》え）に見入ったあと、やおら佩刀《はいとう》の栗形《くりかた》から笄《こうがい》を引きぬき、その先端で『天一』の目釘をぬいた。ついで鍔元をとんとんと軽く叩く。柄がはずれた。

大膳や伊兵衛たちは固唾《かたず》をのんで見守っている。誰もが『天一』の銘を確かめるものと思っていた。だが、十左衛門は中心《なかご》に巻き付けられた和紙をほどくと、『天一』を三方にもどし、色あせたその和紙を広げて視線を走らせた。

（これだ……）

十左衛門の顔に会心といっていい笑みがこぼれた。まぎれもなく、それは『文昭院様（六代家宣）御遺誡《ごゆいかい》』だった。

《我（家宣）思はずも、神祖（家康）の大統をうけつぎて、我後とすべき子（七代家継）なきにしもあらねど、天下の事は、我私にすべきところにあらず、古《いにしえ》より此《こ》のかた、幼主の時、世の動なき事多からず、神祖三家をたて置かせ給ひしは、かかる時のためなり、我後の事をば、尾張殿に譲りて、幼きものの幸ありて、成人にも及びなん時のことをば、我後たらん人の心に任すべき事也《なり》》

十左衛門の目は「尾張殿に譲りて」の七文字に注がれている。

（勝った……、これで尾張に勝った……）

肚《はら》の底でつぶやきながら、十左衛門はその書状を折り畳んでふところにしまい、次に白木の箱を開けて、中から『由緒書』を取り出し、目も通さずにいきなり燭台の炎にかざした。

おおっ。

と、どよめきが上がるのと、『由緒書』が花びらのように燃え散るのが、ほとんど同時だった。

「な、何をなさるッ！」

大膳が色めき立ち、怒声を発した。だが、十左衛門の目はあくまでも伊兵衛に向けられている。

「伊賀亮どの、わしは以前、そこもとにお目にかかっている」

「ま、まさか」

「浅草本願寺にて、朝鮮通信使一行を出迎えたときのことだ」

伊兵衛の顔から血の気がうせた。

「化けの皮が剝《は》がれたな、尹明彦《ユンミヨンオン》どの」

いいおわらぬうちに、左右の絵襖がいっせいに引き開けられた。陣笠、火事羽織、野袴の与力五騎、鎖帷子《かたびら》、鎖鉢巻き、小手すね当ての同心二十五名、鉢巻き、たすき掛けの捕り方二十名、総勢五十名の捕り物出役が手に手に得物をたずさえて左右の廊下を埋めつくしている。

「は、謀《はか》ったな！　越前ッ！」

大膳が叫ぶと同時に、伊兵衛が燭台を蹴倒した。ぼうッと畳に火が広がった。

「召し捕れ！」

越前守の下知が飛んだ。


「な、何だ！　あれは……」

八つ山のふもとに蝟集《いしゅう》していた見物人のひとりが、突然、驚声を発した。

夕闇の奥に火柱が噴き上がっている。

「か、火事だ！」

「八つ山御殿が燃えてるぞ！」

どよめきが地鳴りのように広がり、混乱の渦が巻き起こった。野次馬たちが怒濤《どとう》のごとく八つ山の斜面を駆けのぼって行く。その流れと逆の方向に走る男がいた。平八郎である。人波をかきわけ、突き飛ばし、押し倒し、修羅の形相で走る。まるで野獣の疾駆だった。歩行新宿、北品川と一気に駆けぬけ、中之橋をわたり、池上道をひたすら走った。

満月が、疾駆する平八郎の孤影を、闇の中にくっきりと照らし出している。走った。ただ一目散に走った。

常楽院の門前に入り乱れる人影が見えた。数人の浪人と職人ふうの男や人足体の男たちが激しく斬りむすんでいる。得体のしれぬその男たちは、見物人にまぎれ込んでいた「お庭番」配下の忍びどもだった。乱刃をすり抜けて、平八郎は門内に走り込んだ。死闘は境内でもくり広げられている。

方丈の玄関に飛び込もうとしたとき、いきなり中から斬撃が飛んできた。横に跳んで抜きつけの一閃《いっせん》を放った。両断された腕が平八郎の頭を越えて、表に飛んでいった。片腕を喪《うしな》った男が血しぶきを撒き散らしながら、式台からころげ落ちる。それを踏み越えて、土足のまま廊下に駆け上がった。

また斬撃がきた。今度は横合いからである。右袈裟に斬り伏せて走った。一直線に奥の部屋に向かう。廊下のあちこちに屍体《したい》が転がっている。流れ出た血で足がすべる。襖が倒れる音、障子が蹴破られる音、怒号、悲鳴、阿鼻叫喚《あびきょうかん》。さながら戦場《いくさば》だった。

奥の部屋の前で、ひとりの浪人が三人の忍びと斬りむすんでいた。襖の破れ目からほのかな明かりが洩れている。その明かりで、浪人の面体が確認できた。安之助だった。敵に斬られたのか、それとも返り血を浴びたのか、顔も躰も血まみれである。

「安之助ッ」

叫びながら、紫電の一刀を送った。頰かぶりの男の首が宙に舞い、天井にぶつかって鈍い音とともに廊下に落下した。すかさず二人が翻身して、左右に跳んだ。と見た瞬間、平八郎の躰が独楽《こま》のように一回転した。瞬息の「まろばしの剣」である。左に跳んだ男の足が股の付け根から切断されて、丸太のように廊下に転がった。平八郎の動きは止まらない。躰が元の位置にもどった瞬間、高々と跳躍して、右からの斬撃をかわし、振り上げた刀を一気に叩きおろした。頭蓋《ずがい》が砕け、白い脳漿が飛び散った。そのとき、安之助の躰が大きく揺らぐのを眼のすみに見て、

「安之助！」

倒れる寸前に躰を支えた。

「おるいは……、おるいは無事か！」

「め、面目も……」

絞り出すような声でそういうと、安之助は膝を折って、ゆっくり崩れ伏した。そのままぴくりとも動かない。頸《けい》動脈が断ち切られ、傷口からおびただしい血が流れ出ている。

「おるいッ」

がらりと襖を開け放った。敷居ぎわに忍びらしき男の屍体が二つ転がっている。奥を見た。部屋のすみの暗がりに、壁にもたれるようにして、おるいが座っていた。突

如、平八郎の口から野獣の咆哮《ほうこう》にも似た叫びが発せられた。それはまさに悲しみに満ちたけだものの喚《おめ》きだった。

おるいは微笑んでいるように見えた。紙のように白い顔、切れ長な大きな目がまばたきもせず、平八郎を見ている。あでやかな打ち掛けが血で濡《ぬ》れていた。

「おるい……」

歩みよって、おるいの躰を抱きかかえた。胸の鼓動は止まっていたが、躰にはまだかすかな温もりがあった。指先でそっと瞼《まぶた》を閉ざし、唇に唇をかさねた。

平八郎の涙でおるいの頬が濡れた。とめどなく涙が流れる。どうしようもなく悲しく、切なかった。泣けるだけ泣いた。やがて涙が涸《か》れ、悲しみも乾いた。何か熱いものが胸の底からふつふつとたぎってきた。怒りである。それもかつて感じたことのない、身を灼《や》くような烈々たる怒りである。

ふらりと立ち上がった。その瞬間、黒影が矢のように飛び込んできた。

「ふーけもんッ！（馬鹿者）」

佐賀弁で叫ぶなり、逆袈裟に薙《な》ぎ上げた。

終章

1

享保十三年申年八月
松平伊豆守殿御差図

大岡越前守掛
異名　天一坊
当時無宿　宝沢　申二十四歳

此《この》もの儀、生国紀州和歌山平沢村において人殺しいたし、其上所々に而盗賊を致し、其《その》後江戸江出、公儀を偽り、多之金銀を詐取段、重々不届至極に付、町中引回し之上、於品川獄門に行ふもの也《なり》。

これが『徳川禁令考』に記載されている天一坊事件に関する申渡書、すなわち判決文である。但し、この判決文には決定的な誤りがあった。この時代に「松平伊豆守」という老中は実在しなかったのである。さらに奇妙なことには、この判決文が記載された翌年の『徳川禁令考』後聚《こうしゅう》に、天一坊に関するもう一つの判決文がのっているのである。

天一坊改行

偽の儀申立、浪人供を集め、公儀を憚《はばか》らず、不届に付、死罪の上、獄門に行ふもの也

御勘定奉行　稲生下野守殿申渡

改行宿致候

南品川

赤川大膳と相名乗候

山伏　常楽院

改行申旨に任せ、浪人供を集め候儀を、其分に致し、且改行宿を致しながら、所役人へも届けず、重々不届に付、遠島申付もの也

この判決文では天一坊「宝沢《ほうたく》」が「改行」、「松平伊豆守」の御差図が、勘定奉行「稲生下野守《いのうしもつけのかみ》」の申渡となっている。幕府の公式文書に二通りの判決文が記載され、しかも両者の内容には大きな齟齬《そご》があるのは、いったいどういうことなのだろうか。考えられる理由は一つしかない。幕府が天一坊事件の真相を隠蔽《いんぺい》するために公式文書を改ざんしたのである。

この時代には実在しない松平伊豆守を登場させ、天一坊改行の名を宝沢と改ざんし、さらに支配違いの町奉行・大岡越前守が、品川宿の事件に出向する不自然さを取りつくろうために、天領支配の勘定奉行・稲生下野守の名を付け加えたりと、天一坊事件の処理を正当化するために、幕府が大あわてでつじつま合わせをした痕跡《こんせき》が、この二つの文書にありありと読みとれるのである。

「これが『文昭院様御遺誡』でござる。どうぞ御披見を……」

巨勢十左衛門は満面に笑みを浮かべて、色あせたその書状を差し出した。

御側御用取次・加納久通の屋敷の表書院である。

「大儀でござった」

受け取って、書状を一読し、

「これで吉宗公の、いや巨勢一族の栄華は万代不易……まずは重畳にござる」

久通がにやりと笑い、

「久しぶりに一盞《いっさん》いかがかな」

「いや、それがしはこれにて――」

「遠慮はご無用。すでに酒肴《しゅこう》の膳部はととのってござる。ささ、隣室へ」

と、隣室へうながし、ふたりだけの祝宴となった。一刻ほど歓談したあと、久通が用意した乗り物を丁重に断って、十左衛門は屋敷を出た。供は若党ひとりだけである。

呉服橋御門内の加納邸から、番町の十左衛門の屋敷までは、徒歩で小半刻ほどの距離がある。それでも、この夜ばかりは歩いて帰りたかった。途中、どこぞの小料理屋に立ち寄って飲みなおすもよし、久しぶりに女を抱くもよし、とにかく気の向くまま、足のおもむくままに江戸の街を歩いて見たかった。

濠端《ほりばた》の道を南をさして歩く。

時刻は五ツ（午後八時）ごろ、前方左手の闇《やみ》に町灯りがきらめいている。

提灯《ちょうちん》をさげて、先を歩いていた若党がふと足を止めて、闇を透かし見た。

「どうした？」

十左衛門がけげんそうに訊《き》く。

「何者でしょうか」

前方から人影がひたひたとやって来る。それもかなりの早足である。この時刻に濠端を通るものはめったにいないのだが……。

「気にするな」

と、歩き出した瞬間、人影が二人の行く手をふさぐように立ちふさがった。塗笠をかぶった旅装の浪人である。

「巨勢十左衛門どの、ですな」

「おぬしは……？」

「肥前浪人・刀弥平八郎」

「なに！」

十左衛門はその名を知っていた。死んだ藪田定八から嫌というほど聞かされた名である。忘れるわけがなかった。

「お命ちょうだいつかまつる」

「貴様！」

叫ぶなり抜刀した。平八郎がつかつかと歩みよってくる。

「おのれ、曲者！」

若党が猛然と斬りかかった。

しゃっ。

平八郎の刀が一閃した。目にも留まらぬ早業だった。若党は声も叫びもなく、崩れ伏している。返す刀で十左衛門の切っ先を上から押さえこみ、すかさず巻き返して峰ではね上げた。

「お、尾張の差し金か」

じりじりと後退しながら、十左衛門が訊いた。

「誰の差し金でもない。半次郎とおるいの敵討ちだ」

「人の命にはそれぞれ値《あたい》というものがある。わしの命とあの二人の命とでは十露盤《そろばん》が合わぬ。無駄なことだ。やめておけ」

十左衛門がうめくようにいった。

「その無駄もこれが最後だ」

いい捨てて、一直線に切っ先を突き出した。必殺の刺突の剣である。切っ先が十左衛門の胸に突き刺さり、あばら骨を断ち、心の臓を切り裂き、背中をつらぬいた。ぐらり。

十左衛門の躰が緩慢に転がった。その胸にまるで墓標のように刀が垂直に立っている。それを引き抜こうともせず、平八郎はくるりと背を返して、足早に立ち去った。

雲の流れが速い。

月に黒雲がかかり、幕を引いたように四辺は闇に包まれていった。

参考文献

名古屋城三之丸・御土居下考説　岡本柳英著（黎明書房）
徳川吉宗と朝鮮通信使　片野次雄著（誠文堂新光社）
徳川宗春　矢頭純著（海越出版社）
徳川将軍と柳生新陰流　赤羽根龍夫著（南窓社）

本書は、二〇〇二年八月、徳間書店から刊行された『はぐれ柳生無情剣』を改題し、加筆・修正し、文庫化したものです。

文芸社文庫

はぐれ柳生紫電《しでん》剣

二〇一五年八月十五日　初版第一刷発行

著　者　黒崎裕一郎
発行者　瓜谷綱延
発行所　株式会社　文芸社
〒一六〇-〇〇二二
東京都新宿区新宿一-一〇-一
電話　〇三-五三六九-三〇六〇（編集）
〇三-五三六九-二二九九（販売）

印刷所　図書印刷株式会社
装幀者　三村淳

ISBN978-4-286-16834-0

[文芸社文庫　既刊本]

蒼龍の星㊤　若き清盛
篠　綾子

三代と名づけられた平忠盛の子、後の清盛の出生の秘密と親子三代にわたる愛憎劇。やがて「北天の王」となる清盛の波瀾の十代を描く本格歴史浪漫。

蒼龍の星㊥　清盛の野望
篠　綾子

権謀術数渦巻く貴族社会で、平清盛は権力者への道を。鳥羽院をついで即位した後白河は崇徳上皇と対立。清盛は後白河側につき武士の第一人者に。

蒼龍の星㊦　覇王清盛
篠　綾子

平氏新王朝樹立を夢見た清盛だったが後白河との仲が決裂、東国では源頼朝が挙兵する。まったく新しい清盛像を描いた「蒼龍の星」三部作、完結。

全力で、1ミリ進もう。
中谷彰宏

「勇気がわいてくる70のコトバ」——過去から積み上げた「今」を生きるより、未来から逆算した「今」を生きよう。みるみる活力がでる中谷式発想術。

贅沢なキスをしよう。
中谷彰宏

「快感で生まれ変われる」具体例。節約型のエッチではなく、幸福な人と、エッチしよう。心を開くだけで、感じるような、ヒントが満載の必携書。